柳永集

名家精注精评本

王星琦 编选

凤凰出版社

图书在版编目（CIP）数据

柳永集 / 王星琦编选. -- 南京 : 凤凰出版社,
2014.10（2018.4重印）
（名家精注精评本）
ISBN 978-7-5506-2010-0

Ⅰ. ①柳… Ⅱ. ①王… Ⅲ. ①柳永（约987～1053）
—文学欣赏 Ⅳ. ①I206.2

中国版本图书馆CIP数据核字(2014)第208293号

书　　名	柳永集
编　　选	王星琦
责任编辑	卞　岐
封面设计	徐　慧
出版发行	凤凰出版社(原江苏古籍出版社) 发行部电话025-83223462
出版社地址	南京市中央路165号,邮编:210009
出版社网址	http://www.fhcbs.com
照　　排	南京凯建图文制作有限公司
印　　刷	苏州市越洋印刷有限公司 苏州市吴中区南官渡路20号　邮编:215104
开　　本	787×1092毫米　1/32
印　　张	10.375
字　　数	216千字
版　　次	2014年10月第1版　2018年4月第3次印刷
标准书号	ISBN 978-7-5506-2010-0
定　　价	38.00元 (本书凡印装错误可向承印厂调换,电话:0512-68180638)

目　录

卷 中

卷　下

前　言

柳永在词史上有着特殊重要的地位，是一位特立独行、个性鲜明的词人。他一生致力于词的创作，不仅丰富和发展了词文学的表现形式和写作技巧，更在词的世俗化方面做出了不懈的努力和卓越的贡献，对宋元之际俗文学的蓬勃发展具有不可磨灭的开拓之功。

关于柳永的生卒年，史无明确记载，这样一位大词人，《宋史》竟无传。据唐圭璋先生考证，柳永约生于宋太宗雍熙四年(987)或雍熙二年(985)，卒于宋仁宗皇祐五年(1053)。详见唐著《词学论丛·柳永事迹新证》及《唐宋词研究论文集·论柳永的词》。李国庭先生在其《柳永生年及行踪考辩》(《福建论坛》1981 年第 5 期)一文中，推断柳永的生卒年为宋太宗太平兴国五年至宋仁宗皇祐二年(980—1050)。后又有李思永先生发表于《文学遗产》1986 年第 1 期的《柳永家世生平新考》一文，将柳永的生年推断为 971 年(宋太祖开宝四年)。周子来先生紧接着在 1987 年第 4 期《文学遗产》上发表了《柳永生年新证》一文，通过详细考辨，明确指出李思永说之非，坚持唐圭璋先生的 985 年说。薛瑞生先生在其《乐章集校注·前言》中，亦大体同意唐圭璋先生关于柳永生年的推断，但认为柳永的卒年应在嘉祐三年(1058)之后，具体哪一年则语焉未详。总之，到目前为止，唐圭璋先生的推断，应该说大体上是可信的。

关于柳永名与字的先后，以及何以更名改字的原因，其说亦不一。陈师道《后山诗话》以及吴曾《能改斋漫录》等，谓原名三变，字景庄，后改名永，字耆卿；而叶梦得《避暑录话》则相反，称其初名永，字耆卿，后改名三变，字景庄。而更名字的原因，一说为久困调选，改名为永后，"方得磨勘转官"（《后山诗话》、《能改斋漫录》等）；一说因疾所困而改名永（《渑水燕谈录》）。薛瑞生《乐章集校注》于更名字之先后取《后山诗话》与《能改斋漫录》说，即原名三变，后更为永；而改名原因则取王辟之说，并推论云："何时与何以改名及字，盖在中晚年，以病故。永则永年，耆则耆老，冀以长寿。"所取近是。此外，柳永为崇安（今属福建）人，族内行七，故俗呼为柳七，仕至屯田员外郎，后人又称其柳屯田，诸家皆无异议。

柳永的父亲柳宜，官至工部侍郎，其叔父柳宏任光禄寺卿。柳永词中所写"少年"时期留连坊曲的经历，当是在二十岁左右时，即 1005 年前后。据周子来先生推考，这时"其父柳宜年近七十，历经宦海沉浮，官至侍郎。侍郎为从三品，官禄丰厚，家境有了改变，柳永才有可能过着'数载酒萦花系'的冶游生活"（《柳永生年新证》）。柳永似乎骨子里就有一种与正统思想隔膜的朦胧意识，或谓其玩世不恭，或斥之儇薄、媟亵，这一方面与其青少年时代的生活经历有关，同时也是其狂狷不羁的固执个性使然。据传他因填词得罪了宋仁宗，复又为执政大臣晏殊所讥嘲，他却初衷不改，照例我行我素。宋胡仔《苕溪渔隐丛话》前集卷五十九"长短句"引《后山诗话》云：

柳三变游东都南北二巷，作新乐府，骫骳从俗，天下咏之，遂传禁中。仁宗颇好其词，每对酒，必使侍妓歌之再三。三变闻之，作宫词号《醉蓬莱》，因内官达后宫，且求其助。后仁宗闻而觉之，自是不复歌此词矣。会改京官，乃以无行黜之。后改名永，仕至屯田员外郎。

同上书后集卷三十九《长短句》引《艺苑雌黄》又云：

柳三变字景庄，一名永，字耆卿，喜作小词，然薄于操行。当时有荐其才者，上曰："得非填词柳三变乎?"曰："然。"上曰："且去填词。"由是不得志，日与獶子纵游娼馆酒楼间，无复检约，自称云："奉圣旨填词柳三变。"

向来人们将这类词话和笔记类记载，当作事实来对待，殊不知其辗转传抄，只能是传说而已。以上二则记述当来源于王辟之《渑水燕谈录》与杨湜《古今词话》(参阅本书《醉蓬莱·渐亭皋叶下》之"品评")。不过，类似传说无论如何不可轻觑，因为它虽说未必是事实存在，但它符合柳永性格以及当时正统士大夫阶层对柳永词看法的实际情况，故可以说更具有一种本质意义上的真实性。张舜民《画墁录》卷一还载有柳永去拜会晏殊事，颇值得再三思索含味。柳永既因填词吃罪于仁宗皇帝，吏部便不肯任其官职。他不得不去干谒当时位极人臣的晏殊。落座之后，二人有一段简短却发人深省的对话：

“贤俊作曲了么?”晏殊问道。

“只如相公亦作曲子。”柳永小心回答。

“殊虽作曲子,不曾道‘彩线慵拈伴伊坐。’”

晏殊冷冷而言。

自然是柳永语塞冷场,悻悻辞去。与前面两则材料一样,这场对话事实上是否真的发生过,并不重要,就中所透露出的是观念形态上的格格不入。程千帆、吴新雷两位先生看得深入而透彻,所言极有启发性:“这一场针锋相对的谈话,正好说明由士大夫之词到市民阶层之词的内涵及风格的演变,以及它们之间所存在着的审美观念上的差异和矛盾。”(《两宋文学史》)其实柳永非不能雅,他雅起来怕是不让晏、欧,其投赠词与游仙词便是明例。然总体上看柳词的基调是以市俗的审美趣味为主的。他不仅生活上与市民阶层比较接近,而且思想意识中深知歌曲不能脱离世俗生活,曲子词来源于民间,根子上是乐府之遗响,因而他自觉地追求词的通俗化意趣,自立而不因循,洒脱而不失为词家正宗。清人宋翔凤评柳词极为剀切:“柳词曲折委婉,而中具浑沦之气。虽俚语,而高处足冠群流,倚声家当尸而祝之。如竹垞所录,皆精金碎玉。以屯田一生精力在是,不似东坡以余事为之也。”(《乐府余论》)此可谓真知柳词之言。事实上面对有人以俗为病见责柳词,宋人早已指出柳词在词史上无可替代的重要意义。李清照在其著名的《词论》中说:“逮至本朝,礼乐文武大备,又涵养百余年,始有柳屯田者,变旧声为新声,出《乐章集》,大得声称于时。”这个论断,胜似绝大一篇文章。首先,李易安认为柳永的成就不是个人的，而是百年涵养与词文学递嬗发展、一时代兴的结果，柳永是一个标识。其次，指出了柳永的开拓创新之功，即“变旧声为新声”，主要是肯定了柳永创调制新腔，大量创作慢词长调的贡献。复次，是《乐章集》的问世，作为个人词调创作的专集，独领风骚，开风气之先声。最后才是柳词在当时影响之大，流布之广，为时人所称道。关于这一点，论者颇多。究其实质，柳词所以为受众喜爱，所谓“凡有井水饮处，即能歌柳词”（《后村诗话》），与柳永自觉的通俗化追求有着直接的关系。宋人早已窥得此中消息。张端义《贵耳集》有云：“项平斋言诗当学杜诗，词当学柳词。杜诗、柳词皆无表德，只是直说云云。盖词本管弦冶荡之音，而永所作旖旎近情，故使人易入。虽颇以俗为病，然好之者终不绝也。”近情与易入固为动人之先决条件，然柳词妙处更在气骨，在意境。清人周济谓柳词“铺叙委婉，言近意远，森秀幽淡之气在骨”（《介存斋论词杂著》）。彭孙遹则称“柳七亦自有唐人妙境，今人但从浅俚处求之，遂使金荃、兰畹之音，流入挂枝、黄莺之调，此学柳之过也”（《金粟词话》）。就是说柳永之俗，在于其恰到好处，过犹不及。同时，也不能将俗仅仅理解为语词表面的近俚，故学柳永难。宋元以降，大俗与大雅渐趋融合，然这种融合必须是水乳交融，了无痕迹的，非高手不能为，柳永是当之无愧的开风气之先者。此后秦七、黄九，乃至周美成，都在不同程度上受到柳词的影响，直到元代的曲家们，尚依稀可见“屯田蹊径”的影子。如柳永词中有一首《传花枝·平生自负》，用词调形式来塑造人物，让我们看到了一个以风流浪子自任，多才多艺，过了中年却不服老的词人形象。而元代大戏曲家关汉卿也有一套[南吕·一枝花]套曲，题目

即作《不伏(服)老》,其构思与柳词《传花枝·平生自负》竟如出一辙。先看柳词的下片:

阎王大伯曾教来,道人生,但不须烦恼。遇良辰,当美景,追欢买笑。剩活取百十年,只恁厮好。若限满,鬼使来追,待倩个、淹通著到。

再看关曲的结尾:

你便是落了我牙、歪了我嘴、瘸了我腿、折了我手,天赐与我这几般儿歹症候,尚兀自不肯休。则除是阎王亲自唤,神鬼自来勾,三魂归地府,七魄丧冥幽。天哪!那其间才不向烟花路儿上走!

显然是关曲受到了柳词的启发,二人的个性又有许多相似相通之处,因而两个作品便在形神两个方面都非常相似,这充分说明他们不仅在精神上是相通的,而且在气质、性情上也有许多相似之处。尽管套曲篇幅较词调更长,关汉卿铺排更甚,在柳词基础上更有一些新的拓展与创造,但两个作品之间的联系却是毋庸置疑的。关汉卿对柳永似特别关注,格外青睐。他还写有《钱大尹智宠谢天香》杂剧,这虽是旦本戏,由旦扮谢天香主唱,但剧作家倾心于柳永才华的曲词、宾白随处可见。杂剧不仅在柳词《定风波·自春来惨绿愁红》上大作文章,且安排了柳永金榜题名、状元及第,与谢天香有情人终成眷属的关目。这与柳词"美人才子,合是相知”（《玉蝴蝶》），“愿天上人间，占得欢娱，年年今夜”（《二郎神》）的爱情理想不谋而合。不止是关汉卿，在其他著名元曲家的作品中，同样可以看到柳词影响的迹象。如白朴、马致远、贯云石等写情的一些合曲，热热而少顾忌，约略见出“屯田蹊径”的独特韵致来。柳词《满江红·匹马驱驱》结末云：“怎忘得、香阁共伊时，嫌更短。”贯云石[中吕·红绣鞋]结处则云：“四更过情未足，情未足夜如梭。天哪，更闫一更妨甚么！”由“嫌更短”到祈求“更闫一更”，来龙去脉甚为清楚。这样的例子还可以举出不少，本书在作品的“品评”中多有拈出，为了节省文字，这里就不再赘举了。戏曲与话本中常常以柳永为主人公，也很能说明问题。后世的通俗文学家将柳永事迹作为创作的题材，乃是将柳永引为知音。从宋元南戏到北曲杂剧，以及话本与拟话本小说，均有描写柳永的作品。《古今小说》中的那篇《众名姬春风吊柳七》，写得何等好啊！虽说是小说家言，为稗官野史甚至是道听途说，却无论如何不可忽视，因为它刻画出了一个活生生的柳永。特别是柳永与歌姬们的亲密联系，以及柳永作品在坊曲间的深刻影响，都可视为可补正史之不足的鲜活材料，它提供了正史所难以传达的一系列感性的东西，弥足珍贵。就中可以见出柳永对宋元俗文学的不朽贡献，亦堪称明清浪漫洪流的先行者之一。

关于柳永在词史上的贡献及其地位，乃至柳词的思想内容与艺术特色，前辈与时贤已多有论述。限于体例与篇幅，这里着重从他对当时及后世俗文学的深刻影响，谈了以上一些看法，并简要作了一点词曲对读。过去人们对这个问题谈得不多，也不够深入。这是很有意味的一个课题，是可以系统深入地研究探讨下去的。明清词论家有人已涉及到了这个问题，但往往点到即止，未曾有人深入其中，结合作品拓展开来论述。如清人张德瀛谓“柳耆卿词隐约曲意”（《词征》）；况周颐称“柳屯田《乐章集》，为词家正体之一，又为金元以还乐语所自出”（《蕙风词话》）；钱裴仲云“柳词与曲，相去不能以寸”（《雨花庵词话》）等，仅此而已。郑振铎先生《插图本中国文学史》第三十五章有云：“《花间》的好处，在于不尽，在于有余韵。耆卿的好处却在于尽，在于‘铺叙展衍，备足无余’。《花间》诸代表作，如绝代少女，立于绝细绝薄的纱帘之后，微露丰姿，若隐若现，可望而不可即。耆卿的作品，则如初成熟的少妇，‘偎香依暖’，恣情欢笑，无所不谈，谈亦无所不尽。”所谓“铺叙展衍，备足无余”、“无所不尽”云云，正是后世曲的突出特征，曲子讲求“说尽道透”，“尖新茜意”。这个“尽”字，并不等同于不含蓄，而在于以赋法为主，曲尽人情物理。这与中国文学进入宋元时雅俗文学的相互渗透、抒情文学与叙事文学交融互补的大趋势密切相关。同时，也与都会繁华，市民阶层的审美观念渐趋成熟息息相通。

本书校点，谨依唐圭璋先生《全宋词》为准。唐先生生前曾数次勘订，其标点韵句用句号，散句用逗号，断歇处用顿号，干净利落。吾辈实不必重复劳作。注释以帮助读者读懂为原则，既不取复杂堆积、详为辨析的笺释，亦不取简得令人摸不着头绪、自说自话的注法。务在指明典故与前人成句出处，拈出柳词之前典型用例的同时，适当串解，以期贯通。柳词难注，非在镕铸经史、驱使典实，往往倒是在俗语，故本书尤重俗语释义，以扫清阅读时的障碍。对于重复出现的典故与俗语，一般采取互见的办法。但考虑到读者未必都是从头读到尾，间或亦将简释与互见结合起来，以方便读者。“品评”是很难写的。柳词二百余首，意境、意象不免重复，要对每一首都能评得到位，切中肯綮，必反复读诵、再三含味揣摩不能办，故“品评”是笔者最花气力之处。原则上是有话则长，无话则短，尽可能搔到痒处，不作虚文。

此集之注评，历时五月有余，注评者虽已尽力，舛误与疏漏怕是在所难免，尚祈读者与词学方家不吝指教。

卷　上

黄莺儿

园林晴昼春谁主？暖律潜催，幽谷暄和，黄鹂翩翩，乍迁芳树。①观露湿缕金衣，叶映如簧语。②晓来枝上绵蛮，③似把芳心，深意低诉。　　无据。乍出暖烟来，又趁游蜂去。恣狂踪迹，两两相呼，终朝雾吟风舞。当上苑柳浓时，④别馆花深处。⑤此际海燕偏饶，⑥都把韶光与。⑦

【注释】

①"暖律潜催"二句：是说春来阳气回升，天气转暖，万物复苏，山谷中亦暖和起来。古乐分十二调，亦分阴阳。阳律六：黄钟、太簇、姑洗、蕤宾、夷则、亡射；阴律六：大吕、夹钟、中吕、林钟、南吕、应钟，即十二律。自《吕氏春秋》始以律调与历法附会，以十二律应十二月。暖律即阳律，这里指春天。刘向《别录》："（方士传言）邹衍在燕，燕有谷地，美而寒，不生五谷。邹子居之，吹律而温气至，而黍生。今名黍谷。"黍谷在今北京市密云西南。明蒋一葵《长安客话》："古今谭怀黍胜迹者，必曰黍谷回春，即驺（邹）衍吹律而暖气至之故也。"暄，指阳光的温暖气息。　②"观露湿"二句：言黄鹂美丽的羽毛为露水打湿，绿叶掩不住它的鸣叫声。缕金衣，亦作金缕衣。本意指以金缕织成的衣衫，亦泛指饰以漂亮色彩的演出服饰。南朝梁刘孝威《拟古应教》诗："青铺绿隟琉璃

扉，琼筵玉筲金缕衣。”如簧语，形容黄鹂鸣声婉转。簧，乐器里以铜或其他材料制成的发声薄片。赵以夫《烛影摇红》：“何人金屋，巧啭歌莺，慢调筝雁。” ③绵蛮：鸟鸣声。《诗·小雅·绵蛮》：“绵蛮黄鸟，止于丘阿。” ④上苑：即上林苑，指皇家园囿。⑤别馆，偏殿，别业。此指皇室之别殿。司马相如《上林赋》：“离宫别馆，弥山跨谷。” ⑥偏饶：额外多得。张相《诗词曲语辞汇释》：“饶，犹添也、连也；不足而求增益也。”并称柳词此句“言海燕饶得韶光也”。 ⑦韶光：美好的时光。此指春光。唐太宗《春日玄武门宴群臣》：“韶光开令节，淑气动芳年。”

【品评】

此首写春风骀荡，万物负暄而孳勃，黄鹂鸣深树，游蜂恣纵舞，海燕占尽春光，一派欢快闹热景象。置此情境中，人的心情自然也是愉悦欢畅的。换头之“无据”二字，尤为妙手，鸟雀蜂蝶，掠过暖烟湿雾，相随相偕，自在吟舞，完全是无意识的，你不能问它们何以如此欢舞吟唱，因那是天性使然，故言“无据”。若问此词有无寄托？不好说。总之，作者的心绪极好，为春色美好所感染就是了。从“恣狂踪迹，两两相呼，终朝雾吟风舞”几句来看，写黄鹂、写游蜂，似又在映照着人，而海燕的偏饶春光，更有自诩之意。那末，是什么事令词人如此兴高采烈，想来只有科考及第，所谓金榜题名这样的大喜事才能如此欢娱吧。《乐章集》向无编年，这样的推测怕也靠不住。柳永进士及第在仁宗景祐元年(1034)。若将此词与写于汴京的《柳初新·东郊向晓星杓亚》，以及写于睦州的《满江红·暮雨初收》对读，或许能悟到些什么。

清黄苏《蓼园词评》评此词云："翩翩公子，席宠承恩，岂海岛孤寒能与伊争韶光哉。语意隐有所指，而词旨颖发，秀气独饶，自然清隽。""隐有所指"，所指的是什么，也只是揣测而已。此词置于开篇第一首，情调又欢快激扬，是颇耐人寻味的。

玉女摇仙佩

佳　人

飞琼伴侣，[1]偶别珠宫，[2]未返神仙行缀。[3]取次梳妆，[4]寻常言语，有得几多姝丽。拟把名花比。恐旁人笑我，谈何容易。细思算，奇葩艳卉，惟是深红浅白而已。争如这多情，[5]占得人间，千娇百媚。　　须信画堂绣阁，皓月清风，忍把光阴轻弃。[6]自古及今，佳人才子，少得当年双美。且恁相偎倚。未消得、[7]怜我多才多艺。愿奶奶、[8]兰心蕙性，枕前言下，表余心意。为盟誓。今生断不孤鸳被。[9]

【注释】

①飞琼伴侣：与神仙为侣。飞琼，即许飞琼，传说中的仙女，西王母侍女。《汉武内传》："王母命侍女许飞琼鼓震灵之簧。"故宋词中多以喻歌舞吹奏的女子。李演《南乡子·夜宴燕子楼》："天上许飞琼，吹下蓉笙染玉尘。"　②珠宫：指仙人之居所。③行缀：指舞队行列。宋洪迈《夷坚丙志·桃源图》："其押案节奏，舞蹈行缀，皆中音会。"　④取次梳妆：随意打扮。取次，犹草

草，随便。这里的"取次"与下文之"寻常"对举，都是不刻意的意思。 ⑤争如：怎如。张相《诗词曲语辞汇释》："争，犹怎也。" ⑥忍：不忍，怎忍。此句为问句。 ⑦未消得：消不得，禁受不起。消，犹禁也。 ⑧奶奶：亦作"妳妳"，古代对妇女的尊称。 ⑨鸳被：即鸳鸯被，又称合欢被，特指夫妻合用的被子。唐刘希夷《晚春》："寒尽鸳鸯被，春生玳瑁床。"

【品评】

此词颇为后世词论家所病诟，以为其"轻薄"，甚至是"秽亵"。然亦有持不同看法者。清人沈谦《填词杂说》即是一例："'云想衣裳花想容'，此是太白佳境。柳屯田'拟把名花比。恐旁人笑我，谈何容易'，大畏唐突，尤见温存，又可悟翻旧为新之法。"将美女比作鲜花，已是陈腐老套，俗而又俗了。比喻的生命在新在活，在于出人寻常意想之外。"翻旧为新"，其实突出的还是一个"活"字。太白"云"、"花"并举，且反过来说，活了。屯田则推倒了说：若是以花来比此女，会惹人嗤笑，其实花也无法与她相比，她占尽人间之美，在她面前，"深红浅白"的花免不了也相形见绌了。词的上片只是写美人之风情万种，"千娇百媚"。她从仙女的舞队中走了出来，仿佛是来领略人世间的好天良夜，"皓月清风"。下片则突出"我"的多才多艺，佳人合该配才子，写得深情款款，温存不尽。词以鸳梦好合作结，但梦只是梦，故于柔情似水，佳期如梦中，亦含无尽的怅惘。全篇体现出柳词善于铺叙，流利婉转的词风，纡徐取势，迷离缥缈，令人含味不尽。最是"取次梳妆，寻常言语，有得几多姝丽"数句，写出了人物的个性特征，举重若轻，笔墨简约，词家匠意文心，正须从此等细微处观之。

诸家对此词之病诟，主要是针对“愿奶奶、兰心蕙性，枕前言下，表余心意”数句。的确，这里写得略嫌刻露，然下片以“须信”领起，完全是想象之词，况且柳词往往是由歌女们被之以管弦，故不刻意避俗。倘金圣叹评此词，想来非但不会指责，甚或以为是自然而然，文势之趋也。更甚或以为病诟者冬烘，头巾气太重亦未可知。

雪梅香

景萧索，危楼独立面晴空。动悲秋情绪，当时宋玉应同。①渔市孤烟袅寒碧，水村残叶舞愁红。楚天阔，浪浸斜阳，千里溶溶。② 临风。想佳丽，别后愁颜，镇敛眉峰。可惜当年，顿乖雨迹云踪。③雅态妍姿正欢洽，落花流水忽西东。无憀恨，④相思意，尽分付征鸿。⑤

【注释】

①“动悲秋”二句：宋玉《九辩》以悲秋为发端：“悲哉秋之为气也！萧瑟兮，草木摇落而变衰。”故后世抒发悲秋之情，遂与宋玉相联系。此词起句已见悲秋之情绪。②“楚天阔”三句：写水天寥廓一望无际景象。楚天，泛指古楚地的天空。浪浸斜阳，形容落日与水面上的浪花融为一体。浸，浸泡，浸染。 ③顿乖：突然分手。乖，即乖违，这里是离别之义。雨迹云踪，隐指男女欢合。详

后《斗百花》其三注⑦。 ④无憀(liáo)恨：无限愁苦。憀，悲思。唐陆龟蒙《自遣诗》之十四："谁使寒鸦意绪娇，云晴山晚动情憀。"柳永《西施》词亦有"更凭锦字，字字说情憀"之句。 ⑤"尽分付"句：托付书信以寄相思之情。分付，同吩咐。鸿雁传书事本于《汉书·苏武传》。苏武牧羊北海，汉使至匈奴，常惠教使者谓单于，言天子射上林中，得一雁，足系帛书，称苏武在某泽中。单于闻听后大惊，只好说"武等实在"。后世遂谓雁能传书。

【品评】

柳词能俗亦能雅。此词上片写景，就很雅致。"渔市孤烟袅寒碧，水村残叶舞愁红"二句就色彩鲜明，意妥句工。孤烟残叶，寒碧愁红，着一"袅"字和一"舞"字，秋色就活脱被画了出来。连对柳永颇有微词的邓廷桢，也不得不承认此句"差近风雅"(《双研斋词话》)。明清词论家论词，多喜寻章摘句，往往忽略全篇。此词上片写秋景，将悲思的意绪写足了。"楚天阔"以下三句又何尝不雅？气势渲染之宏阔，意象捕捉之精微，都是可圈可点的。然这一切都扣紧了愁苦寂寥，在于为下片蓄势。下片抒情，突出的是思念。"雅态妍姿正欢洽，落花流水忽西东"两句，写霎时分离，对比强烈，反差极大，表达上也干净利落。此等句法有如书法中的点画使转，最能见出功夫技巧。《西厢记》"长亭"中莺莺唱道："合欢未已，离愁相继。想着咱前暮私情，昨夜成亲，今日别离。我谂知这几日相思滋味，却原来此别离情更增十倍。"此曲依稀可见柳永笔法，只是王实甫发挥得更为充分罢了。

尾　犯

夜雨滴空阶，孤馆梦回，情绪萧索。一片闲愁，想丹青难貌。[①] 秋渐老、蛩声正苦，[②] 夜将阑、灯花旋落。最无端处，[③] 总把良宵，只恁孤眠却。[④]　　佳人应怪我，别后寡信轻诺。记得当初，翦香云为约。[⑤] 甚时向、幽闺深处，按新词、流霞共酌。[⑥] 再同欢笑，肯把金玉珠珍博。[⑦]

【注释】

①丹青：绘画。这里指画像，即写真。貌，用作动词，是画的意思。　②蛩（qióng）：蟋蟀的别称。南朝宋鲍照《拟古》之七："秋蛩扶户吟，寒妇晨夜织。"　③无端：这里是无奈之义，与前文"情绪萧索"相呼应。　④只恁：如何这般，竟是这样。　⑤"翦香云"句，剪头发相赠以为信物。香云：女子头发的美称。翦，同"剪"。　⑥流霞：仙人所饮之酒。亦泛指美酒。汉王充《论衡·道虚》："口饥欲食，仙人辄饮我流霞一杯。"仲殊《念奴娇·夏日避暑》："故园避暑，爱繁阴翳日，流霞供酌。"　⑦"肯把"句：愿以金玉珠珍相博输赢，以嬉戏玩乐。博，博戏猜赌。

【品评】

孤馆独处，只身茕茕，秋声萧瑟，闲愁难禁。更兼秋虫悲鸣，夜阑孤灯，如何不教人情绪抑郁，辗转难眠。这首写客中相思，多幽怨之词，质直而言之，浑朴中见出无限伤感。上片写秋声秋色，为“情绪萧索”作铺衬。“一片闲愁”二句，点出相思怀人之旨。闲愁，多指情愁，《西厢》中“花落水流红，无语怨东风，闲愁万种”可证。所怀之人既是“丹青难貌”，其风情绰约可想而知。下片写佳人意态，妙在皆以回忆出之。翦香云以为赠，幽闺中按拍歌新词，欢笑共饮，以首饰珠宝为博戏之筹等等，当都是两人曾经的故事，共同的美好记忆。以一句“甚时向”领起，便是企盼重温鸳梦，渴望回到过去的美好时光之中。尾句最有意味，甜蜜中含着苦涩。情人间之博戏，纯粹是为了好玩，与赢利之赌无涉。这样一个瞬间的“镜头”，回忆起来无疑是温馨、甜蜜的。但那毕竟是无法凝定的一个“过去时”，眼下只是夜阑残灯，雨滴空阶，一个人形影相吊。因而两相对照，苦涩与伤感便油然而生了。柳词往往如此，于结处含无尽余味，所谓临去秋波，追魂夺魄，令人浮想联翩。

早梅芳

海霞红，山烟翠。故都风景繁华地。谯门画戟，①下临万井，②金碧楼台相倚。芰荷浦溆，③杨柳汀洲，④映虹桥倒影，⑤兰舟飞棹，⑥游人聚散，一片湖光里。　　汉元侯，自从破虏征蛮，峻陟枢庭贵。⑦筹帷厌久，盛年昼锦，归来吾乡我里。⑧铃斋少讼，⑨宴馆多欢，未周星，⑩便恐皇家，图任勋贤，⑪又作登庸计。⑫

【注释】

①谯门：即谯楼，城门上的瞭望楼。画戟，又作“棨戟”，木制并饰以画图的戟形饰物。古代官员出行时，前导执以证明身份的器物，显贵官员住宅门前亦列之，既是装饰也表明身份。 ②万井：地域广阔，井然有序。古代以方圆一里为一井，万井即一万平方里。亦指千家万户，张孝祥《水调歌头·桂林中秋》：“千里江山如画，万井笙歌不夜。” ③芰荷：菱叶与荷叶。《楚辞·离骚》：“制芰荷以为衣兮，集芙蓉以为裳。”浦溆：溆水之滨。《楚辞·九章·涉江》：“入溆浦余儃佪兮，迷不知吾之所如。”溆水在今湖南西部。这里非确指，只是借《楚辞》字面以写景。 ④汀洲：水边平地与水中陆地。 ⑤虹桥：拱桥。旧题唐陆广微《吴地记》：“吴、长二县，古坊六十，虹桥三百有余，地广人繁，民多殷富。” ⑥兰舟：木兰舟，小船的美称。唐许浑《重游练湖怀旧》：“西风渺渺月连天，同醉兰舟未十年。”棹：摇船的用具。《楚辞·九歌·湘君》：“桂棹兮兰枻。”亦代指船。唐杜甫《赠李十五丈别》：“北回白帝棹，南入黔阳天。” ⑦“汉元侯”三句：元侯，诸侯之长。亦泛指重臣大吏。见《左传·襄公四年》杜预注及孔颖达疏。或谓因首功封侯者为元侯，此处乃指三国时魏将张既。张既辅魏武帝曹操定关中，数平匈奴与胡羌之乱。破虏征蛮，指北驱鞑虏，南平蛮夷。峻陟，立即被擢升晋用。枢庭，指枢密院。薛瑞生谓此三句是以魏将张既之显功赫勋以喻当时杭州太守孙沔，全词亦是写给孙沔的投献词。可参酌。 ⑧“筹帷厌久”三句：说久已厌烦军中之事，终于壮年衣锦还乡。筹帷，即所谓“运筹帷幄之中”，指掌握军事要职。昼锦，白日衣锦还乡。《史记·项羽本纪》：“项王见秦

宫室皆以烧残破，又心怀思欲东归，曰：‘富贵不归故乡，如衣绣夜行，谁知之者？’”此反用其意。 ⑨铃斋：亦作“铃阁”，指翰林院以及将帅或州郡长官办事之处所。宋范仲淹《依韵答贾黯监丞贺雪》：“铃斋贺客有喜色，饮酣歌作击前筹。”少讼，公事不忙而多闲暇。 ⑩周星：指一年时间。按周星可指岁星，每十二年在天空循环一周。但诗词中的周星，应来源于“周星岁”或“星岁（已）周”的节略。《旧唐书·宦者传》载唐昭宗诛宦官诏：“未周星岁，竟至播迁，及在岐阳，过于羁绁。” ⑪图任勋贤：指图像悬挂于麒麟阁。汉代以来以画像于麒麟阁表示功勋卓著之最高荣誉。《汉书·苏武传》：“甘露三年，单于始入朝。上思股肱之美，乃图画其人于麒麟阁，法其形貌，署其官爵姓名。” ⑫登庸：本指任用、擢拔人材。《尚书·尧典》：“帝曰：‘畴咨若时登庸。’疏：‘畴，谁。庸，用也。’”后亦以登帝位或拜相为登庸。这里是泛指升迁与晋爵。

【品评】

这是一首赠献词，显然是无可争议的。至于赠献的受方为何许人，薛瑞生先生以为是当时的杭州太守孙沔。沔确有所谓“破虏征蛮”之功，也确作过枢密副使，且两次知杭州，从各方面情况来考核，此说可信。柳永现存词中，干谒赠献的作品不止此篇，总的看来，这类词意味不多，无非评功摆好，吹捧对方而已。但有如唐人的行卷、温卷，这类作品亦非一无是处。至少，它扩大了词的题材范围，词的题材狭隘问题历来为词论家所关注，柳词在这方面的贡献不小。作为词史上转折期的重要词人，多写长调，以赋为词,善于铺排,工于点染,乃至雅俗浑化,以俗为雅等等,自不待言。在赠妓怀人之外,柳词又将词调这种形式用于干谒与投献,目的自可不论,词在柳永手里真是八面来风,挥运自如,这是很值得我们探讨的。联系后来的曲子,元人刘时中有《上高监司》套数,也是投献的曲子。巧的是这位高监司也做过杭州的父母官,他叫高纳麟,为元文宗时杭州路总管。刘时中以曲子的形式向高反映灾情并揭露当时钞法的积弊,其时高出任江西道廉访使。自然,套曲的后半部分免不了要颂扬高的崇德懿行,恭祝他加官晋级,不断升迁云云。该套曲(实际是两套)被认为是元散曲中引人注目而又绝无仅有的作品。相比较而言,柳永的投献词一味颂扬对方,少了些关心民瘼的情愫,然其开拓之功不可否认。即词除了娱乐、消遣及寄托个人情怀之外,还可以用于投献,这个端绪显然是肇始于柳永。此外,此词大量用典,极尽铺排之能事,由景物描写突然转入写人物,裁量得当,音韵和谐,自有其可观之处。尤其是大量用典,且贴切自然,这在柳词中虽属另类,却无意中开了辛词之渐。

斗百花

飒飒霜飘鸳瓦,[1]翠幕轻寒微透,长门深锁悄悄,[2]满庭秋色将晚。眼看菊蕊,重阳泪落如珠,长是淹残粉面。[3]鸾辂音尘远。[4]　无限幽恨,寄情空殢纨扇。[5]应是帝王,当初怪妾辞辇。[6]陡顿今来,宫中第一妖娆,却道昭阳飞燕。[7]

【注释】

①鸳瓦：鸳鸯瓦之省称。《三国志·周宣传》："魏文帝问宣曰：'吾梦殿屋两瓦堕地，化为双鸳鸯，此何谓也？'"后世遂称瓦之互相成对者为鸳鸯瓦。白居易《长恨歌》："鸳鸯瓦冷霜花重，翡翠衾寒谁与共？" ②长门：司马相如《长门赋序》中说，孝武皇帝的陈皇后因妒而失宠，闻蜀郡司马相如工于文，遂奉黄金百斤，"而相如为文以悟主上，陈皇后复得亲幸"。 ③"眼看菊蕊"三句：是说菊花上凝满露珠，有如美人脸上布满泪痕。重阳，农历九月九日为重阳节，古以六属阴，九数阳。 ④鸾辂：天子王侯所乘之车。亦称"鸾路"。《吕氏春秋·孟春记》："天子居青阳左个，乘鸾辂，驾苍龙。" ⑤空殢：兀自留恋，徒想。"殢"之本音为tì(替)，意为陷入某种境地不能自拔。后音转为nǐ(泥)，与"昵"义大略相近，即昵恋。唐民间曲子词往往与"尤"字连用，"尤泥"，即殚思苦想之意。至宋词则通用"尤殢"。纨扇：细绢制成的团扇。南朝梁江淹《班倢伃扇》："纨扇如团月，出自机中素。" ⑥"应是帝王"二句：《汉书·外戚传》："孝成班倢伃，帝初即位选入后宫。……成帝游于后庭，尝欲与倢伃同辇载，倢伃辞曰：'观古图画，贤圣之君皆有名臣在侧，三代末主乃有嬖女，今欲同辇，得无近似之乎？'"这里的帝王，指汉成帝，妾指班倢伃。词意是说班倢伃先得宠后又失宠，与"辞辇"事有关联。 ⑦"陡顿今来"三句：意思是转瞬之间，眼下后宫中最得宠幸的，是住在昭阳宫的赵飞燕了。陡顿，犹突然间。赵飞燕，汉成帝皇后。《汉书·外戚传下》："孝成赵皇后，本长安宫人，初生时，父母不举，三日不死，乃收养之。及壮，属阳阿主家，学歌舞，号曰'飞燕'。"颜师古注："以其体轻故也。"据史

书及有关记载,赵飞燕并不住昭阳宫,住昭阳宫的是与她一起承幸的姊妹。后因飞燕姊妹俱失宠,人们便将昭阳宫误为飞燕之居所。唐徐凝《汉宫曲》:“水色帘前流玉霜,赵家飞燕侍昭阳。”可知唐人已将昭阳宫与赵飞燕联系在一起了。

【品评】

此词调牌《斗百花》下毛校《乐章集》补一小注曰:“亦名《夏州》。”吴藕汀《词名索引》于《夏州》条下云:“即《斗百花》。晁补之词名《夏州》。”词写汉宫宫闱旧事,一据史书。无非得宠失宠,翻云覆雨。班倢伃也好,赵飞燕也罢,均得而复失,宠固不能久长也。不惟汉宫如此,历代大率相埒。柳永有无寄托?似此等宫词类作品往往是能折射出士人心曲的。古人的臣妾意识差不多普遍存在,仕途的不得意与宫闱中的失宠仿佛是可以通喻的。联系后来辛弃疾《摸鱼儿》中“君莫舞,玉环飞燕皆尘土”句,可知写宫闱宠幸得失实与仕与不仕、权与不权是互文互义的。或者说,二者之间的互为隐喻由来已久。柳词这里似在说,宠幸有时,终是虚妄;官场得意,亦有失意之时。多少有一点吃不到葡萄喊酸的味道。词以班倢伃口吻出之,驱使史事,言自家隐幽,婉曲有致,别是一段情怀。

斗百花

煦色韶光明媚。[1]轻霭低笼芳树。[2]池塘浅蘸烟芜,帘幕闲垂风絮。春困厌厌,[3]抛掷斗草工夫,[4]冷落踏青心绪。[5]终日扃朱户。[6]　　远恨绵绵,淑景迟迟难度。[7]年少傅粉,[8]依前醉眠何处。[9]深院无人,黄昏乍拆秋千,空锁满庭花雨。

【注释】

①韶光:参见前《黄莺儿》注⑦。　②轻霭:飘浮的雾气。③厌厌:委靡而精神不振的样子。《世说新语·品藻》:"曹蜍、李志虽见在,厌厌如九泉下人。"　④斗草:即斗百草,古代的一种风俗游戏。人们竞采花草,相比多寡优劣,常于端午时行之,以妇女儿童为主。南朝梁宗懔《荆梦岁时记》:"五月五日,四民并踏百草,又有斗草之戏。"唐郑谷《采桑》:"如何斗百草,赌取凤凰钗。"⑤踏青:古人清明时节有踏青赏春之俗。其时春气萌动,百草返青,人们相携到郊野感受春之气息。初无定日,后渐定于清明日。《千金月令》等岁时类文献均有记载。杜甫《绝句》:"江边踏青罢,回首见旌旗。"　⑥扃(jiōng):门窗上的插关。　⑦淑景:与前"韶光"相呼应,指春天的美景。面对美景而言"难度",点出怀人伤春之意。　⑧年少傅粉:喻指男子之美者。《世说新语·容止》:"何平叔(宴)美恣仪,面至白,魏明帝疑其傅粉。"后世遂以傅粉何郎以喻美男子。傅,同"敷",搽抹之意。　⑨依前:谓非第一次如此,犹言又,又是。

【品评】

这是一首闺怨词,未脱春思套路。然柳永毕竟善白描,你看他写怀人幽怨，相思成疾，不说香肌瘦损，亦无重重泪痕，他只是将明媚春光与闺妇的无情无绪、厌厌春愁对比着写：无心斗草，不愿踏青，岂不辜负了大好春色？何以至此呢？都是因为“年少傅粉”未来相会，将她置于孤苦与“远恨”（看来对方在一个遥远的地方）之中。这样写，便从其行为透入到其心灵，伤春无奈于是有了心理依据，这就不显得一般化了。斗草、踏青、拆秋千，都为作品的结扣作张本。故有人称，此词“匀稳工整，在柳词已是上乘”（《词洁辑评》卷三）。“匀稳工整”非单指韵律词语，也包括了构思别致、体贴闺情入微而又有层次感等等。

斗百花

满搦宫腰纤细。① 年纪方当笄岁。② 刚被风流沾惹，③ 与合垂杨双髻。④ 初学严妆，⑤ 如描似削身材，⑥ 怯雨羞云情意。⑦ 举措多娇媚。　　争奈心性，未会先怜佳婿。⑧ 长是夜深，不肯便入鸳被。⑨ 与解罗裳，盈盈背立银釭，⑩ 却道你但先睡。

【注释】

①“满搦宫腰”句：言腰身纤细得刚止一把。搦，握，把。满搦，一把。宫腰，即楚宫腰，亦即细腰。《后汉书·马廖传》：“楚王爱细腰，宫中多饿死。” ②笄（jī）岁：古以女子十五岁为及笄，始束发插簪，表示已成年。《礼记·内则》：“女子……十有五年而笄。”

笄，束发用的簪子。 ③“刚被”句：意为正是情窦初开的时候。④“与合垂杨”句：谓将低垂向下的头发，梳笼成两个髻子。与合，理应。合，该。 ⑤严妆：女子成年后正式的梳妆，也指新婚女子严整的梳妆打扮。《古诗为焦仲卿作》：“鸡鸣外欲晓，新妇起严妆。” ⑥“如描似削”句：谓有如画或雕塑似的好身材。 ⑦“怯雨羞”句：是说对男女欢合既畏却又羞涩。盖“云雨”乃指男女幽欢，宋玉《高唐赋序》言楚王与神女相会，神女自谓“旦为行云，暮为行雨”，后遂称男女欢合为“云雨”。 ⑧未会：不懂得。会，理会。先怜：主动去爱抚。 ⑨鸳被：鸳鸯被，指夫妻共寝之被。参见前《玉女摇仙佩》注⑨。 ⑩银釭：银白色灯盏、烛台。白居易《卧听法曲霓裳》：“起尝残酌听余曲，斜背银釭半下帷。”

【品评】

头巾气重的道学先生一定会以为此词儇薄，斥柳永无状。因为它仿佛是写梳笼雏妓，不必讳言，语词相当刻露。柳词轻薄、秽亵的罪名怕是难以推脱了。然而，且慢！细绎词意亦或是写好人家小儿女初嫁的情形，作者体味细腻真切，描摹生动传神，颇值得反复揣摩。上片写及笄女孩娇羞怯懦，形态心境一一活脱画出，可谓丹青妙手。下片则着重抓取几个动作，进一步将人物写活，使其更具立体感。一是对丈夫不懂得温存，二是不肯脱衣就寝，三是背灯而立，四是着令丈夫先睡，全然是一个不懂规矩、入世未深的孩子。结三句尤妙，但使丈夫哭笑不得，无可奈何。留下一片令人忍俊不禁且想象不尽的空间。此当是柳词中别一种笔调。

甘草子

秋暮。乱洒衰荷，颗颗真珠雨。雨过月华生，[①]冷彻鸳鸯浦。[②]　　池上凭阑愁无侣。奈此个、[③]单栖情绪。却傍金笼共鹦鹉。念粉郎言语。[④]

【注释】

①月华：月光、月色。亦指明月。唐张若虚《春江花月夜》："此时相望不相闻，愿逐月华流照君。"前蜀韦庄《捣练篇》："月华吐艳明烛烛，青楼妇唱捣夜曲。"　②鸳鸯浦：鸳鸯栖息的水滨，也喻指美色荟萃之处。前蜀毛文锡《中兴乐》："红蕉叶里猩猩语，鸳鸯浦，镜中鸾舞。"　③奈此个：犹言怎奈此等境况。个，为估量某种光景与情形之词。　④粉郎：即傅粉何郎，此指思念中的意中人。

【品评】

此令词小巧而精妙，大有"花间"意趣。秋夜雨冷，深闺孤零，寥寥数语，便写尽了思妇的凄寂与悲凉。最是结二句，出人意想，写思妇与鹦鹉之间不断重复着意中人（粉郎）曾说过的话。真是一支笔做两面用：一则见出她的百无聊赖，孤寂中无所适从；再则似于不经意间揭示出她思念之深重。读至此，不由人不击节赞叹，拍案叫绝。尾句之"念"字，用的是口语，犹"叨念"。意思是念出声来，共鹦鹉重温“粉郎”说过的情话也。此“念”非一般意义上的思念之义，当观之于细微末节处，不可轻易放过。

甘草子

秋尽。叶翦红绡，[1]砌菊遗金粉。雁字一行来，[2]还有边庭信。[3]　　飘散露华清风紧。动翠幕、晓寒犹嫩。[4]中酒残妆慵整顿。[5]聚两眉离恨。

【注释】

①叶翦红绡：秋叶鲜红，有如红绸剪成一般。绡：生丝织成的绸子。　②雁字一行来：语含双关，既有雁飞有序，往往排列成“一”、“人”等字形意，又有鸿雁传书，盼望来信之意。　③还有：可有，有没有。此句当为问句。　④嫩：这里是轻、微之意。⑤中酒：病酒，即饮酒过量，为酒所困。中，读去声。

【品评】

此亦闺怨词。过片两句妙。雁为群居群飞之禽鸟，此以雁行雁阵反衬人之孤独寂寥，且以雁能传书逗出盼边庭来信意，两句绾结缠联，语含双关。特别是“还有”二字，纯用口语。倘若改作“可有”、“有无”，意趣就淡去了。小词典雅蕴藉，意尤婉挚。能于传统的征人思妇题材写出一点新意来，诚为不易。

送征衣

过韶阳。[1]璇枢电绕，华渚虹流，运应千载会昌。[2]罄寰宇、荐殊祥。[3]吾皇。[4]诞弥月，[5]瑶图缵庆，[6]玉叶腾芳。[7]并景贶、[8]三灵眷佑，[9]挺英哲、掩前王。[10]遇年年、嘉节清和，[11]颁率土称觞。[12]无间要荒华夏，[13]尽万里、走梯航。[14]彤庭舜张大乐，禹会群方。[15]鹓行。[16]望上国，[17]山呼鳌抃，[18]遥爇炉香。[19]竟就日、[20]瞻云献寿，指南山、[21]等无疆。愿巍巍、宝历鸿基，齐天地遥长。

【注释】

①韶阳：犹韶光，美好的时光。　②"璇枢电绕"三句：言天子生有吉兆，降临于千载难逢的昌盛之世。璇、枢均为星相用语。《史记·天官书》注引《春秋运斗枢》："斗，第一天枢，第二旋（璇），第三玑，第四权，第五衡，第六开阳，第七摇光。"《宋书·符瑞志》："黄帝轩辕氏，母日附宝，见大电光绕北斗枢星，照郊野，感而孕。二十五月生黄帝于寿丘。"又："帝挚少昊氏，母曰女节，见星如虹，下流华渚，既而梦接意感，生少昊。"　③"罄寰宇"句：谓普天下呈现出祥瑞景象。罄，尽竭，所有。荐，进献、送上。这里是呈现之意。　④吾皇：或以为此词乃是进献宋仁宗的贺寿之作（薛瑞生《乐章集校注》）。　⑤诞弥月：《诗经·生民》："诞弥厥月，先生如达。"诞，语助词。弥，终也，终十月之期。达，言生之易也。原诗

是对后稷的赞颂语，这里借以赞“吾皇”。 ⑥瑶图缵庆：皇室永昌，普天同庆。瑶图：帝王世系，皇家族谱。缵，继承。 ⑦玉叶腾芳：皇族子弟兴旺绵延。《古今注》：“黄帝与蚩尤战于涿鹿之野，常有五色云气，金枝玉叶止于帝上，有花葩象。”后世遂称皇族子孙为金枝玉叶。唐萧彷《享太庙乐章·懿宗舞》：“金枝繁茂，玉叶延长。” ⑧并景贶（kuàng）：所有这一切吉兆、恩泽。贶，赠、赐。 ⑨三灵：指天、地、人。班固《典引》：“答三灵之蕃祉，展放唐之明文。”李善注：“三灵，天、地、人也。”亦指日、月、星。《汉书·扬雄传》：“方将上猎三灵之流，下决醴泉之滋。”颜师古注引如淳曰：“三灵，日、月、星垂象之应也。”这里似兼有其意。 ⑩“挺英哲”句：卓立于英哲之列，（功德）足以超越前贤先哲。 ⑪清和：农历四月的俗称。一说指农历二月。清胡鸣玉《订讹杂录·清和月》：“二月为清和。张平子《归田赋》：‘仲春令月，时和气清。’谢灵运诗：‘首夏犹清和。’今以四月当之。” ⑫率土：封建时代指疆域，即王土。《诗经·小雅·北山》：“溥天之下，莫非王土。率土之滨，莫非王臣。” ⑬“无间要荒”句：无论边远之地还是中原腹地。无间，不断，不分。《礼记·檀弓上》：“不昼夜居于内。”郑玄注：“无间昼夜，恒居于内。”这里是无论……还是之义。要荒，边远、偏僻之地。《尚书·禹贡》将疆域分为五服：甸、侯、绥、要、荒。其中“甸服”为王畿之地，而“要”、“荒”二服则是王畿外极远之地。“要荒”亦泛指远方之国。班固《典引》：“卓荦乎方州，洋溢乎要荒。”李周翰注：“要荒，远国也。”这里当指属国。华夏，指中国、中原。《尚书·武成》：“华夏蛮貊，罔不率俾，恭天成命。”疏云：“冕服采章对被发左衽则为有光华也。……夏，大也。故大国曰夏。

华夏，中国也。” ⑭走梯航：谓跋山涉水。梯、航分别指山、海。⑮“彤庭”二句：谓于朱漆大殿奏舜时大乐《韶乐》，像大禹会各路诸侯那样朝临群臣。彤庭，朱红漆柱的大殿，这里指朝廷。班固《西都赋》：“玄墀扣砌，玉阶彤庭。”李善注：《汉书》曰：“朝阳舍中庭彤朱，而殿上髹漆，砌皆铜沓，黄金涂，白玉阶。”大乐，指舜命夔所制之《韶》乐。《史记·乐书》：“大乐与天地同和。”禹会群方：《尚书·大禹谟》：“禹乃会群后。”传曰：“会诸侯共伐有苗。” ⑯鹓行：喻朝臣列队上朝。朝班之行列井然有序，有如鹓鹭群行。唐卢纶《送乐平苗明府》：“无辞折腰久，仲德在鹓行。” ⑰上国：附属国对宗主国之尊称。 ⑱山呼鳌抃（biàn）：山欢呼，鳌也鼓舞。鳌抃，为“鳌戴山抃”之省文。《列子·汤问》上说，五山之根本不相连，常随潮波飘浮，帝恐其流于西极，乃命禺疆使巨鳌十五举首以戴之，五山始峙而不动。抃，本为鼓掌欢呼之意，引申为欢欣鼓舞。《楚辞·天问》：“鳌戴山抃，何以安之？” ⑲爇（ruò）：点燃、焚烧。 ⑳“竟就日”句：尽皆如敬日瞻云一样为“吾皇拜寿。”就日：喻对天子的崇仰与思慕。《史记·五帝本纪》：“帝尧者，放勋。其仁如天，其知如神。就之如日，望之如云。”司马贞索隐：“如日之照临，人咸依就之。若葵藿倾心以向日也。”唐李德裕《奉和圣制南郊礼毕诗》：“三臣皆就日，万国望如云。” ㉑“指南山”句：《诗经·小雅·南山有台》：“南山有台，北山有莱。乐只君子，邦家之基。乐只君子，万寿无期。”又《诗经·天保》：“如月之恒，如日之升，如南山之寿，不骞不崩。”后世祝颂之辞“寿比南山”本此。

【品评】

此词为“吾皇”祝寿，实无大意味。然要了解柳永其人，也无妨硬着头皮读读。如果我们不苛求于古人，作为一个封建文人，写有这样的东西，没什么不好理解的，说来李、杜也未能免俗，他们的集子中也有这种歌颂当朝、粉饰太平的东西。这是说柳永前面的作家。后面呢，更是不乏大作家也少不了写一点类似的东西。被称为“曲状元”的元代曲家马致远，其牢骚愤懑不可谓不强烈吧！然而他也有歌功颂德的曲子。

有人以为柳永既不能为诗文，又无学问，只能填词。从这首《送征衣》来看，柳永还是满有学问的。词中大量经史中的典实，被驱使得妥溜熨贴(尽管有堆砌之嫌)，这绝非易事。不过，从文学作品的角度来看，此词的确乏味，充其量这是一首应景献词。它对研究柳永其人，以及研究柳词的风格样式变化，还是颇有价值的。

昼夜乐

洞房记得初相遇。便只合、[①]长相聚。何期小会幽欢，[②]变作离情别绪。况值阑珊春色暮。[③]对满目、乱花狂絮。直恐风光好，[④]尽随伊归去。　　一场寂寞凭谁诉。算前言、总轻负。早知恁的难拚，[⑤]悔不当时留住。其奈风流端正外，[⑥]更别有、系人心处。一日不思量，也攒眉千度。[⑦]

【注释】

①只合：就应该。　②何期：这里是不想，想不到之意。③阑珊：将残、将尽。南唐李煜《浪淘沙》："帘外雨潺潺，春意阑珊。"④风光好：词牌名。这里语含双关。宋郑文宝《南唐近事》载，陶谷使南唐，自恃为上国使臣，凛然不可犯。韩熙载命妓秦弱兰伴为驿卒女，陶与相昵，并作《风光好》词以赠之。词曰："好因缘，恶因缘，只得邮亭一夜眠，别神仙。　琵琶拨尽相思调，知音少。待得鸾胶续断弦，是何年。"⑤难拚：犹难舍。　⑥其奈：其，语助词，无义。奈，即无奈、怎奈，表示一个事实的存在。　⑦攒(zǎn)：积聚。这里是皱、蹙之意。

【品评】

春思老调，新意无多。惟"何期小会"二句，陡转中不失章法，与首二句形成强烈反差，于三言两语中见出跌宕来。"更别有"句亦好，写出了有情人心灵相通的一种不可言传的奥妙，是不写之写。因为两个人相爱，倘问其对方最令人喜欢、最使人牵挂的究竟是什么时，当事者往往说不清楚，便是"更别有系人心处"。读柳词当抓住此等微妙处，艺术品的动人心魄处也往往在细微之处。

昼夜乐

秀香家住桃花径。[1]算神仙、[2]才堪并。层波细翦明眸，腻玉圆搓素颈。[3]爱把歌喉当筵逞。遏天边，[4]乱云愁凝。言语似娇莺，一声声堪听。　洞房饮散帘帏静。拥香衾、欢心称。金炉麝袅青烟，凤帐烛摇红影。无限狂心乘酒兴。这欢娱，渐入嘉景。犹自怨邻鸡，[5]道秋宵不永。[6]

【注释】

①秀香：不详，当是词人虚拟的歌妓名。桃花径：隐指妓者聚集之处所。《汉书·李广传》："谚曰：'桃李不言，下自成蹊。'"颜师古注："蹊谓径道也。言桃李以其华实之故，非有所召呼，而人争归趣，来往不绝，其下自然成径，以喻人怀诚信之心，故能潜有所感也。"　②算：这里是算来只有之意。③"层波"二句：写歌妓外貌之美。层波，流转顾盼的眼波。屈原《招魂》："娭光眇视，目曾波些。"曾，通"层"。腻玉，经反复琢磨与揉搓的玉器。这句是说圆润的颈项如美玉般细腻。　④"遏天边"句：谓歌声响彻云霄，令行云凝滞。《列子·汤问》："薛谭学讴于秦青，未穷青之技，自谓尽之，遂辞归，秦青弗止，饯于郊衢，抚节悲歌，声振林木，响遏行云。薛谭乃谢求反，终身不敢言归。"唐李白《南都行》："清歌遏流云，艳舞有余闲。"　⑤犹自：尚，尚自。这里是没来由，无端的意思。　⑥永：长。

【品评】

这是一首赠妓词。怕是又要有人说柳永轻薄、淫秽了。清人沈雄就引花庵词客语云："耆卿《昼夜乐》云：'层波细翦明眸，腻玉圆搓素颈，'至'无限狂心逞酒兴，这欢娱渐入嘉景。犹自怨邻鸡，道秋宵不永’。此词丽以淫，为妓作也。”黄升《唐宋诸贤绝妙词选》卷五录此词并注云：“此词丽以淫，不当入选，以东坡尝引用其语，故录之。”东坡引用，正是‘腻玉圆搓素颈’句。词的上片写妓人之美艳，歌之动听，尚无可挑剔；下片一路写房帷中事，不稍含蓄，怪不得人们要病诟。柳词中类此者并非仅有。耆卿出入秦楼楚馆，难免应酬。然而，此词亦非一无是处。结二句就有巧思在其中，怨更短而迁怒于邻鸡，大有意趣。它对元散曲家贯云石的［中吕·红绣鞋］似有直接的影响。贯曲云：“情未足四更过，情未足夜如梭，天哪，更闰一更妨甚么。”其用意与柳词如出一辙。

柳腰轻

英英妙舞腰肢软。[①] 章台柳、昭阳燕。[②] 锦衣冠盖，绮堂筵会，是处千金争选。[③] 顾香砌、丝管初调，倚轻风、佩环微颤。　　乍入霓裳促遍。[④] 逞盈盈、[⑤] 渐催檀板。[⑥] 慢垂霞袖，急趋莲步，[⑦] 进退奇容千变。算何止、倾国倾城，[⑧] 暂回眸、万人断肠。[⑨]

【注释】

①英英：不详。当为词人虚拟的歌妓名。　②“章台柳”句：唐代诗人韩翃在“安史之乱”中与姬妾柳氏一别三年，思念之中以诗相寄：“章台柳，章台柳，往日青青今在否？纵使长条如旧垂，亦应攀折他人手。”柳氏复诗谓：“杨柳枝，芳菲节，可恨年年赠离别。

一叶随风忽报秋，纵使君来岂堪折。”章台，本为汉代长安一条繁华街道名。《汉书·张敞传》：“敞无威仪，时罢朝会，过走马章台街，使御吏驱，自以便面拊马。”晋臣瓒注：“在章台下街也。”宋方千里《渔家傲》：“看舞后。腰肢宛胜章台柳。”此与柳词用意仿佛，亦以章台柳喻舞者腰肢。昭阳燕，指赵飞燕。《赵飞燕外传》：“帝（汉成帝）曰：‘（赵飞燕）丰若有余，柔若无骨，迁延谨畏，若远若近。’”这里是以赵飞燕之“柔若无骨”与前句“腰肢软”相照应的。③是处：到处，处处。 ④霓裳：即《霓裳羽衣曲》，传说是唐玄宗聆听天乐后而制成（详《唐逸史》、《广德初异录》）。实为西凉乐，原名《婆罗门》，乃开元中河西节度使杨敬述所献。苏轼《哨遍·春词》：“看紧约罗裙，急趋檀板，霓裳入破惊鸿起。”促、遍，古代音乐术语，促是促拍；遍是大曲的段落。《新唐书·礼乐志》：“河西节度使杨敬述献霓裳羽衣曲》十二遍。” ⑤盈盈：仪态美好的样子。盈，通“嬴”。古乐府《日出东南隅行》：“盈盈公府步，冉冉府中趋。” ⑥檀板：檀木所制的拍板。《旧唐书·音乐二》：“拍板，长阔如手，厚寸余，以韦连之，击以代抃。”唐杜牧《自宣州赴官入京路逢裴坦制官归宣州因题赠》：“画堂檀板秋拍碎，一引有时连十觥。” ⑦莲步：这里指舞步。《南史·齐东昏侯传》载，东昏侯用黄金制成莲花贴在地上，命宠妃潘妃行走于上，谓“步步生莲花也”。 ⑧倾国倾城：喻指绝美的女子。《汉书·外戚传》：（李）延年侍上，起舞，歌曰：‘北方有佳人，一顾倾人城，再顾倾人国。宁不知倾城与倾国，佳人难再得！’”宋王炎《念奴娇·海棠时过江潭》：“桃杏不堪来比似，信是倾城倾国。” ⑨断肠：此指为舞者的美艳而绝倒。《尔雅翼》：“巴峡谚曰：‘巴东三峡巫峡长，哀猿三声断人肠。'"欧阳修《鹧鸪天》:"只知一笑能倾国,不信相看有断肠。"用法与柳词略同。

【品评】

写舞的诗词曲不在少数,最著名的要推杜甫的《观公孙大娘弟子舞剑器行》了,其中"来如雷霆收震怒,罢如江海凝青光"二句,布在人口,咸人尽知。杜诗的这两句,也是化用《诗经》"如雷如霆,徐方震惊。王奋厥武,如震如怒。"真是无一字无来处。如果说杜诗写的是健舞、武舞,那么柳永这里则写的是软舞、文舞。先写英英的"腰肢软",以柳之轻柔与赵飞燕的"柔若无骨"以张目。然而这软舞亦非一成不变,促拍乍起,檀板急催,节奏快起来了。于是"慢垂霞袖",这大约是过渡中的一个静场、一个定格,或者说是蓄势待发,终于是"急趋莲步、进退奇容千变"。所谓"奇容千变",便是舞者随节奏的变化,舞姿神态亦不断变化,不断翻新出奇,酣畅淋漓,真的是令观者目醉神迷,"万人断肠"了。此词不失为写舞的一个范例,读之者依稀感受到古典舞蹈的无穷魅力。这里的"奇容"之"容",非指面容、脸庞,而是指舞姿,即舞容。词的层次感极强,"丝管初调"时,是"倚轻风,佩环微颤",下片起渐入佳境。而结句的"暂回眸"尤妙,这大约是结束舞蹈前一个惊鸿一瞥的动作神态,接下来应该就是掌声雷动了。全词章法谨严,秀润清朗,真可谓清歌傍水,妙舞当花,洵为佳作。

西江月

风额绣帘高卷,[1]兽环朱户频摇。两竿红日上花梢,[2]

春睡厌厌难觉。[3]　　好梦狂随飞絮，闲愁秾胜香醪。[4]不成雨暮与云朝。[5]又是韶光过了。[6]

【注释】

①凤额绣帘：顶端饰以凤凰图案的垂帘。与下句的“兽环朱户”对举。　②两竿红日：谓早晨的太阳已升起两竿高，天已大亮。当较“日上三竿”略早些。　③厌厌：倦怠、委靡。参见前《斗百花》其二注③。　④香醪（láo）：香浓的醇酒。　⑤雨暮与云朝：隐指男女欢会。　⑥韶光：春光。

【品评】

春思闺怨，乃柳词习见题材。耆卿擅长调，并不是说他小令写得就不好，此词便能在短幅中婉转腾挪，幽俏古艳。日上花梢，春梦缠绕，闲愁无尽中，春天悄然逝去，真可谓“锦屏人忒看的这韶光贱”了。小词古雅清隽，不言怨而怨自深，大得晚唐五代小词风韵。唯结处又落到“雨暮云朝”套语之中，略失含蓄蕴藉。

倾杯乐

禁漏花深，[1]绣工日永，蕙风布暖。[2]变韶景、[3]都门十二，元宵三五，[4]银蟾光满。[5]连云复道凌飞观。[6]耸皇居丽，嘉气瑞烟葱蒨。[7]翠华宵幸，是处层城阆苑。[8]　　龙凤烛、交光星汉。[9]对咫尺鳌山开羽扇。[10]会乐府两籍神仙，[11]梨园四部弦管。[12]向晓色、都人未散。盈万井、[13]山呼鳌抃。愿岁岁，天仗里、常瞻凤辇。[14]

【注释】

①禁漏：古代宫禁中的计时器具。漏，即漏壶，亦称漏箭，壶中插标尺，有刻度，向壶中滴水，视刻度以计时。 ②蕙风：和暖的风。晋左思《魏都赋》："蕙风如薰，甘露如醴。" ③"变韶景"句：指季节变化，阳气回升，已露春天气息。韶景，同"韶光"。都门十二，古代京城之门共十二个，四面各有三个城门。《后汉书·百官制四》："洛阳城十二门。"唐李贺《李凭空篌引》："十二门前融冷光，二十三丝动紫皇。" ④元宵三五：即正月十五夜。宋孟元老《东京梦华录》卷六"正月"有关于北宋京城元宵节活动的详细描述，可参阅。 ⑤银蟾：指月亮。《后汉书·天文志上》："言其时星辰之变。"南朝梁刘昭注："羿请无死之药于西王母，姮娥窃之以奔月……姮娥遂托身于月，是为蟾蜍。"后世称月为蟾月、银蟾以及蟾宫等本此。 ⑥"连云"句：谓复道耸入云端，楼台凌空飞架。唐杜牧《阿房宫赋》："复道行空，不霁何虹？"观，楼观，可观望的楼台。 ⑦"耸皇居丽"二句：宫禁大内的楼台殿阁雄伟壮丽，祥瑞之气蓊茏葱郁。葱蒨（qiàn）：亦作"蒽蒨"，本指草木苍翠茂盛。南朝梁江淹《池上酬刘记室》："葱蒨亘华堂，葐蒀杂绮树。" ⑧"翠华宵幸"二句：天子行止之处，到处有如神仙居所。翠华，指天子出行时的旗帜，因其饰以翠羽，故名。幸，皇帝所至，即临幸。白居易《长恨歌》："翠华摇摇行复止，西出都门百余里。"层城阆苑：均指仙人居所。《水经注·河水》："昆仑之山三级。下曰樊

桐，一名板松。二曰玄圃，一名阆风。上曰层城，一名天庭。是为太帝之居。"《集仙录》则谓西王母居于"昆仑之圃，阆风之苑"。⑨星汉：即天河，亦作银河、星河、河汉等。 ⑩"对咫尺"句：言从近处看"鳌山"，仿佛孔雀开屏般绚丽。鳌山，堆砌成巨鳌形状的彩色灯山。宋孟元老《东京梦华录·元宵》："灯山上彩，金碧相射。"宋周密《乾淳岁时记·元夕》："元夕二鼓，上乘小辇，幸宣德门观鳌山。" ⑪乐府：汉武帝时设立的、掌管音乐及歌诗的官署。《汉书·礼乐志》："至汉武帝定郊祀之礼，祠太一于甘泉，就乾位也；祭后土于汾阴，泽中方丘也。乃立乐府，采诗夜诵，有赵、代、秦、楚之讴。"两籍神仙：指"小儿队舞"与"女弟子队舞"（《宋史·乐志·教坊》）。 ⑫梨园：指戏曲演出。《旧唐书·音乐志》："玄宗又于听政之暇，教太常乐工子弟三百人为丝竹之戏，音响齐发，有一声之误，玄宗必觉而正之，号为皇帝弟子，又云梨园弟子，以置院近于禁苑之梨园。"后世称戏曲演员为梨园弟子本此。四部，指金石丝竹四类乐器。 ⑬"盈万井"句：是说元夕观灯的人群充街填巷，连山水似也在欢呼。盈，满。 ⑭"天仗里"句：在天子的仪仗中能看到天子的车驾。天仗，天子出行之仪仗。唐岑参《寄左省杜拾遗》："晓随天仗入，暮惹御香归。"凤辇，本指仙人的车乘，这里指天子及皇妃所乘的车驾。唐沈佺期《陪奉韦嗣立山庄》："红旗萦秀木，凤辇拂疏筇。"

【品评】

词写上元京城风俗风貌，极尽铺排之能事，为柳永之所长。若能将此词与孟元老《东京梦华录》中记元宵的有关文字对读，庶几可获北宋岁时风俗画的感受。自然柳永写元夕之热闹场景时，未忘吹捧了一番仁宗皇帝，将神仙世界与人间世迷离成一片，这是一种艺术手法，不可单纯以献媚视之，但毕竟有投献之嫌。果然它惊动了圣驾，宋叶梦得《避暑录话》卷下云："（柳）永初为上元辞，有'乐府两籍神仙，梨园四部管弦'之句传禁中，多称之。后因秋晚张乐，有使作《醉蓬莱》词以献，语不称旨，仁宗亦疑有欲为之地者，因置不问。"关于《醉蓬莱》词的"语不称旨"，留待后面品评时再议，此不赘。"乐府两籍神仙，梨园四部管弦"二句，的确是巧思，且将仁宗与汉武帝、唐玄宗相提并论，仁宗虽嘴上不说心里自是熨贴，故"多称之"。然细绎此词，与前《送征衣·过韶阳》命意题旨相仿佛，意象也有重复之处，如"山呼鳌抃"等。终不是柳词中之佳篇。此外，用典过多，不免有堆砌甚至凑泊之弊。

笛家弄

花发西园，草薰南陌，韶光明媚，乍晴轻暖清明后。水嬉舟动，禊饮筵开，[1]银塘似染，金堤如绣。是处王孙，[2]几多游妓，往往携纤手。遣离人、[3]对嘉景，触目伤怀，尽成感旧。　　别久。帝城当日，[4]兰堂夜烛，百万呼卢，[5]画阁春风，十千沽酒。[6]未省、宴处能忘管弦，醉里不寻花柳。[7]岂知秦楼，[8]玉箫声断，[9]前事难重偶。空遗恨，望仙乡，[10]一晌消凝，[11]泪沾襟袖。

【注释】

①禊(xì)饮:祓(fú)禊后的宴筵。禊,古人祓除不祥之祭。有春禊和秋禊之分。上巳日(农历三月三日)行春禊,届时人们于水边洗濯以驱邪除祟。南朝梁宗懔《荆楚岁时记》:“三月三日禊祓”。晋王羲之《兰亭诗序》:“暮春之初,会于会稽山阴之兰亭,修禊事也。” ②是处:到处,处处。 ③遣:使,令。 ④帝城当日:当日帝城之倒置。帝城,京城。 ⑤百万呼卢:百万,极言钱数之多。呼卢,指投掷骰子博戏时的呼叫声。亦称呼雉呵卢、呼卢喝雉。古时博戏,用木制骰子五枚,一面涂黑,画牛犊;一面涂白,画雉。掷下去五子皆黑为卢,为最胜采,四黑一白者为雉,是次胜采。故赌时呼喊此二采。明人彭大巽《山堂肆考》中的说法略有不同,大约不同时代掷法有异。晏几道《浣溪纱》词:“户外绿杨春系马,床前红烛夜呼卢,相逢还解有情无。” ⑥十千:言酒资之多。唐李白《行路难》:“金樽美酒斗十千,玉盘珍馐直万钱。” ⑦花柳:花街柳巷之省,指妓女聚集之处所。 ⑧秦楼:亦指妓女聚集之处所,所谓秦楼楚馆、秦楼谢馆。宋沈义父《乐府指迷》:“如秦楼楚馆所歌之词,多是教坊乐工及市井做赚人所作,只缘音律不差,故多唱之。”按:这里的“秦楼”语含双关,因秦穆公为其女儿弄玉所造之楼亦名秦楼(一作凤楼),故此句当与下句联系起来理解。南唐李煜《谢新恩》:“秦楼不见吹箫女,空余上苑风光。” ⑨玉箫:相传秦穆公女儿弄玉好音乐,有萧史者,善吹箫作凤鸣,穆公遂将弄玉嫁与萧史,并为造凤楼(亦名秦楼)。二人吹箫,凤凰来集,遂乘凤跨凰,飞仙而去。事详汉刘向《列仙传》。这里是借用弄玉、萧史事,言不能与所爱者相携。 ⑩仙乡:本指神仙居

所，此借指所爱者的居处。前蜀韦庄《怨王孙》："不知今夜，何处锁兰房，隔仙乡。" ⑪一晌消凝：一阵黯然销魂。一晌，片刻。消凝，浓重的伤感。消，同"销"，即销魂。凝，浓重。或以为消凝为消魂凝魄之省。

【品评】

柳词多写春色，却每每同中有异。"花发西园，草薰南陌"，起句即从视觉与嗅觉上透出浓郁的春之律动与春之气息。上片由春景的描绘转入伤怀感旧，为下片的遥想与消魂造足了蓄势。章法自在井然，句法亦浑成有序。环顾他人携手踏青，反视自家只身面对春景，孤凄寂寞，更添出无限伤感，的是"良辰美景虚设，赏心乐事何得"？热闹的禊宴，以及银塘、金堤，愈衬托了人的孤独与怅惘，是以乐景写哀情也。下片多写回忆。"当日"情浓时，光景历历在目；"前事"已矣，旧梦不再。能不令人悲从中来，"泪沾襟袖"？下片的"未省"二句当是问句。"岂知"二句，巧用弄玉、萧史事，又以"仙乡"与之呼应，亦是"活法"。全篇写得哀怨凄楚，虽是恋阙怀人之旧题，却能翻出新意，景与情之反衬，运用得亦自然妥贴，景语清空，情语凝深，且能浑化无迹，总于怨悱之旨。最值得注意的是，柳永与歌妓之间的那份真挚而恳切的情感，似已超越了一般意义上的自然情欲，已升华到一种较高的精神境界，不可再以"轻薄"斥之了。柳永的这样一种情愫，已开宋金元文人与歌妓（戏曲演员）平等相爱之先河。读读元人卢挚、关汉卿等与女演员朱帘秀之间的赠答曲，依稀可见这种人道主义思潮的来龙去脉。或许，这与柳永仕途蹭蹬、久滞不售的经历有着某种联系吧。

倾杯乐

皓月初圆，暮云飘散，分明夜色如晴昼。渐消尽、醺醺残酒。危阁迥、[1]凉生襟袖。追旧事、一晌凭阑久。[2]如何媚容艳态，抵死孤欢偶。[3]朝思暮想，自家空恁添清瘦。[4]

算到头、谁与伸剖。[5]向道我别来，[6]为伊牵系，度岁经年，偷眼觑，也不忍觑花柳。[7]可惜恁、[8]好景良宵，未曾略展双眉暂开口。问甚时与你，深怜痛惜还依旧。

【注释】

①迥：高。　②一晌：这里指多时。张相《诗词曲语辞汇释》："一向（一晌），指示时间之辞，有指多时者，有指暂时者。"　③"抵死"句：抵死，终究。张相《诗词曲语辞汇释》："柳永《倾杯乐》词：'追旧事、一晌凭阑久。如何媚容艳态，抵死孤欢偶。'此终究意，言终究与情人睽隔也。"孤欢偶，犹言一人独处，与欢偶睽隔。④空恁：徒然这般。空，空自。　⑤"算到头"句：说到底，有谁（替我）表白呢？到头，到了、到底。伸剖，表白、说明。　⑥向道：临道，临歧。指分别。这句是说分别之后一段时间以来。　⑦不忍：不忍心。忍，隐忍。花柳，指妓女。　⑧恁：此同"您"。

【品评】

此亦好词。是否与前《笛家弄·花发西园》所怀为同一女子，则无文献资料可证，仍是写恋阙怀人显然是无问题的。上片写皓月当空，明如白昼，凭阑不消残酒，望远而思旧情，迤逦写来，不事藻绘，情切意妥。“追旧事”以下三句，看似突兀，实则顺理成章。登高远怀，凭阑生情，犹“忽见陌头杨柳色”而生悔也。换头句自剖心事，却无处表白，益见其孤苦寥落。下片将遥想深怀写得层层透入，直引出渴念相逢叙旧，“深怜痛惜”的好梦重温来。此等词以思念恋阙为事，最能动人天性。“如花美眷，似水流年”。人生易老，追忆似能令人客怀充盈，但同时也更添孤寂、凄怆。词中口语的运用已是得心应手，出神入化，如“抵死”、“空恁”、“到头”，直是不可稍易，此亦柳词之一大优长。它使全篇显得亲切蔼如，情意恳挚。

迎新春

嶰管变青律，帝里阳和新布。① 晴景回轻煦。② 庆嘉节、当三五。③ 列华灯、千门万户。遍九陌、④ 罗绮香风微度。十里然绛树。⑤ 鳌山耸、⑥ 喧天箫鼓。　　渐天如水，素月当午。⑦ 香径里、绝缨掷果无数。⑧ 更阑烛影花阴下，少年人、往往奇遇。⑨ 太平时、朝野多欢民康阜，⑩ 随分良聚。⑪ 堪对此景，争忍独醒归去。⑫

【注释】

①“嶰(xiè)管”二句：谓冬去春来，天气转暖，京城里一片阳和之气。嶰管，本指产于嶰谷(昆仑山北谷)之竹。传说黄帝使伶

伦取嶰谷之竹以制乐器，并定律本。事详《汉书·律历志上》。后遂称箫笛等竹管乐器为嶰管。青律，指代表春天的律管，亦借指春天。古代为了预测节气，将苇膜烧成灰，置于以十二律吕命名的律管中，到了某一月份，相应律管中的灰就会自行飞出。
②“晴景”句：天气晴朗，微吹暖气。煦（xù），温暖。 ③三五：这里指正月十五元宵节。 ④九陌：本指汉长安城中的九条大道。《三辅黄图》：“长安城中八街九陌。”这里借指北宋东京的街市。
⑤绛树：本指珊瑚，这里乃以其状张灯结彩的元宵夜景之华丽。
⑥鳌山：鳌形灯山。 ⑦“渐天”二句：天空逐渐澄澈如水，明月于午夜时更加明亮。午，夜半。 ⑧绝缨掷果：刘向《说苑·复恩》：“楚庄公赐群臣酒，日暮酒酣，灯烛灭，乃有人引美人之衣者，美人援绝其冠缨，告王曰：‘今者烛灭，有引妾衣者，妾援得其冠缨持之，趣火上来，视绝缨者。’王曰：‘赐人酒，使醉失礼，奈何欲显妇人之节而辱士乎。’乃命左右曰：‘今日与寡人饮，不绝冠缨者不欢。’群臣百有余人皆绝去其冠缨而上火，卒尽欢而罢。居三年，晋与楚战，有一人在前，五合五奋，首却敌，卒得胜之。庄王怪而问……对曰：‘臣乃夜绝缨者也。’”后世遂以“绝缨”作为宽厚待人之典，或为狂欢而不拘形迹之喻。掷果，即潘安掷果。《世说新语·容止》：“潘岳妙有姿容，好神情。少时挟弹出洛阳道，妇人遇者莫不连手萦之。”又引《语林》：“安仁（潘岳字）至美，每行，老妪以果掷之满车。”这里皆取狂欢而不拘形迹意。 ⑨奇遇：指艳遇。 ⑩康阜（fù）：健康、富有。阜，丰厚。 ⑪随分：随处。良聚：良会、欢聚。 ⑫“争忍”句：怎忍得在万众欢腾、人人沉醉于欢乐之中时，一个人独持清醒而离去呢！醒，与众人皆沉浸（醉）

相对而言。

【品评】

此又是写京城元宵节盛况。与前《倾杯乐·禁漏花深》相较，少了些颂赞当朝的谀词，多了些民俗民情的描述，故此词优于前词。然“太平时”句仍不免留有痕迹，露出柳永对当朝自作多情的一丝媚气来。柳词写阳和景象、热闹场景，纯用赋法，却每首各各不同，将绛树（珊瑚的别称）用来喻灯彩，新鲜而独特。同是写月，此词只用了八个字：“渐天如水，素月当午。”而前面的《倾杯乐·皓月初圆》，却用了十五个字：“皓月初圆，暮云飘散，分明月色如晴昼。”两相对照，各逞其美，意境又有所不同：一是人处于欢快之中，月朗气清，爽畅而素洁；一是临皓魄而念远怀，迷离犹在梦幻之中。柳词之同中有异，犯而不犯，于此可见一斑。“分明月色如晴昼”一句，着一如字，便见虚幻，寻梦追思，必得惝恍迷离也。用笔之虚实亦大有考究。《迎新春·嶰管变青律》写狂欢亦见巧思。“绝冠缨”之典一般是用作待人宽厚或知恩图报，大约只有柳永将其作不拘形迹来用。“更阑”二句，亦见古风古俗。众皆沉醉，唯我不愿独醒而离去，也是耐人寻味之笔。

曲玉管

陇首云飞，[①]江边日晚，烟波满目凭阑久。立望关河萧索，[②]千里清秋。忍凝眸。[③]　　杳杳神京，盈盈仙子，[④]别来锦字终难偶。[5]断雁无凭，冉冉飞下汀洲。[6]思悠悠。

暗想当初，有多少、幽欢佳会，岂知聚散难期，翻成雨恨云愁。阻追游，每登山临水，惹起平生心事，一场消黯，[7]永日无言，[8]却下层楼。

【注释】

①陇首：汉班固《西都赋》："右界褒斜，陇首之险，带以洪河、泾渭之川。"《后汉书·班固传上》引此文，李贤注："陇首，山名，在今秦川。"亦泛指高山之颠。柳词《醉蓬莱》亦有"渐亭皋叶下，陇首云飞，素秋新霁"句。　②关河：本指函谷关与黄河。《史记·苏秦传》："秦四塞之国，被山带渭，东有关河，西有汉中，南有巴蜀，北有代马，此天府也。"《正义》云："东有黄河，有函关、浦津、龙门、合河等关。"此处是泛指。③忍：不忍、怎忍。　④"杳杳神京"二句：遥远的京城，有仙子般美丽的意中人。杳杳，深暗幽远。《楚辞·九章·怀沙》："眴兮杳杳，孔静幽默。"盈盈，仪态美好的样子。　⑤锦字终难偶：十六国前秦的窦滔远行，其妻苏蕙想念他，就用一匹锦织了二百首诗，共八百四十字，循环颠倒，均成文意。事见《晋书·窦滔妻苏氏传》。南朝梁江淹《别赋》："织锦曲兮泣已尽，回文诗兮影独伤。"终难偶，是说再也没有苏蕙那样织回文诗以寄其所爱之人了。　⑥"断雁"二句：是说没有书信。汀洲：水边和水中的平地。　⑦消黯：消魂、黯然。　⑧永日：镇日，整日。

【品评】

想来柳永在京城里果有一位所爱，否则怎么会一而再、再而三地写这种缠绵悱恻的恋阙深怀之词呢？如此一往情深，倘均是思念同一人，柳永便不能被斥之滥情。此何许人也，则失考，一时说不清楚。此词写秋之所思，与其名作《八声甘州·对潇潇暮雨洒江天》意境题旨相近，可对读并互相发明之。唯此词调分三段，更事铺排。《全宋词》在此词后唐圭璋先生有一段注："案此词原分二段。《词谱》卷三十三云：'此词前段，截然两对，即《瑞龙吟》调所谓双拽头也。'今从其说。"第一段整个写秋景，关河萧索，千里清秋，独立凭阑，意绪黯然。第二段，情驰神京，念盈盈仙子，情思悠悠。第三段最是用力之处，遥想当年，两情相悦，一朝别离，重聚难期。"翻成雨恨云愁"是套话。三段好在"每登山临水，惹起平生心事"二句。"平生"二字最值得注意，柳永此类词想是写给同一人，其"平生心事"如此专一，也不枉"情种"之喻。倘若真是这样，就不能总以"轻薄"的有色眼镜去看柳永了。

满朝欢

花隔铜壶，露晞金掌，①都门十二清晓。②帝里风光烂漫，偏爱春杪。③烟轻昼永，④引莺啭上林，⑤鱼游灵沼。⑥巷陌乍晴，香尘染惹，垂杨芳草。　因念秦楼彩凤，楚观朝云，⑦往昔曾迷歌笑。别来岁久，偶忆欢盟重到。人面桃花，⑧未知何处，但掩朱扉悄悄。尽日竚立无言，赢得凄凉怀抱。

【注释】

①“花隔铜壶”二句：铜壶，即漏壶、漏箭，古代计时器具。参见前《倾杯乐·禁漏花深》注①。露晞（xī）金掌，金铜仙人掌上承着朝露。汉武帝信神仙之道，于建章宫建神明台，台上立仙人舒掌捧铜盘承接露水，以为饮之可延年益寿。后三国魏明帝亦效仿而置之于芳林园。《三辅故事》：“建章宫承露盘高二丈，大七围，以铜为之，上有仙人掌承露，和玉屑饮之。”晞，破晓。《诗经·东方未明》：“东方未晞。” ②都门十二：古代京城四方总共有十二个城门。 ③春杪：春末。 ④永：长。 ⑤上林：即上林苑。原为秦禁苑，汉武帝时又加以扩充，方圆三百里，别馆七十所。后泛指皇家禁苑。 ⑥灵沼：周时池沼。《诗经·灵台》：“王在灵沼，于牣鱼跃”。亦泛指宫禁池沼。 ⑦“因念秦楼”二句：秦楼、楚观，指妓女聚集之处所。彩凤、朝云，皆美人名，代指美妓。《事文类聚》：“杜大中起于行伍，妾能词，有‘彩凤随鸦’之句。杜怒曰：‘鸦且打凤。’”北魏杨衒之《洛阳伽蓝记》：“河间王琛妓女三百人，皆国色。有婢朝云，善吹篪，能为《团扇》舞，《垄上》声。” ⑧人面桃花：唐孟棨《本事诗·情感第一》载：博陵崔护清明日独游都城南，于一桃花丛萃之庄，扣门求浆，一女子开门，施以杯水，且意属殊厚。崔怅然离去。来年清明，崔又前往，则门已紧锁，因题诗于门之左扉：“去年今日此门中，人面桃花相映红。人面只今何处去，桃花依旧笑春风。”后女子见诗，竟恹恹而病，绝食数日而亡。崔护来，女子复生，女父大喜，以女归之。

【品评】

此与前首《曲玉管·陇首云飞》，以及《倾杯乐·皓月初圆》等命意、题旨重复，且念彩凤，思朝云，格调不高。写法上也无什么新意。正是所谓"徒以绮语柔情，竟夸艳冶"(清江顺诒辑、宗山参订《词学集成》卷五《词坏于秦黄周柳之淫靡》条)而已。

梦还京

夜来匆匆饮散，①欹枕背灯睡。酒力全轻，醉魂易醒，风揭帘栊，梦断披衣重起。悄无寐。② 追悔当初，绣阁话别太容易。③日许时、犹阻归计。④甚况味。旅馆虚度残岁。想娇媚。那里独守鸳帷静，永漏迢迢，⑤也应暗同此意。⑥

【注释】

①夜来：犹昨夜。 ②悄无寐：夜静无眠。 ③容易：这里是轻易之意。 ④日许时：犹许多时。张相《诗词曲语辞汇释》："许多时亦曰日许多时。……日许多时及日许时，殆皆当时熟语也。"犹阻归计：还在寻找留下来的理由。 ⑤永漏：即漏久，指夜长。漏，即铜壶漏箭，计时器具。 ⑥暗同此意：谓思念者与被思念者一样处境孤独、凄凉。

【品评】

此亦老调重弹，了无新意。唯口语运用纯熟而自然，如“夜来”、“日许时”等。清钱裴仲说得好：“柳词与曲，相去不能以寸。且有一个意或二三见，或四五见者，最为可厌。其为词无非舞馆魂迷，歌楼断肠，无一毫清气。”（《雨花庵词话》“柳词与曲相近”条）与曲相近，倒未必是不好，相反可视为拓宽了词的表现力，使词更加雅俗共赏，同时亦开曲体先声。问题在于意境之重复，立意的陈旧老套，这的确是柳词之一大弊端。

凤衔杯

有美瑶卿能染翰，①千里寄、小诗长简。想初襞苔笺，②旋挥翠管红窗畔。③渐玉箸、银钩满。④　　锦囊收，犀轴卷。⑤常珍重，小斋吟玩。⑥更宝若珠玑，置之怀袖时时看。似频见、千娇面。

【注释】

①瑶卿：对女子的美称。《水经注·江水二》：“郭景纯曰：‘……宋玉所谓天帝之季女，名曰瑶姬，未行而亡，封于巫山之阳，精魄为草，实为灵芝。’”一说瑶姬为西王母之女云华夫人。《太平广记》卷五六引《集仙录》：“云华夫人，王母第二十三女，太真王夫人之妹也，名瑶姬。”染翰，以笔蘸墨，指擅长书法。唐王维《戏赠张五弟諲》：“染翰过草圣，赋诗轻《子虚》。”　②襞苔笺：襞笺，指

折纸作书。苔笺，以藤为原料制成的纸笺。唐李肇《国史补》："纸则有越之剡藤苔笺，蜀之鱼子十色笺。"唐刘禹锡《乐天寄忆旧游因作报白君以答》："酒酣襞笺飞逸韵，至今传在人人口。" ③翠管：指毛笔，因其多用竹制成。唐李远《观帘女真葬》："玉窗抛翠管，轻袖掩银鸾。" ④"渐玉箸"句：开始是小篆，后又写满草书。渐：始。玉箸，亦作玉筯，书体名，指秦李斯所创之小篆。唐张怀瓘《书断》曰："如蝌斗、玉筯、偃波之类，诸家共五十二般。"五代齐己《酬西川昙域大师玉筯篆书》："玉筯真文久不兴，李斯传到李阳冰。"银钩：草书。《书苑》："晋索靖草书绝代，名银钩虿尾。"唐杜甫《陈拾遗故宅》："到今素壁滑，洒翰银钩连。" ⑤"锦囊"二句：言装裱之考究。《汉武帝内传》："帝以王母所授《五真图》、《灵光经》及上元夫人所授《六甲》、《灵飞》十二事，自撰为一卷，及诸经、图，皆奉以黄金之箱，封以白玉之函，以珊瑚为轴，紫锦为囊，安著柏梁台。"犀轴，用犀牛角制的书画卷轴。 ⑥小斋：对自己书房的谦称。

【品评】

好词。虽说最终还是落在"千娇面"上，但毕竟这位瑶卿不寻常。"小诗长简"不论，她还是一位女书法家。"想初襞苔笺"二句，形象鲜明，神采翘然，是为词中简笔勾勒人物之妙笔。"小斋吟玩"，"置之怀袖时时看"，亦好，它写出了人物心理活动的一个普通且又微妙的奥妙——爱屋及乌，本质上是一种移情的力量，即主观性审美判断的作用。思致好，展开亦好。小幅能得如此，不易。正所谓"细密而妥溜，明白而家常"（刘熙载《艺概·词概》语）者也。

凤衔杯

追悔当初孤深愿。[1]经年价、[2]两成幽怨。任越水吴山，似屏如障堪游玩。奈独自、[3]慵抬眼。[4]　　赏烟花，[5]听弦管。图欢笑、转加肠断。更时展丹青，强拈书信频频看。又争似、[6]亲相见。

【注释】

①孤深愿：孤，别本或作"辜"，当以"辜"为讲得通。　②价：张相《诗词曲语辞汇释》："价，估量某种光景之辞，犹云这般或那般，这个样儿或那个样儿。"所举例句首选即柳词此句。　③奈：无奈。　④慵：懒。　⑤烟花：语含双关。既指春天的美景（所谓烟花三月），亦指勾栏歌妓（所谓烟花粉黛）。从后句来看，偏重于指后者。　⑥争似：怎似，怎如，即到底不如之意。

【品评】

与前面一首有重复处，柳词每每如此。从"更时展丹青"二句看，所怀女子还擅丹青，能写能画，仿佛一才女。至于"追悔当初"，又是老调，不说可厌，却也有些腻味。小词中强调一个东西，可视为一个扣子，那就是反复写排遣，而越是排遣就越是肠断。全词关窍在此。游山玩水，听歌观舞，图的是欢笑，结果却恰恰相反。这是一层。展看她的绘画、书信，又觉得睹物思人，转添惆怅与悔恨。这又是一层。于此等处,可窥见柳词章法、文心。

鹤冲天

闲窗漏永,[1]月冷霜华堕。[2]悄悄下帘幕,残灯火。再三追往事,离魂乱、愁肠锁。无语沉吟坐。好天好景,未省展眉则个。[3]　从前早是多成破。[4]何况经岁月,相抛亸。[5]假使重相见,还得似、旧时么。悔恨无计那。[6]迢迢良夜,自家只恁摧挫。[7]

【注释】

①漏永:夜长。　②霜华:亦作霜花,即霜。花往往用来状物之细微者。唐戴叔伦《独坐》:"二月霜花薄,群山雨气昏。"　③则个:又作"子个"、"只个"。张相《诗词曲语辞汇释》:"则个,表示动作进行时之语助辞,近于'着'或'者'。"　④破:指感情出现问题,即破裂。　⑤抛亸(duǒ):抛闪,丢弃。亸,亦作"軃",本义为垂下。　⑥无计那:犹言没办法呀!那,音 nuó,语尾助词,无实义。⑦只恁:偏是如此。摧挫,犹折磨。

【品评】

这一首以口语见意,反更妥溜、亲切。尤其是下片,纯粹在用口语,整个是内心独白。因而具有某种戏剧性因素。马丁·艾思琳说得好:"内心独白本质上是属于戏剧的。"(《戏剧剖析》)柳永其人身上确有许多戏剧性的东西，后世戏曲小说多有敷演他的故事者，内在原因在此。"假使重相见，还得似、旧时么。悔恨无计那"数句，大有曲的韵味。所为"言文一致"（胡适语），脱口而出，自是词曲中一种很高的境界。

受恩深

雅致装庭宇，黄花开淡泞。① 细香明艳尽天与。② 助秀色堪餐，③ 向晓自有珍珠露。④ 刚被金钱妒。⑤ 拟买断秋天，容易独步。⑥　粉蝶无情蜂已去。要上金尊，惟有诗人曾许。⑦ 待宴赏重阳，⑧ 恁时尽把芳心吐。陶令轻回顾。免憔悴东篱，冷烟寒雨。⑨

【注释】

①"雅致"二句：是说菊花绽放装点着庭院，一片金黄澄澈。淡泞，本作澹泞，清澈、澄明。木玄虚《海赋》："泱漭澹泞，腾波赴势"。李善注："澹泞，澄深也。"唐白居易《送客回晚兴》："参差乱山出，澹泞平江静。"　②尽天与：都是上天所赐。　③秀色堪餐：形容妇女姿容秀丽，亦指花木之美艳。晋陆机《日出东南隅行》："秀色若可餐"。按古人采菊非止清赏，也为服食。王瑶注陶渊明"采菊东篱下"句称："相传服菊可以延年，采菊是为了服食。"（《陶渊明集》）　④向晓：到早上。珍珠露，陶渊明《饮酒》之七："秋菊有佳色，裛露掇其英。"　⑤"刚被"句：言菊色金黄，色泽艳丽，黄

金和铜钱若有知，也会艳羡、妒忌的。刚：恰。 ⑥“拟买断”二句：承上句，既是菊花美逾金钱，自可权作金钱，以买断秋天，独领风骚。容易，这里是“以便”的意思。 ⑦“要上”二句：(菊花)要登金色之头筹至尊，诗人陶渊明曾称许过。这里的金尊，非指酒杯之美称，而是金色之尊位的意思。陶诗中多写赏菊、爱菊，所谓“酒能祛百虑，菊解制颓龄”(《九日闲居》)，故此称“诗人曾许”。 ⑧重阳：农历九月九日为重阳节，又称“重九”。三国魏曹丕《九日与钟繇书》：“岁往月来，忽复九月九日。九为阳数，而日月并应，俗嘉其名，以为宜于长久，故以享宴高会。”古人有重阳登高，饮菊花酒之俗。唐杜甫《九日》：“重阳独酌杯中酒，抱病起登江上台。” ⑨“陶令”三句：意谓花落烟冷，霜重菊残，怕是陶渊明也不免东篱憔悴吧。陶令，指陶渊明，因其曾为彭泽令。

【品评】

咏菊诗词曲古来不知凡几，若写出新意来，殊为难得。柳永此词语工意新，固在描摹细确精到，虽不过家常语，却朴茂灵透，转觉秋色菊事，尽被他说完。“刚被”三句写菊独占秋色鳌头，竟以金钱亦妒为喻，为别家屐齿所未到，尖新而俏皮，亏他想得出。“粉蝶”句亦着眼色彩。蝶有黄色，蜂亦金尾，然均不能傲霜，思致之奇峭亦堪称独步。最是结三句，谓陶令若回首，亦会不堪，着一“轻”字，全句鲜活，全词皆活。六百年也只是一瞬，在轻轻回首之间。此等句法，非大手笔不能为；此等意象，洵超然于物外矣。

看花回

屈指劳生百岁期。[①]荣瘁相随。[②]利牵名惹逡巡过，奈两轮，玉走金飞。[③]红颜成白发，极品何为。[④]　　尘事常多雅会稀，[⑤]忍不开眉。画堂歌管深深处，难忘酒盏花枝。[⑥]醉乡风景好，[⑦]携手同归。

【注释】

①"屈指"句：言人生百年，劬劬辛劳，不过是转瞬之间。屈指：喻时间短促。唐刘禹锡《让同章事表》："克期而进，屈指可平。"劳生，《庄子·大宗师》："夫大块载我以形，劳我以生，佚我以老，息我以死。"　②荣瘁相随：荣显与穷困交互相继。瘁：本指劳累、困病。　③"奈两轮"句：无奈日月相催，时间飞逝。两轮，指日、月，玉指月轮，金指日轮。宋王安石《客至当饮酒》之二："天提两轮光，环我屋角走。"　④极品何为：犹言官再大又有什么用呢？品，官秩的品级。极，至。　⑤尘事：尘世间的琐事。雅会，风雅之人的集会。　⑥花枝：指美色。　⑦"醉乡"句：谓沉醉之中别是一番境界。唐王绩《醉乡记》中说，"阮嗣宋、陶渊明等十数人，并游于醉乡"。后来苏轼也写过一篇《醉乡记》，描写了一个世外虚幻的世界。或谓苏集中此篇非苏轼所作，乃托名混入集中。

【品评】

发摅人生百年的迁逝之感，古来可谓篇什甚夥，其中尤以《古诗十九首》为最有代表性。如“生年不满百，常怀千岁忧”。感叹人生短暂，倏尔百年的还有：

人生天地间，忽如远行客。（《青青陵上柏》）

人生寄一世，奄忽若飙尘。（《今日良宴会》）

人生忽如寄，寿无金石固。（《驱车上东门》）

然而，柳永发这番感慨又与“古诗”有所不同。《今日良宴会》中紧接上面所引两句之后是“何不策高足，先据要路津”。入世、进取精神似颇为迫切。而柳永词中则谓“红颜成白发，极品何为”？似于经历种种仕途多舛之后，心灰意冷，不复有什么芒角了。若此词所抒发的真实的心境，它当成于作者的晚年。有趣的是，纵使满头白发，柳永追忆繁华时仍不忘“花枝”，这就是柳永。笑骂由人，痴心不改，反而更见他的个性。

看花回

玉墄金阶舞舜干，①朝野多欢。九衢三市风光丽，②正万家、急管繁弦。凤楼临绮陌，③嘉气非烟。④　雅俗熙熙物态妍。⑤忍负芳年。⑥笑筵歌席连昏昼，任旗亭、⑦斗酒十千。赏心何处好，惟有尊前。⑧

【注释】

①"玉墄(qī)金阶"句:玉墄,与金阶互对,即玉墀,亦即玉制台阶。墄,阶之齿。舞舜干,演舜帝时的干羽之舞。干,盾牌。羽,即羽翳,如雉尾之类。《尚书·禹书·大禹谟》:"帝乃诞敷文德,舞干羽于两阶。"孔颖达疏:"帝舜乃大布文德,舞干羽于两阶之间。" ②九衢三市:指繁华的街市。《三辅黄图》:"长安城面三门,四面十二门,皆通达九衢,以相经纬。"三市指大市、朝市与夕市(见《周礼·地官·司市》)。唐卢照邻《长安古意》:"南陌北堂连北里,五剧三条控三市。" ③凤楼:即秦楼,本为秦穆公为其女儿所造。这里只是借用文面以作为楼阁的美称。绮陌,指繁华的街道,亦指风景秀丽的郊野。南朝梁简文帝《登峰火楼》:"万邑王畿旷,三条绮陌平。" ④嘉气非烟:指祥瑞之气。《史记·天官书》:"若烟非烟,若云非云,郁郁纷纷,萧索轮囷,是谓卿云。卿云见,喜气也。"唐顾况《送韦秀才赴举》:"洛桥浮逆水,关树接非烟。" ⑤"雅俗"句:谓各色人等熙熙攘攘,街市人流景致美。妍,美丽鲜艳。 ⑥忍:怎忍、不忍。 ⑦旗亭:指酒楼。因其悬旗为招,故称。唐刘禹锡《武陵观火》:"花县与琴焦,旗亭无酒濡。" ⑧尊:同"樽",指酒杯。

【品评】

此与前一首"屈指劳生"情调如水火冰炭,显然编辑《乐章集》时以词的调牌排列,与编年无涉。词写京城繁华闹热,气瑞景妍,又言不肯辜负良辰美景,赏心乐事,直欲"斗酒十千",豪气不可谓不盛。想来当写于作者春风得意之时,没准就是景祐元年(1034)

及第时所作。写法上则一如屯田家数，从大处着眼进行铺排：从朝至野，从九衢三市到凤楼绮陌，最终落到旗亭斗酒，樽前逞欢。全词有如一幅东京城风俗画，真的是“雅俗熙熙”，物态种种，在不大的篇幅中，扫描了京城全景，概括了不尽繁华。将“绮陌”理解成郊野绮丽风光，恐怕更恰当些，因为词的画面感相当开阔，约略一幅《清明上河图》。

柳初新

东郊向晓星杓亚。[①]报帝里、春来也。柳抬烟眼，[②]花匀露脸，渐觉绿娇红姹。妆点层台芳榭，运神功，丹青无价。[③]

别有尧阶试罢。[④]新郎君、[⑤]成行如画。杏园风细，桃花浪暖，竞喜羽迁鳞化。[⑥]遍九陌、[⑦]相将游冶。骤香尘，[⑧]宝鞍骄马。

【注释】

①星杓亚：北斗星的星柄低垂。杓，北斗星柄。《史记·天官书》：“北斗七星，所谓‘璇、玑玉衡以齐七政’。杓携龙角，衡殷南斗，魁枕参首。”《说文》：“杓，斗柄。”杓，《史记·天官书》又作“秉”（通柄）。北斗七星从斗口到柄分别为天枢、天璇、天机、天权、玉衡、开阳、摇光。“以齐七政”，谓可视斗柄以定四时。斗柄指东，天下皆春；斗柄指南，天下皆夏，斗柄指西，天下皆秋；斗柄指北，天下皆冬。亚，犹低也，俯也。　②柳抬烟眼：早春柳叶初生，细

长如人睡眼乍开，故有柳眼之称。《岁华纪丽》："兰芽吐玉，柳眼挑金。"唐元稹《生春》之九："何处生春早，春生柳眼中。"烟，谓早春柳之芽苞初绽，远远望去，似绿色烟雾弥漫。 ③"妆点"三句：言楼台水榭为花柳所妆点，乃是天工造化，是无价的画图。④尧阶试罢：殿试之后。 ⑤新郎君：指新科进士及第者。五代王定保《唐摭言·慈恩寺题名游赏赋咏杂记》："薛监（逢）晚年厄于宦途，尝策羸赴朝，值新进士榜下，缀行而出。时进士团所由辈数十人，见逢行李萧条。前导曰：'回避新郎君！'"宋苏轼《送蜀人张师厚赴殿试》之二："一色杏花三十里，新郎君去马如飞。"⑥"杏园"三句：言及第后心情之开朗、欢畅。杏园本为园林名，故址在今陕西西安大雁塔南，为唐代新科进士赐宴之处所。《唐摭言·慈恩寺题名游赏赋咏杂记》："神龙已来，杏园宴后，皆于慈恩寺塔下题名。"后世泛指新科进士赐宴之处。宋王禹偁《初拜拾遗游琼林苑》："杏园莺蝶如相识，应怪重来蒨绶香。"桃花浪暖，指春闱。传说河津桃花浪起，江海之鱼集聚龙门之下，跃过者化为龙，否则点额暴腮。这里与新进士赐宴并举，盖谓及第欢情也。羽迁鳞化，是说进士及第后仕途宽广，可自在飞翔，任意游弋。羽迁，即羽化飞仙之意。《晋书·许迈传》："玄（迈字叔玄）自后莫测所终，好道者皆谓之羽化矣。"鳞化，即指鱼跃过龙门而成龙。刘孝标《广绝交论》："攀其鳞翼，丐其余论。"李周翰注："鳞，龙也；翼，凤也。" ⑦九陌：汉代长安城中的九条大道。《三辅黄图·长安八街九陌》："《三辅旧事》云：'长安城中八街、九陌'。"后泛指都城街道与繁华闹市。唐骆宾王《帝京篇》："三条九陌丽城隅，万户千门平旦开。" ⑧骤香尘：马蹄驰骤，惹起阵阵香尘。香尘：多指因女子步履而起者。语出王嘉《拾遗记·晋时事》:“(石崇)又屑沉水之香如尘末,布象床上,使所爱者践之。”唐沈佺期《洛阳道》:“行乐归恒晚,香尘扑地遥。”

【品评】

一般都认为此为柳永景祐元年(1034)中进士时所作。通篇都是掩抑不住的激情与喜悦,一派春风得意的气息。始写春色之美,实是心里滋美之外化。整个上片与其说是在写景,不如说是亢奋、激越情绪的自然流露。下片主要写了殿试后的赐宴与跨马游冶,多少有些娇矜与自诩。特别是“杏园”以下三句,柳永将仕途理想化了。他近乎天真烂漫,以为自己的前途简直就是花生满路,莺歌燕舞,未曾想到也会“四围山色,一鞭残照”。先是为睦州团练推官,转又为定海晓峰盐场监和屯田员外郎等。更辗转于川、甘、陕一带,充其量做个县令一类小官。如此,与“羽迁鳞化”的幻想完全搭不上界。此词的好处在其真,真性情,真心话,见出柳永的可爱之处。但同时也见出其诗人之质,文人之习,他想要在官场上如鱼得水,真的成龙化凤几乎是不可能的。今天看来,官场不幸文场幸,柳永若真的官运亨通,未知还能否写出这么多布在人口、传于后世的好词来。

两同心

嫩脸修蛾,①淡匀轻扫。②最爱学、宫体梳妆,偏能做、文人谈笑。绮筵前、舞燕歌云，[3]别有轻妙。　　饮散玉炉烟袅。洞房悄悄。锦帐里、低语偏浓，银烛下、细看俱好。那人人，[4]昨夜分明，许伊偕老。[5]

【注释】

①修蛾：蚕蛾的触须细长弯曲，故古多以之状美女之眉，即蛾眉。《诗经·硕人》："螓首蛾眉。"修，修长。　②淡匀轻扫：是说妆扮得体，淡雅匀停。匀，拭粉。扫，以细刷清理眉毛。唐杜甫《虢国夫人》："却嫌脂粉涴颜色，淡扫蛾眉朝至尊。"　③燕舞歌云：汉成帝皇后赵飞燕体轻而善舞，后因以燕舞、燕体形容女子体态轻盈而善舞。歌云即响遏行云，言歌声响彻云霄，令流云也停滞不前。　④那人人：犹言那可意人儿。人人，是对所爱女子的昵称。《诗词曲语辞汇释》：人人，对于所昵者之称，多指彼美而言。　⑤伊：用作第二人称代词，犹"你"或"卿"、"尹"。这里是以"那人人"的口吻，言与君白头偕老之意。

【品评】

又是老调，词格不高。柳词中的"洞房"、"锦帐"，往往指梳笼妓女，与通常意义上的婚姻爱情不是一回事。但柳永为性情中人，他对歌妓有时还是真情款款、一往情深的，与纯粹追欢买笑，一味皮肤滥交的狎客区别还是很明显的。最起码他特重才艺，讲求文化修养与格调，俗中寻雅，辨觅知音，故不能苛求于这位既有才情又有个性的词人。唯此类作品柳集中多了些，读得多了，未免有点审美疲劳，尽管他力求每一首都有那么点新面貌。说穿了是旧酒装进新瓶子而已。此首上片集中描摹人物,下片着重写人物的行动和心理活动,便与通常先写景后抒情的套路大异其趣。一句"许伊偕老",亦见出歌妓与歌妓追求之不同,虽片言只语,却耐人寻味。

两同心

伫立东风,断魂南国。花光媚、春醉琼楼,① 蟾彩迥、② 夜游香陌。忆当时、酒恋花迷,役损词客。③　　别有眼长腰搦。④ 痛怜深惜。鸳会阻、⑤ 夕雨凄飞,锦书断,⑥ 暮云凝碧。想别来,好景良时,也应相忆。⑦

【注释】

①琼楼:以玉装饰的楼阁,亦泛指华美的建筑。诗文中有时则指仙宫中的楼台。唐皮日休《腊后送内大德从勗游天台》:"梦入琼楼寒有月,行过石树冻无烟。"这里只是泛指。　②蟾彩迥:月光清远。　③役:劳。词客,作者自指。　④眼长腰搦:眼如凤尾腰肢细柔。搦,满把,一握。《西京杂记》:"赵后(飞燕)体轻腰弱,善行步进退。"　⑤鸳会:指男女欢会。　⑥锦书:亦作"锦字"。　⑦"好景"二句:此两句为倒装句,是说别后也应记住二人曾经两情相悦的好时光。

【品评】

伫立忆美，“痛怜深惜”，亦恋阙怀人之旨。巧在词人怅忆，未知佳人深念否？即结句有味，余皆泛泛。

女冠子

断云残雨。洒微凉、生轩户。动清籁、[①]萧萧庭树。银河浓淡，[②]华星明灭，[③]轻云时度。莎阶寂静无睹。[④]幽蛩切切秋吟苦。[⑤]疏篁一径，[⑥]流萤几点，飞来又去。　对月临风，空恁无眠耿耿，暗想旧日牵情处。绮罗丛里，有人人、[⑦]那回饮散，略曾偕鸳侣。[⑧]因循忍便睽阻。[⑨]相思不得长相聚。好天良夜，无端惹起、千愁万绪。

【注释】

①清籁：犹清响。籁，从空穴中发出的声响。唐戴叔伦《听霜钟》：“虚警和清籁，雄鸣隔乱峰。”　②银河：亦作“天河”、“银汉”等，晴朗无月时夜空中出现的一条白云状的光带。隋江总《内殿赋新诗》：“织女今夕渡银河，当见新秋停玉梭。”　③华星：明星。曹丕《芙蓉池作》：“丹霞夹明月，华星出云间。”李善注：“《法言》曰：‘明星皓皓，华藻之力也。’”　④莎阶：长着莎草的台阶。莎草又称“香附子”，多年生草本植物，根可入药。　⑤幽蛩(qióng)切切：幽暗处蟋蟀鸣声凄切。蛩，即蟋蟀，亦称促织、秋虫。唐白居易《禁中闻蛩》：“西窗独暗坐，满耳新蛩声。”　⑥疏篁(huáng)：稀

疏的竹丛。篁:竹。 ⑦人人:对所爱女子的昵称。 ⑧"略曾"句:谓曾两情绸缪过。 ⑨因循:轻率。《敦煌变文集·捉季布传文》:"濮阳之日为因循,用却百金忙买得,不曾子细问根由。"睽阻,乖离、违背。这句是说当时如何忍心那么轻易就别离了,想起来有悔恨之意。

【品评】

一度情浓,轻易别离,回忆起来思念有加,大有悔恨之意。然"情"这东西就是这样,假使当时不分别,如胶似漆,粘在一起,虽不与愿睽违,却彼此都会久而生厌,思念的距离美也就消失了。一朝别离,彼此间的魅力会加强起来,所谓失去的东西更值得回忆,更有珍惜意义,这是人世间情感领域极微妙之处。柳永对此体会得极深,也极多敏锐的感受,故在他的笔下对这种感受每每有深入的挖掘与发挥。词的上片将孤独与惆怅写得淋漓尽致,分不清是情是景,也非情景交融的套语所能概括。莎阶无睹银汉华星,亦不闻清籁之音;秋虫却凄切切悲吟,意绵绵称苦。过处疏篁流萤,明灭来去,凭添冷峻凄凉,读来令人陡生寒噤。换头之"对月临风",耿耿无眠,自然转入远怀恋阙、情不能已的漩涡,笔下之干净凝炼,使转自如自不待言。柳词妙处,往往要透过去看。清代词人彭孙遹说得好:"柳七亦自有唐人妙境,今人但从浅俚处求之,遂使金荃、兰畹之音,流入挂枝、黄莺之调,此学柳之过也。"(《金粟词话》)说得很明白,是学柳者未曾透过的过错,非柳词之过错。所谓唐人妙境,最主要的是意境之美。从技法上看,唐人妙于使转,绝句最见神工鬼斧。柳永悟透了这两层。此词先看意境，再悟使转，庶几可击节赏之。读词之要，先看起处，再看过处；换头看转，结末味其幽长、绵渺。若再抓住丽语佳句，警拔之处，便可势如破竹。

玉楼春

昭华夜醮连清曙。① 金殿霓旌笼瑞雾。② 九枝擎烛灿繁星，③ 百合焚香抽翠缕。④　　香罗荐地延真驭。⑤ 万乘凝旒听秘语。⑥ 卜年无用考灵龟，从此乾坤齐历数。⑦

【注释】

①“昭华”句：谓仙乐从夜到晓鸣奏，一直在祈祷神仙降临。昭华，指仙乐。《晋书·律历志上》：“黄帝作律，以玉为管，长尺，六孔，为十二月音。至舜时，西王母献昭华之管，以玉为之。”醮(jiào)，祈祷神灵降临的祭礼，亦指僧道为禳除灾祟而设的道场。清曙，即清晨。　②霓旌：相传仙人以云霞为旗帜，称霓旌。亦指古代帝王的仪仗，以五色羽毛为饰的旗帜。此兼有其义。前蜀韦庄《喜迁莺》：“霓旌降节一群群，引见玉华君。”　③九枝擎烛：《汉武帝内传》：“然(通燃)九光之灯。”九是概数，极言其多。　④百合焚香：《汉武帝内传》：“爇百和之香”。百亦概数，言集诸多香料制成之香供。抽翠缕，谓燃香的烟迹袅袅，缕缕如绿色丝线。
⑤“香罗”句：谓以有香味的丝织品铺地，延请仙人降临。《汉武帝内传》：“以紫罗荐地。”荐，席子。此处用作动词，是铺展之意。

延，请。真驭，驭风飞来的真人，指神仙。 ⑥“万乘”句：天子凝神屏息倾听神仙向他传授秘诀。万乘，指天子。周制，天子出行，兵车万乘。旒(liú)，冕旒，即帝王冠冕前后垂悬的玉串。《汉武帝内传》：“帝乃盛服立于阶下，敕端门之内不得有妄窥者，内外寂谧，以候云驾到。” ⑦“卜年”二句：意为今后再也用不着以灵龟占卜了，王朝将世世代代传下去，与天地一样长久无虞，卜年，占卜享国的年数。《左传·宣公三年》：“成王定鼎于郏鄏，卜世三十，卜年七百，天所命也。”晋刘昆《劝进表》：“三叶重光，四圣继轨，惠泽侔于有虞，卜年过于周氏。”灵龟，占卜所用蠵(xí)龟。《尔雅》注：“涪陵郡出大龟，甲可以卜，文似瑇瑁，俗谓灵龟，即今觜蠵龟。”历数，历运之数，指王朝享年之数。

【品评】

汉武帝好神仙之道，故《汉武帝内传》详细描写了他设坛醮祭，延请神仙降临的过程，这便是柳永写此词的素材。然此词明写汉武帝，暗指宋真宗。真是无独有偶，宋真宗好神仙并不亚于汉武帝。他广延道士，屡设道场，无论逢祥瑞还是遇灾异，均设道场醮祭祈祷。《宋史·真宗纪》记载，大中祥符元年(1008)正月三日天书降，同年六月天书又降。十多年里，他两祭泰山，一祭华山，乐此不疲，宫中法事不断。直至天禧四年(1020)后，真宗龙体不豫，章献刘皇后垂帘决政事，神仙之事才逐渐消歇。据薛瑞生先生考证，此词当写于大中祥符元年。柳永何以要写这样的词作？又如何评价柳集中此类作品？能否认为它简单地只是讨好当朝，粉饰太平？这些问题都很复杂。但有一点却相对明确，这就是柳永对时政的密切关注，就中隐含着他对天子好神仙的态度与立场。细绎结二句，婉讽微义还是比较明显的。一家天下怎么可能世世代代，永保用享呢？远的说商周，近的说汉唐，哪一姓哪一家与“乾坤齐历数”了呢？将不可能说成是，荒谬中自有微言大义，美中有刺，赞中有讽，柳永还是煞费了一番心思的。将《玉楼春》拆开看，几无异于两首七绝，这里柳永遣词造语工整有序，还得要应汉武故实，可见他的诗家手段与学问家功夫。何言柳永只会填词，既无学问也不能为诗？然话说回来，此词到底诗味不多，艺术上乏善可陈。因为它是作出来的，而不是自然从心底流出的。

玉楼春

凤楼郁郁呈嘉瑞。① 降圣覃恩延四裔。② 醮台清夜洞天严，③ 公宴凌晨箫鼓沸。④　　保生酒劝椒香腻。⑤ 延寿带垂金缕细。⑥ 几行鹓鹭望尧云，齐共南山呼万岁。⑦

【注释】

①凤楼：楼阁之美称，这里指皇宫大殿。　②“降圣”句：降圣，指九天司命天尊。《宋史·真宗记》：（大中祥符五年）“冬十月戊午，延恩殿道场，帝瞻九天司命天尊降。”覃（tán）恩：广为恩典。覃，延长，扩展。四裔：周边。裔，指边远之地。　③醮台：道士做道场时所设坛台。《宋史·真宗纪二》：“大中祥符元年冬十月辛亥，享昊天上帝于圜台，陈天书于左，以太祖、太宗配。”洞天：神仙

居所。道教对神仙所居有十大洞天，三十六小洞天，七十二福地之说，即所谓洞天福地。唐陈子昂《送中岳二三真人序》：“杨仙翁玄默洞天，贾上士幽栖牝谷。” ④公宴：亦作“公筵”。公卿高官之宴会。王粲《公宴》有张铣解题曰：“此侍曹操宴，时操未为天子，故云公宴。” ⑤保生酒：寿酒名。《宋史·礼志》：“大中祥符元年，……以七月一日圣祖降日为先天节，十月二十四日降延恩殿为降圣节，休假、宴乐并如天庆节。中书、亲王、节度、枢密三司以下至驸马都尉，诣长春殿进金缕延寿带、金丝续命缕，上保生寿酒。”椒香，亦称椒酒。《四民月令》：“正月之旦，进酒降神毕，家室无大小次，坐先祖之前，子孙各上椒酒于其家长。” ⑥“延寿带”句：即指金缕延寿带与金丝续命缕。见前注。 ⑦呼万岁，《宋史·真宗纪二》载：大中祥符元年冬十月辛亥，宋真宗往泰山礼神，“命群臣享五方帝诸神于山下封祀坛，上下传呼万岁，振动山谷。”

【品评】

此首与前一首当写于同时。所不同处在于一是借古说今，一是直说罢了。这回所讽，不止于对宋真宗耽于神仙之道的荒唐，也捎带上群臣的沉湎其中，推波助澜。“一国君臣如病狂然，吁，可怪也”(《宋史·真宗纪赞》)。可见，连正史亦有微词。细绎二词，柳永的讽刺揶揄藏头露脚，他仿佛只是实录，褒贬并不明显，想这正是他的高明之处。词的意味不大，甚至有些枯燥，然其史料价值却不容低估。将其与史书对读，真宗朝荒政弊端一目了然。

玉楼春

皇都今夕知何夕。[1]特地风光盈绮陌。[2]金丝玉管咽春空，蜡炬兰灯烧晓色。[3]　　凤楼十二神仙宅，[4]珠履三千鹓鹭客。[5]金吾不禁六街游，[6]狂杀云踪并雨迹。[7]

【注释】

①今夕、何夕：《诗经·绸缪》："今夕何夕，见其良人。"唐杜甫《今夕行》："今夕何夕岁云徂，更长烛明不可孤。"　②特地风光：指宋真宗好神仙之道，朝臣追随其醮祭，朝野间顿时形成一种特别的氛围。盈，满。　③"金丝"二句：言道教音乐荡漾春天夜空，醮坛灯烛彻夜通明。金丝，乐器的金属弦。唐权德舆《奉和圣制重阳日即事六韵》："金丝响仙乐，剑舄罗宗公。"玉管，亦作玉琯，玉制古乐器，用以定音。《晋书·律历志上》："至舜时，西王母献韶华之管，以玉为之。"金丝、玉管往往与道教音乐（仙乐）相联系。北周庾信《赋得鸾台》："九成吹玉琯，百尺上瑶台。"兰灯，精致、豪华的灯具。唐韦应物《郡斋卧病绝句》："香炉宿火灭，兰灯宵影微。"　④凤楼十二，喻指宫禁中的楼阁。南朝宋鲍照《代陈思王京洛篇》："凤楼十二重，四户八绮窗。"神仙宅，言其高贵华美，类于神仙居所。这句与真宗在宫中礼神求仙有关，当有婉讽意味。⑤"珠履三千"句：《史记·春申君传》："春申君客三千人，其上客皆蹑珠履以见赵使，赵使大惭。"后以指上客嘉宾。这里当指朝中

群臣，与下文鹓鹭客并举。 ⑥金吾：官名，即执金吾，汉武帝时为禁卫军。《西京杂记》："西都京城街衢有金吾，晓暝传呼以禁夜行，惟正月十五日夜，敕许金吾弛禁，前后各一日。"这里言不禁，乃官中醮事繁忙，有所不顾也。六街，唐代长安城左右共六条中心大街。《资治通鉴·唐睿宗景云元年》："中书舍人韦元徼巡六街。"胡三省注："长安城左右六街，金吾街使主之。左右金吾将军，掌昼夜巡警之法，以执御非违。" ⑦"枉杀"句：意为此时的京城不若往时，已是请神求仙为要务，男女私情已不值得提起了。枉杀，犹辜负，徒有。这里是可惜之意。云踪雨迹，又作雨迹云踪，指男女情好的往事。柳永喜用之。

【品评】

此词殊难理解。乍看似乎又是言情恋阙之陈词老调，因结句又落到了"云踪雨迹"上头。实则它与前二首联系紧密，连着三首《玉楼春》均与讽谕真宗好道礼神有关。"皇都"二句明确揭出京城与往昔之不同。"特地风光"并非是说京城与其他地方相比显得景致特殊，而是指因了真宗的好神仙所形成的特殊氛围。"金丝"二句透露出宫中礼神醮事的张扬与铺排：音乐非普通音乐，灯烛亦非寻常节庆旧例。它正是"昭华夜醮连清曙"的含蓄表达方式。"凤楼"二句，则又是"几行鹓鹭望尧云，齐共南山呼万岁"的别一种笔调，仍是对"一国君臣如病狂然，吁，可怪也"的形象表达。最难理解的还在末句"枉杀云踪并雨迹"。怎么突然冒出一句言男女私情的话头来呢？它与上句以及全词关系又何在？说来很简单，柳永对情爱从不避讳，甚至总是直说。这里是说京城里随处可以嗅到迎神仙的气息，连宵禁也松弛起来，人们不再去对男女情事有所关注了。换言之，上行而下效，大家都关注神仙之事，而对人间事反而淡漠了。真宗热衷于神仙之事，且令朝野一时耸动，史籍中不乏记载。如大中祥符元年九月庚辰，“赵安仁献五色金丹、紫芝八千七百余本”；十月戊申，“王钦若等献泰山芝草三万八千余本”；四年，“华州献芝草”；七年春正月丙午“亳州丁谓献白鹿一，芝九万五千本”……真宗礼神泰山，“泰山七里内禁樵采，大宴穆清殿。又宴近臣、泰山父老于殿门，赐父老时服、茶帛”（《宋史·真宗纪》）。这样的兴师动众，扰臣扰民，怕是会弄得天下人尽晓，童叟皆知的。故此词劈头里便是问句，今夕知何夕？京城如何到处都是请神问仙的气息？神仙便是真的存在，大约也是可遇而不可求的。巫山神女亦非楚王刻意去求来的。在可遇而不可求这一点上，会真（遇仙）倒还真的与人间恋爱事有某种相通之处，元稹就很聪明，他的传奇文《莺莺传》又叫《会真记》，颇耐人寻味。此词尾句弦外之音应该是，神仙踪迹杳然，莫因求神问仙而辜负了人世间的一份情意。从这样的意义上看，它较前二首婉讽的旨意更含蓄、更隐晦，同时也更有意味。果若如此，其价值就略胜于前二首。

玉楼春

星闱上笏金章贵。[①]重委外台疏近侍。[②]百常天阁旧通班，[③]九岁国储新上计。[④]　　太仓日富中邦最。[⑤]宣室夜思前席对。[6]归心怡悦酒肠宽，[7]不泛千钟应不醉。[8]

【注释】

①星闱：星指星郎，即郎官。《后汉书·明帝纪》："馆陶公主为子求郎，不许，而赐钱千万，谓群臣曰：'郎官上应列宿，出宰百里，苟非其人，则民受其殃，是以难之。'"后因称郎官为星郎。唐张谔《赠吏部孙员外济》："天子爱贤才，星郎入拜来。"闱，宫中小门。一说星闱指皇宫，朝廷。笏(hù)，又称手板、朝笏。古时朝臣觐见天子时手中所持的狭长板子，用玉、象牙或竹、木制成，以为记事或指画所用。《宋史·舆服志五》：唐制五品以上用象牙，上圆下方；六品以下用竹、木，上挫下方。宋方散五品以上用象牙，九品以上用木。金章，金质官印，因以指代官宦仕途。唐杜甫《陪柏中丞观宴将士》之一："无私齐绮馔，久坐密金章。"仇兆鳌注："金章，金印也。"这句是说朝廷重臣们贵于一时。　②外台：指宦官。《晋书·职官志》："案汉武帝游宴后廷，始使宦者典事尚书，谓之中书谒者。置令、仆射。"隋唐以后改为谒者，设内谒者监，宋以后废除。后内谒者称为宦官，可知谒者即外台，亦即宦官。近侍，近臣，亦即重臣。全句谓宦官得宠而重臣失势。　③百常：一千六百尺。古以八尺为寻，倍寻为常。极言高也，此指极高大的楼台。张衡《西京赋》："通天訬以竦峙，径百常而茎擢。"薛琮注："倍寻曰常。"天阁，即天章阁。北宋宫中藏书阁名。始建于宋真宗天禧四年，座落会庆殿西，龙图阁北。仁宗继位后，专用以藏真宗御制文集、御书，并置天章阁学士、直学士及待制等官。南渡后又于大内后万松岭重建。通班，通于朝班。指显要的官职。唐刘

知几《史通·忤时》:“仆少小仕,早蹑通班。” ④国储:即太子。《汉书·疏广传》:“太子国储副君,师友心于天下英俊。” ⑤太仓:古代京师储谷之大粮仓。《史记·平准书》:“太仓之粟,陈陈相因,充溢露积于外,至腐败不可食。”中邦,本指中国,这里指京城。 ⑥“宣室”句:《汉书·贾谊传》中说,文帝召贾谊,问鬼神之事,“谊具道所以然之故。至夜半,文帝前席。既罢,曰:‘吾久不见贾生,自以为过之,今不及也。’乃拜贾谊为梁怀王太傅”。宣室,汉未央宫前殿正室。前席,移坐趋前以更便于谈话。《史记·商君列传》:“卫鞅复见孝公。公与语,不自知膝之前于席也。”唐李商隐《贾生》:“可怜夜半虚前席,不问苍生问鬼神。” ⑦酒肠宽:酒量大。唐孟郊、韩愈《同宿联句》:“为君开酒肠,颠倒舞相饮。”李群玉《重经巴丘追感》:“诗句乱随青草发,酒肠俱逐洞庭宽。” ⑧泛:本作“汎”,指饮酒。晋陶渊明《饮酒》二十首之七:“泛此忘忧物,远我遗世情。”千钟,极言多。钟,古器名,盛酒之圆形壶。《晋书·崔洪传》:“(汝南王亮)以琉璃钟行酒。”

【品评】

因汉景帝刘启与宋仁宗赵祯均在九岁时被立为太子,有的学者认为“此词明写汉文帝,实则写宋真宗。故知此词写于宋真宗天禧二年(1018)九月仁宗初被立为太子时”(薛瑞生《乐章集校注》)。此说大体可信。柳永大约有用词纪录时事的习惯,这也是他的独擅其长。说来这类词无甚艺术趣味,又多用典实,今天读起来确有些乏味。它的史料价值和研究价值固不必言。词的思想比较复杂,说它是咏史倒不如将其视为咏时事。婉讽意味还是很明显的。“重委外台疏近侍”以及“百常天阁旧通班”即是明例。真宗好神仙，服丹药，围前围后的宦竖少不了，“重委”他们乃不言而喻。此外，真宗又有翰墨之好。据《宋史·真宗纪三》载，天禧四年(1020)“十一月戊午，召近臣于龙图阁观御制文词，帝曰：‘朕听览之暇，以翰墨自娱，虽不足垂范，亦平生游心于此。’宰臣丁谓请镂板宣布。”正是在这一年，“丁谓等请作天章阁奉安御书”。即是说天章阁建于天禧四年，翌年峻工，待将御制文翰及皇家藏书置入，还需要时日。故从词中“百常”句看，此词当写于天禧四年以后，言定确写于天禧二年九月不妥，因那时尚无天章阁。从“宣室”句来看，柳永显然袭用了李商隐“不问苍生问鬼神”之意，对真宗好神仙进行婉讽。结二句当与首二句呼应，怡悦图醉的是那些“金章”与“外台”。这样看来，接连四首同调词中，此首锋芒最锐，矛头所向，除了真宗，更在王钦若、丁谓之辈。因而，柳永不是只能写“杨柳岸晓风残月”，只关心风花雪月不问国是苍生的词人，只是他的此类词作向来未曾引起人们的注意罢了。

玉楼春

阆风歧路连银阙。①曾许金桃容易窃。②乌龙未睡定惊猜，③鹦鹉多言防漏泄。④　　匆匆纵得邻香雪。⑤窗隔残烟帘映月。别来也拟不思量，争奈余香犹未歇。⑥

【注释】

①阆风：即阆风巅。传说中仙人的居所。屈原《离骚》："朝吾将济于白水兮，登阆风而緤马。"王逸注："阆风，山名，在昆仑之上。"银阙：传说天上有白玉京，为仙人或天帝所居。南朝梁元帝《扬州保安寺碑》："白珪玄璧，饯瑶池之上；银阙金宫，出瀛洲之下。" ②"曾许"句：旧题汉班固《汉武故事》："东郡送一短人，长五寸，衣冠具足。上疑其精，召东方朔至。朔呼短人曰：'巨灵，阿母还来否？'短人不对，因指谓上：'王母种桃，三千一结子。此儿不良，已三过偷之，失王母意，故被谪来此。'"唐柳宗元《摘樱桃赠元居士时在望仙亭南楼与朱道士同处》："蓬莱羽客如相访，不是偷桃一小儿。" ③"乌龙"句：旧题晋陶潜撰《搜神后记》卷九："会稽句章张然，滞役在都，经年不得归。家有少妇，无子，惟与一奴守舍，妇遂与奴私通。然在都养一狗，甚快，名曰'乌龙'，常以自随。后假归，妇与奴谋，欲得杀然。……然决计，拍膝大呼曰：'乌龙与乎！'狗应声伤奴。奴失刀仗倒地，狗诈其阴，然因取刀杀奴。以妇付县，杀之。" ④"鹦鹉"句：后周王仁裕《开元天宝遗事》载：长安城中富豪杨崇义，其妻刘氏有姿色，与邻子李弇私通，并合谋杀崇义，埋于枯井中。其时无人察觉，唯一鹦鹉在台前架上。刘氏谎称其夫失踪，报案于衙，涉嫌者众。……后县官等复勘此案，鹦鹉忽然声屈，县官取而悬于臂上，问之，鹦鹉言："杀家主者刘氏李弇也。" ⑤"匆匆"句：言与意中人匆匆幽会，得以恣情。香雪，本指脂粉，此借指美貌女子。前蜀韦庄《闺怨》："啼妆晓不干，素面凝霜雪。" ⑥余香：指幽会之后残留下来的女子身上的芳香气息。宋乐史《杨太真外传》："乾元元年，贺怀志又上言曰：'昔上夏

日与亲王棋，令臣独弹琵琶，贵妃立于局前观之。上数枰子将输，贵妃放康国猧(wō)子上局乱之，上大悦。时风吹贵妃领巾于臣巾上，良久，回身方落。及反归，觉满身香，乃卸头帻贮于锦囊中。今则进所贮幞头。'"

【品评】

此词写偷情，活灵活现。格调固不高，然艺术上精微、凝炼，别是一种韵味。上片多用典故，却能恰切妥贴，颇有以东方朔自喻之意。"乌龙"、"鹦鹉"之用，典实不偏僻，却也容不得移易，真神来之笔也。下片的"匆匆纵得"四字，写尽偷香窃玉者心理情态，可发人一噱。结末二句，平复中有跌宕，意尽不尽中有余味，亦是好手段。连着五首《玉楼春》，前四首之间均有联系，此首会不会亦有深层寄托，不敢遽断。但首二句皆与神仙事迹相关，三、四句又与灵异之事瓜葛。最终却只是给人感觉不过写了一次胆战心惊的偷情而已。其实在古人心目中，与神仙之事最容易挂起钩来的，无非是人世间的情事。鲁迅先生曾说过："六朝人并非有意作小说，因为他们看鬼事和人事，是一样的。统当作事实。"(《中国小说的历史的变迁》)宋真宗的好神仙是否也与好人间美色有关？丹药、鹿茸、灵芝年年献那么多，怕是少不了这之间的隐曲联系的。道教神仙家不避讳这种联系，汉武与西王母故事不就是宋真宗的榜样吗！故而说五首一组《玉楼春》大约写在同一时段中，命意题旨总有千丝万缕的联系吧。

金蕉叶

厌厌夜饮平阳第。[1]添银烛、[2]旋呼佳丽。巧笑难禁，艳歌无间声相继。准拟幕天席地。[3]　　金蕉叶泛金波齐。[4]未更阑、已尽狂醉。就中有个风流，暗向灯光底。恼遍两行珠翠。[5]

【注释】

①"厌厌"句：安闲的样子。《诗经·湛露》："厌厌夜饮，不醉无归。"毛传："厌厌，安也。"平阳第，本指汉曹寿府第，诗家借以指歌舞场所。曹寿娶汉武帝姊阳信长公主，汉武夜出，常冒称平阳侯。平阳侯家有歌女卫子夫，为武帝所宠幸。《汉书·外戚传》："孝武卫皇后字子夫，生微也，其家号曰卫氏，出平阳侯邑。子夫为平阳侯主（曹寿）讴者。"　②银烛：旧题晋王嘉《拾遗记五前汉上》："元封元年，浮忻国贡兰金之泥，此金出汤泉，……百铸，其色变白，有光如银，即银烛是也。"此借以喻明亮之灯光。唐李白《十五夜别张五》："听歌舞银烛，把酒轻罗霜。"　③幕天席地：晋刘伶《酒德颂》："幕天席地，纵意所如。"　④"金蕉叶"句：金蕉叶，酒器名。宋郑獬《觥记注》："李适之《七品》曰蓬莱盏、海山螺、匏子卮、幔卷荷、金蕉叶、玉蟾儿，皆因象为名。"金波，美酒名，亦泛指酒。宋朱弁《曲洧旧闻》卷七："（张次贤）尝记天下酒名，今著于此：后妃家……河间府金波，又玉醖。"齐，音 jī，犹满、盈。　⑤"恼遍"

句：承上文，一妓为客所喜，余皆妒也。恼，这里是妒忌之意。两行珠翠，盖指在场诸妓。珠翠，借指盛妆女子，这里指歌妓。

【品评】

美酒、音乐、银烛、佳丽，更有巧笑、艳歌，宋代秦楼楚馆之繁华闹热，于此可见一斑。柳词中不乏此类描绘，它至少是一种形象的文献资料。自然，它是文学，因而具有某种感染力。你看就中那个风流，暗向灯光低迷处，频频卖弄她那万种风情，惹得人意马心猿。同时，她的行动也招来了同行们的忌妒与不满。柳永往往如此，于铺排敷陈之末了，抓住一个有意味的细节，使全词皆活，给人留下一个极为深刻的印象。

惜春郎

玉肌琼艳新妆饰。① 好壮观歌席。潘妃宝钏，阿娇金屋，应也消得。②　　属和新词多俊格。③ 敢共我勍敌。④ 恨少年、枉费疏狂，⑤ 不早与伊相识。⑥

【注释】

①琼艳：白皙而艳丽。琼，本指美玉，诗词中常以形容女子细腻的皮肤。后蜀毛熙震《河满子》："相望只教添怅恨，整环时见纤琼。"　②"潘妃"三句：潘妃为南齐东昏侯妃，名玉儿，以骄奢名于时。《南史·废东昏侯传》："潘氏服御，极选珍宝，主衣库旧物，不

复周用，贵市人间金银宝物，价皆数倍，虎珀钏一只，值百七十万。”阿娇金屋，阿娇即汉武帝陈皇后。《汉武故事》：“胶东王（即汉武帝）数岁，公主抱置膝上问曰：‘儿欲得妇否？’长主指左右长御百余人，皆云不用，指其女：‘阿娇好否？’笑对曰：‘好，若得阿娇为妇，当作金屋贮之。’”消得：抵得，配得上。 ③俊格：格调清俊高雅。 ④勍（jíng），通“竞”，争竞。唐皮日休《霍山》：“岳之大，与地角壮，与天勍势。” ⑤疏狂：这里是张扬、炫耀之意。⑥伊：《诗词曲语辞汇释》：“伊，第二人称之辞，犹云君或你，与普通用如他字者异。”

【品评】

这首《惜春郎》与下面一首《传花枝》其实都可以加上一个题目——《不伏（服）老》。我一直都认为关汉卿的套曲《不伏老》曾受到柳永此二词的影响，特别是下面的《传花枝》。柳永的个性与才情极为宋元戏曲家所推重，南戏与北曲杂剧中多有以柳永为主人公的戏曲作品，关汉卿的《谢天香》就是其中有代表性的作品，此外还有宋金院本《变柳七爨》，元明杂剧中戴善甫和杨讷都有《柳耆卿诗酒玩江楼》，南戏中也有佚名作者《柳耆卿诗酒玩江楼》（残），还有佚名作者的《花花柳柳清明祭柳七记》（佚）等。元明话本中也有《众名妓春风吊柳七》、《玩江楼记》等。这说明柳永对于宋元俗文学影响之大，以及柳词中所蕴涵的俗文学因子，已广为通俗文学家所注目。关汉卿显然读过柳词，故可以肯定他受到过柳词影响。将此词及下面一首与关汉卿《不伏老》对读，便可见分晓。这首小词妙处亦在结末：疏狂少年敢与我这个老浪子竞争，恐怕他们还嫩了点，谁叫他们不早与你结识呢！这话是对那“玉肌琼艳”说的，事实上也是对疏狂少年的不屑，活脱脱一个过了中年，痴心不改，以风流浪子自许的词客形象。词中插入不少口语，如“好壮观歌席”，“敢共我勍敌”等，都恰到好处，宜于观听，朗朗上口。

传花枝

平生自负，风流才调。口儿里、道知张陈赵。①唱新词，改难令，②总知颠倒。③解刷扮，④能哄嗽，⑤表里都峭。⑥每遇着、饮席歌筵，人人尽道，可惜许老了。⑦　　阎罗大伯曾教来，⑧道人生，但不须烦恼。遇良辰，当美景，追欢买笑。賸活取百十年，⑨只恁厮好。⑩若限满、⑪鬼使来追，待倩个、⑫淹通著到。

【注释】

①道知张陈赵：谓交游甚广，多是名流。张衡《西京赋》：“都邑游侠，张赵之伦。齐志无忌，拟迹田文。”李善注：“《汉书》曰：‘长安宿豪大猾箭张回、酒市赵放，皆通邪结党。一云张子罗、赵君都，其长安大侠。具《游侠传》。’”唐窦臮《述书赋》：“若惊陈赵，贾勇徐薛。”注：“陈闳、赵微明、徐守行、薛邕。”　②令：唐宋杂曲的一种体制，令曲，即小令。　③颠倒：犹颠末，来由。这里是说熟悉词曲的体制与作法。　④刷扮：犹装扮演出。刷意同敷，谓

面敷粉墨，登场表演。 ⑤�嗽：未详所指。宋元南戏又称“鹘伶声嗽”（见徐渭《南词叙录》），嗽当指戏曲演唱。 ⑥峭：俊俏。⑦许：稍许，有些。 ⑧阎罗大伯：即阎罗王，俗称阎王爷。地狱神之主。《法苑珠林》：“阎罗王者，昔为沙昆国王。尝与维陀如生王战，兵力不敌，因立誓愿为地狱主。”大伯，是诙谐戏谑的称谓。⑨謄：尽，尽情。柳永另有《应天长》词：“遇良会，謄偷欢悦。”这句是说人生倏尔百年，要享受快乐。 ⑩只恁厮好：言这样就好了。厮，相也。这里类于语助词。 ⑪限满，即大限期满，死期到了。⑫倩：请。 ⑬淹通：淹博贯通。往往指深通学问，饱学博洽者。《文心雕龙·体性》：“平子（张衡字）淹通，故虑周而藻密。”这里为词家自指。著到：犹言注册报到。著，登记、记载。《商君书·境内》：“四境之内，丈夫女子皆有名于上，生者著，死者削。”

【品评】

绝妙好词！说它绝妙，乃因其在词史上几乎是绝无仅有，罕见无二。它简直就是柳永的一篇浪子的立世宣言：笑骂由人笑骂，我就是这么个活法。前面说了，此词可加个《不伏老》的题目。它当作于柳永中年以后，些许有点老了。上片是自夸自耀，逞才斗艺，真的是自负呵！从表到里，才华出众，谁与相匹？到了二百多年后，曲坛上出现了一位大名鼎鼎的关汉卿，写了一篇骇世惊俗的套曲《南吕·一枝花·不伏老》，其中的[梁州]曲，与柳永此词上片如出一辙。只是关汉卿更加恣纵，更加淋漓痛快，到底套曲的容量大，便于充分发挥。为了方便阅读，我们占一点篇幅，迻录[梁州]曲如下：

我是个普天下郎君领袖。盖世界浪子班头。愿朱颜不改常依旧。花中消遣，酒内忘忧。分茶，攧竹；打马，藏阄。通五音六律滑熟。甚闲愁到我心头。伴的是银筝女银台前理银筝笑倚银屏，伴的是玉天仙携玉手并玉肩同登玉楼，伴的是金钗客歌金缕捧金樽满泛金瓯。你道我老也，暂休。占排场风月功名首，更玲珑又剔透。我是个锦阵花营都帅头。曾玩府游州。

不必赘言，两相对读，自会悟出柳词与关曲之间的瓜葛。柳词的下片与关曲的[尾]之间更是异曲同工，既有内在的联系，又各逞其美。且再看关曲[尾]的结末：

则除是阎王亲自唤，鬼神自来勾。三魂归地府，七魄丧冥幽。天哪，那其间才不向烟花路儿上走。

限于篇幅，不能全录关曲。然从艺术构思与命意题旨的深层来审视，两个作品都流露出一种强烈的叛逆意识，头角峥嵘，振聋发聩，其背后显然都有着深刻的文化背景。叛逆者抛弃了一种传统，却又接受了另一种传统，读读《古诗十九首》以及《敦煌曲子词》、《花间集》，就不难发现，柳、关并非向无同调的。以结尾而言，柳词谐谑中见放达，幽默里含率真，称阎罗为大伯，不待请自去地狱报到，都令人拍案称绝。关曲因了曲子形式上的活泼，于滑稽多智中又平添了几分俏皮。个中滋味，须慢慢品咂。

卷　中

雨霖铃

寒蝉凄切，[1]对长亭晚，[2]骤雨初歇。都门帐饮无绪，[3]留恋处、兰舟催发。[4]执手相看泪眼，竟无语凝噎。[5]念去去、千里烟波，暮霭沉沉楚天阔。[6]　　多情自古伤离别。更那堪、冷落清秋节。今宵酒醒何处，杨柳岸、晓风残月。[7]此去经年，[8]应是良辰、好景虚设。[9]便纵有、千种风情，[10]更与何人说。

【注释】

①寒蝉：亦名寒蜇、寒蜩，蝉的一种。又泛指秋天的蝉。《尔雅·释虫》："蜺，寒蜩。"郭璞注："寒蜇也，似蝉而小，青赤。"曹植《赠白马王彪》："秋风发微凉，寒蝉鸣我侧。"李善注："蔡邕《月令章句》曰：'寒蝉应阴而鸣，鸣则天凉，故谓之寒蝉也。'"　②长亭：古时驿路上十里一长亭，五里一短亭，供人休息，也是送别的地方。唐杜牧《题齐安城楼》："不用凭栏苦回首，故乡七十五长亭。"　③都门：京都的城门。《汉书·王莽传》："兵从宣平城门入，民间所谓都门也。"颜师古注："长安城东出北头第一门。"此指宋汴京（今河南开封）城门之外。帐饮，设帐宴饮，饯别送行。无绪，指情绪低落。　④兰舟：本指木兰木所制的船，亦作舟船的美称。任

昉《述异记》："七里洲中有鲁班刻木兰为舟，至今在洲中。诗家所云木兰舟出于此。" ⑤凝噎：亦作凝咽，因悲痛而喉中气塞，说不出话来。 ⑥楚天：犹南天。古楚国在南方，故称南天为楚天。⑦晓风残月：清晨日将出，月犹未落。秋风正凉。残月乃与新月相对。唐白居易《客中月》："晓随残月行，夕与新月宿。" ⑧经年：年复一年。 ⑨"应是"句：谓离别后只身飘泊，纵遇良辰美景，也无人分享，情绪索然。良辰美景，美好的时光与景物。南朝宋谢灵运《拟魏太子〈邺中集〉诗·序》："天下良辰、美景、赏心、乐事，四者难并。"唐杨炯《祭刘少监文》："良辰美景，必躬于乐事；茂林修竹，每协于高情。"虚设，犹枉有，白费。 ⑩风情：有情人之间的浓情蜜意。

【品评】

这是词史上的名作，也是柳永的代表作之一。对其中的名句，如"执手相看泪眼，竟无语凝噎"、"今宵酒醒何处，杨柳岸晓风残月"等，几乎是布在人口，人人耳熟能详。宋以来的词论家对此词不知费了多少口舌，交口称赏、击节赞叹者自是代不乏人，而微词指点、不以为然者间或亦有之。如明人俞彦就说："使屯田此际操觚，果可以'杨柳岸晓风残月'否？且柳词亦只此佳句，余皆未称。而亦有本，祖魏承班《渔歌子》'窗外晓莺残月'，第改二字增一字耳。"（《爰园词话》）此说近乎刻意而为左词，似不足为训。古今好诗好词好曲，怎么可能通篇皆是佳句呢？况且俊语佳句往往只在一、二字之易与一、二字添加，这样的例子在诗歌史上太多了。别家不论，李、杜诗中例子便不在少数。此是常识，可不与辩。倒是清人贺裳之论，平心公允，不负柳七："柳屯田'今宵酒醒何处，杨柳岸、晓风残月'，自是古今俊句。"(《皱水轩词荃》)至于将此俊语与东坡"大江东去"并美齐观，作为词调两种不同风格的经典名句，自是词坛佳话，千古不易。读词抓住俊语佳句，领起全篇，不失为一种品鉴方法，然也不是唯此而已，不二法门。以此词为例，倘不把握住作者在特定情境中的那份真情实感，怕是很难深入到作者的心灵之中以及作品的堂奥中去。写别离要出人头地，唯以真性情自然流出为要。柳永有时非常天真。其实"执手相看泪眼，竟无语凝噎"这样的细节更为动人，无切实感受怕是难能为之。若没有这样定格的精微之处，孤立的"杨柳岸晓风残月"，也只能是清空峻峭的风景画而已，美则美矣，情感蕴积与悲凄寂寥的复杂情调就没有那么浓稠。关键是一体化的情绪流动，环环相扣相生、涟漪推着涟漪的意识波动与情感激起。其实"念去去"三个字是不着意的"务头"。"去"字一经叠用，不仅与"凝噎"照应紧密，而且动作性极强地揭示出离别的伤感与无奈。总之，先把握作品整体的基调，再层层领会节奏与旋律，俊语佳句的震撼力就会更加强烈，更加经久不息。清人黄氏评《雨霖铃》说得好极了："送别词，清和朗畅，语不求奇，而意致绵密，自尔稳惬。"(《蓼园词评》)所谓"意致绵密"，就是通体上的情绪场(意)，以及内在的联系(致)；绵密者，针线之谓也。而针线绵密之说，主要是对叙事文学而言。柳词实开后世曲文学先声。他的情感抒发，往往藏于铺叙之中，这正是他对词调体式一个突出的贡献。因而，此词既是柳词中的经典，也是词史上无可争议的经典。

定风波

伫立长堤，淡荡晚风起。骤雨歇、极目萧疏，塞柳万株，掩映箭波千里。[①]走舟车向此，[②]人人奔名竞利。念荡子、终日驱驱，[③]争觉乡关转迢递。[④]　　何意。绣阁轻抛，锦字难逢，等闲度岁。[⑤]奈泛泛旅迹，[⑥]厌厌病绪，迩来谙尽，[⑦]宦游滋味。此情怀，纵写香笺，[⑧]凭谁与寄。算孟光、[⑨]争得知我，继日添憔悴。

【注释】

①箭波：水流迅速，有如飞箭。此指从堤上望水面，柳阴掩映，水波湍流。宋周邦彦《还京乐·春景》："望箭波无际，迎风漾日黄云委。"　②走舟车：谓水路旱程并进。　③驱驱：奔波劳碌。《敦煌变文集·妙法莲华经讲经文》："何得于此终日驱驱，求甚事意。"　④争：差。这里有渐渐之意。迢递，亦作迢遰，遥远。唐杜甫《送樊侍御赴汉中》："居人莽牢落，游子方迢递。"　⑤"绣阁"三句：犹绣房，亦代指女子。后蜀欧阳炯《菩萨蛮》之四："画屏绣阁三秋雨，香唇腻脸偎人语。"此句倒装，是说将绣阁（闺妇）轻抛。等闲：《诗词曲语辞汇释》："犹云平常也。随便也，无端也。"这里有无聊、无奈意味。　⑥泛泛：亦作"汎汎"、"氾氾"。飘流浮行的样子。《楚辞·卜居》："将氾氾若水中之凫，与波上下，偷以全无躯乎？"　⑦迩来：近来。谙尽，犹尝尽，悟透。　⑧香笺：信笺之

美称。　⑨孟光：东汉贤士梁鸿妻。《后汉书·梁鸿传》中谓梁鸿、孟光夫妻相敬如宾，梁鸿每归，“妻为具食，不敢于鸿前仰视，举案齐眉”。后因用作夫妻相敬的典故。

【品评】

游子浪迹，旅怀凄凉，不免思念“绣阁”，盼望锦字香笺。此古乐府习见之题也。此词仍是柳词一贯作风，铺张扬厉，层层深入，直欲说尽道透而后快也。这其实已无意中流露出后世曲（特别是套数）的意味。上片极写为奔竞而驱驰。起二句写独立长堤之上，怅望乡关，形影相吊，孤凄无助，为下片怀人幽怨张本。“淡荡晚风起”一句，乃平常语，与“伫立长堤”一搭配，便成佳句。下片以“奈泛泛旅迹”以下四句为佳，“谙尽”颠沛流离的“宦游滋味”，可知飘泊已久。如此思念“绣阁”才显得深切、绵长。柳永工于羁旅幽思之词，当缘于其有切实的感受，否则是难以翻古意为新词的。

尉迟杯

宠佳丽。算九衢红粉皆难比。[1]天然嫩脸修蛾，[2]不假施朱描翠。盈盈秋水。[3]恣雅态、欲语先娇媚。每相逢、月夕花朝，自有怜才深意。　　绸缪凤枕鸳被。[4]深深处，琼枝玉树相倚。[5]困极欢余，芙蓉帐暖，别是恼人情味。[6]风流事、难逢双美。况已断、香云为盟誓。[7]且相将、共乐平生，未肯轻分连理。[8]

【注释】

①“算九衢”句：谓整个京城的佳丽都比不上她。九衢，京城的九条繁华街道。参阅前《看花回·玉墄金阶舞舜干》注②。红粉，本指女子化妆用的脂粉。亦代指美女。《古诗十九首·青青河畔草》：“娥娥红粉妆，纤纤出素手。” ②修蛾：修长的眉。③盈盈：仪态美好的样子。《古诗十九首·青青河畔草》：“盈盈楼上女，皎皎当窗牖。”秋水：喻明澈的眼波。唐白居易《筝》：“双眸剪秋水，十指剥春葱。” ④绸缪：犹缠绵。《诗经·绸缪》：“绸缪束薪，三星在天。”凤枕鸳被，指夫妻共用的枕被。 ⑤琼枝玉树：喻指佳人才子。《楚辞·离骚》：“折琼枝以继佩。”洪兴祖补注：“琼，玉之美者。《传》曰：‘南方有鸟，其名为凤；天为生树，名曰琼枝。’”后多以喻美女。唐韦应物《鼋头山神女歌》：“皓雪琼枝殊异色，北方绝代徒倾国。”亦以喻贤才。唐李德裕《访韦楚老不遇》：“今来招隐逸，恨不见琼枝。” ⑥恼人滋味：当指欢情男女因琐事而产生不悦。 ⑦香云：女子头发的美称。 ⑧连理，即连理枝。指草木异根而枝干连生，故以喻恩爱夫妻或欢情男女。隋江总《杂曲》之三：“合欢锦带鸳鸯鸟，同心绮袖连理枝。”

【品评】

柳永为人所诟病的正是这一类词作。但读过了他的《传花枝·平生自负》之后，想对此类作品认识上就会不那么苛刻。浪子风流，逞才傲物，柳永从不回避真性情的东西。他往往只是直说，称其为骇世惊俗也好，诟其是“无表德”也罢，见仁见智，笑骂由人，柳永似并不在意。此词结末部分颇有意趣，自“风流事”以下，柳永居然也议论起来了。他说男女之间便是有了龃龉，产生了分歧，也不必吵闹着要分手。因为“双美”难寻难觅。用今天的话来说，就是不能太理想化了，彼此应互相宽容。柳词较少议论，偶尔及之，看似平常却有味。

慢卷䌷

闲窗烛暗，孤帏夜永，欹枕难成寐。细屈指寻思，旧事前欢，都来未尽，[①]平生深意。到得如今，万般追悔。空只添憔悴。对好景良辰，[②]皱着眉儿，成甚滋味。　　红茵翠被。当时事、一一堪垂泪。怎生得依前，似恁偎香倚暖，抱着日高犹睡。算得伊家，也应随分，烦恼心儿里。[③]又争似从前，[④]淡淡相看，免恁牵系。[⑤]

【注释】

①都来：《诗词曲语辞汇释》：“都来，犹云统统也；不过也；算来也。”这里意为算来。　②好景良辰：即良辰美景。　③“算得”三句：想对方与自己一样，也是烦恼不尽。算得，想来。伊，第二人称代词。随分，依例。《诗词曲语辞汇释》：“随分，犹云照样也；照例和应景也。”　④争似：怎如。　⑤恁：这里同“您”。

【品评】

写对旧情前欢的追怀与珍惜，在柳词中数量不少。大体上说，作者于每一首中必力求有一点新意。这一首的妙在追悔的同时，有不少的悬想，推测对方也如自己一样，不忘旧情前欢，照例对失去了的东西无比怀念，由此而闲愁不断，烦恼无尽。《雨霖铃·寒蝉凄切》自"今宵酒醒何处"以下，全是想象之词；而此词"算得伊家"以下，亦是揣测、悬想。所不同的是前者是对自己前路的设想，后者则是对对方与自己分手后一段时光的推测，对照起来品味，更有意趣。柳永的词笔，翻覆腾挪，变化无穷，须细读覃思，再三把玩。

征部乐

雅欢幽会，良辰可惜虚抛掷。每追念、狂踪旧迹。①长祗恁、②愁闷朝夕。凭谁去、花衢觅。细说此中端的。③道向我、④转觉厌厌，役梦劳魂苦相忆。　　须知最有，风前月下，心事始终难得。但愿我，虫虫心下，⑤把人看待，长似初相识。况渐逢春色。便是有，举场消息。⑥待这回、好好怜伊，⑦更不轻离拆。

【注释】

①狂踪旧迹：指流连秦楼楚馆的经历。　②祗恁：祗是"底"与"何"的意思。恁，如此，这样。这里是如何长此这般。　③"凭

谁去”二句，犹言有谁能往勾栏寻得她，细说我的苦闷。花衢，犹花街柳巷，指妓女集中的场所。端的，犹就里，详情。《诗词曲语辞汇释》：“端的，犹云真个或究竟也；的确或凭准也；情节或事实也；明白也。” ④道向我：告诉我。这里与上文“凭谁去”相关联，均是想象之词。 ⑤虫虫：当时妓名。柳词中屡屡写到此人。如《集贤宾·小楼深巷狂游遍》等。 ⑥举场：亦称举子场，即京城春闱会试之考场。唐张籍《送李余及第后归蜀》：“十年人诵好诗章，今日成名出举场。” ⑦伊：你。

【品评】

亦是对旧事前欢的追思之作。此首终于亮出了具体所追怀的对象——虫虫。这大约是个昵称，柳词中不止一次忆及她。别的作品不曾提到名字的有没有忆念她的，限于资料的匮乏，难以确定，想来一定会有的。上片“凭谁去”以下，写出了一种矛盾的心理，细绎之别有意趣。纵使有人去向虫虫转达了作者的情愫，又能怎样呢？到头来不过是更添惆怅。于是，将希望寄于春闱，那时相会，定要好好偿还情债。此于平朴直白中流露出深情蜜意，韵味较前《慢卷绸》又有所不同。

佳人醉

暮景萧萧雨霁。云淡天高风细。正月华如水。金波银汉，潋滟无际。[1] 冷浸书帷梦断，[2] 却披衣重起。临轩砌。[3]　　素光遥指。[4]因念翠娥，[5]查隔音尘何处，相望同千里。尽凝睇。[6]厌厌无寐。渐晓雕阑独倚。

【注释】

①"金波"二句：金波，喻指月光。《汉书·礼乐志》："月穆穆以金波，日华耀以宣明。"颜师古注："言月光穆穆，若金之波流也。"银汉，即银河，又称天河、河汉等。参见前《女冠子·断云残雨》注②。潋滟，光华辉耀，浉连浩茫。唐卢纶《上巳日陪齐相公花楼宴》："树色参差绿，湖光潋滟明。"　②书帷：即书房、书斋。③轩砌：堂屋前台阶。　④素光：月光。晋左思《杂诗》："明月出云崖，皦皦流月光。"　⑤翠娥：别本或作"翠眉"，均指思念中的女子。　⑥凝睇(dì)：此指注目凝视。唐谷神子《博异志·敬元颖》：敬仲躬"忽见水影中一女子面，年状少丽，依时样妆饰，以目仲躬。仲躬凝睇之，则红袖半掩其面微笑"。

【品评】

月光如水，阶前遥望，追忆旧情，怅惘不已。这首词写得清冷、孤凄，临月怀人，相望千里，独依阑干，彻夜无眠。可谓一唱三叹，极写为情所苦的悄悄忧怀。上片一路写景，大有"江清月近人"之叹。过处独立阶前的形象，与结句的"雕阑独倚"呼应，突出了寥落飘零之感。换头仍扣住月光，形影相吊，更见凄紧。"因念"三句写怀人，平白如话，却含情幽远。通篇清空灵透，子夜、乐府之继响也。

御街行

燔柴断烟星河曙。[1]宝辇回天步。[2]端门羽卫簇雕阑，[3]六乐舜韶先举。[4]鹤书飞下，鸡竿高耸，恩霈均寰寓。[5]

赤霜袍烂飘香雾。[6]喜色成春煦。九仪三事仰天颜，[7]八彩旋生眉宇。[8]椿龄无尽，[9]萝图有庆，[10]常作乾坤主。

【注释】

①燔(fán)柴：古代祭天仪式。《尔雅·释天》："祭天曰燔柴。"邢昺疏："祭天之礼，积柴以实牲体、玉帛而燔之，使烟气之臭上达于天，因名祭天曰燔柴也。"星河曙，天已破晓。星河即银汉，天河，此泛指天空。　②宝辇：指天子车驾。天步，天子之步履。这句言祭天毕，御驾宝辇转行回宫。　③端门：宫殿的正南门。《后汉书·左雄传》："诸生试家法，文吏课笺奏，副之端门。"王先谦集解引胡三省曰："宫之正南门曰端门。"羽卫，指帝王的卫队和仪仗。唐薛存诚《东都父老望幸》："鸾舆秦地久，羽卫洛阳空。"簇，聚集。　④六乐：指黄帝、尧、舜、禹、汤、周六代之古乐。《周礼·地官·大司徒》："以六乐防万民之情，而教之和。"郑玄注引郑司农曰："六乐，谓《云门》、《咸池》、《大韶》、《大夏》、《大濩》、《大武》。"六乐之中，《大韶》为舜乐。　⑤"鹤书"三句：谓皇帝大赦天下的赦书已悬挂出来，沾皇恩者遍及寰宇。鹤书，即赦书，因其系于木鹤之上，故名。鸡竿，悬赦书的高竿，上有木鸡，因称。鹤书

鸡竿事,详《宋史》之《礼志》与《仪卫志》。寓,同“宇”。 ⑥赤霜袍:《宋史·舆服志》:“宋因唐制,三品以上服紫,五品以上服朱,七品以上服绿,九品以下服青。”唐李白《与元夫人》:“裘披青毛锦,身着赤霜袍。”烂,灿烂。言着官服者众,色彩流溢。 ⑦九仪:本指周代对九种命官的授命仪式,此指司九仪之官员。《周礼·春官·大宗伯》:“以九仪之礼,正邦国之位。一命受职,再命受服,三命受位,四命受器,五命赐则,六命赐官,七命赐国,八命作牧,九命作伯。”三事,本指天、地、人三事,此指治三事之大夫,即三公。《诗经·雨无正》:“三事大夫,莫肯夙夜。”孔颖达疏:“三事大夫为三公耳。”仰天颜,瞻仰天子的容颜。 ⑧八彩:传说尧帝八眉。《尚书大传》:“尧八眉,舜四瞳子……”一说尧为八彩眉。《孔丛子·居卫》:“昔尧身修十尺,眉乃八彩。”此谓天子龙颜光彩照人,不同凡俗。 ⑨椿龄:喻长寿。《庄子·逍遥游》:“上古有大椿者,以八千岁为春,八千岁为秋”。 ⑩萝图:指舆图,即疆域之图。宋赵抃《寄酬蒋侍郎》:“真是玉皇香案吏,坐看归去赞萝图。”萝图有庆,是普天同庆之意。

【品评】

此词《全宋词》调牌下有题,曰《圣寿》,并注:“题据毛校《乐章集》补。”薛瑞生《乐章集校注》则认为,此词“与‘圣寿’毫无关涉。毛校误,唐氏因之而失察,亦误”。进而根据《宋史·真宗纪》,认为“此词或写天禧二年大赦耳”。前面十分肯定毛晋、唐圭璋皆误,后则以为“或写”,即不确定。想毛晋不会毫无根据地擅自加上《圣寿》之题,亦觉薛先生出语武断。唐圭璋先生加注说明,是很严谨的，倘完全依信毛本，连注也不必加。细绎词意，写赦事只有“鹤书”以下三句；而写祝寿“椿龄”以下也是三句。意兼有之，不能说与“圣寿”毫无关涉。查《宋史·真宗纪》，整个真宗朝大赦不下十次。景德二年(1005)一年竟大赦两次(正月、十一月)。天禧元年春改元大赦，二年夏四月又赦天下。天禧二年秋七月以星变赦天下，三年八月又大赦天下。在不到三年时间里，四次大赦天下。未知薛瑞生先生何以认定此词是写真宗大赦天下？又为什么所写的就是天禧二年秋七月这一次？故“或”字中疑点不少，只能存疑待考。另，柳永既写过为仁宗贺寿的《送征衣·过韶阳》，为什么不能再为仁宗写“圣寿”词？故此词《圣寿》之题未可轻易否定。此外，既是“圣寿”日，同时又颁大赦令的可能也是有的，都要对真宗、仁宗两朝史料再作过细的考索，方可下结论。至于此词写法，实无佳处可圈点，应酬投献之作，谀词不少，且用典堆砌，阻断词意之流畅，诚不足为法也。

御街行

前时小饮春庭院。悔放笙歌散。归来中夜酒醺醺，惹起旧愁无限。虽看坠楼换马，争奈不是鸳鸯伴。[1]　　朦胧暗想如花面。欲梦还惊断。和衣拥被不成眠，一枕万回千转。惟有画梁，新来双燕，彻曙闻长叹。

【注释】

①“虽看”二句：谓虽有美女当面，可惜不是意中人。坠楼，用绿珠坠楼事。《晋书·石崇传》中说，石崇有爱妾绿珠，美而艳，善吹笛。孙秀欲图绿珠，石崇不与，因得罪之。孙秀为当时专权者王伦死党，遂怂恿王伦杀石崇。绿珠得知，“自投于楼下而死”。后诗家多以绿珠代指美人。唐李白《鲁郡尧祠送窦明府薄华还西京》：“绿珠楼下花满园，今日曾无一枝在。”换马，指以爱妾换马。唐陈翰《异闻集》：“酒徒鲍生多蓄声妓，外弟韦生好乘骏马，各求所好。一日相遇而易所好，乃以女婢善四弦者换紫叱拨。”宋苏轼《戏周正孺二绝》之二：“相如虽老犹能赋，换马还应继二生。”争奈，怎奈，奈何。

【品评】

将此词与前一首同调牌的燔柴烟断星河曙较读，高下优劣，不辩自明。柳永长于写情，尤其是男女之情，总是能从细微处发掘出动人情怀的东西。这一首用语研炼却又明白如话，弥见其一片天真。过处二句，尤见真性情。便是美女如云，也无甚可动心的，因为非是自已心上所爱的意中人。这也证明了他并非见一个爱一个，是皮肤滥交之徒。结末三句，以燕子的感受言之，悬想奇妙。而燕子又是成双而来的新燕，更反衬出长叹人的孤苦，实堪再三含味之。

归朝欢

别岸扁舟三两只。① 葭苇萧萧风淅淅。② 沙汀宿雁破烟飞，[3]溪桥残月和霜白。渐渐分曙色。路遥山远多行役。[4]往来人，只轮双桨，[5]尽是名利客。　　一望乡关烟水隔。转觉归心生羽翼。愁云恨雨两牵萦，新春残腊相催逼。岁华都瞬息。浪萍风梗诚何益。[6]归去来，[7]玉楼深处，有个人儿相忆。

【注释】

①扁(piān)舟：小船。《史记·货殖列传》："范蠡既雪会稽之耻……乃乘扁舟，浮于江湖。"唐王昌龄《卢溪主人》："武陵溪口驻扁舟，溪水随君向北流。"　②葭苇：即蒹葭，泛指芦苇。葭，初生的芦苇；蒹为未长穗之芦苇。　③沙汀：水中或水边的沙地。④行役：泛指行旅、出行。此指为仕途功名而远行者。唐李白《估客行》："海客乘天风，将船远行役。"　⑤只轮双桨：意为乘车坐船，水路陆路均有行旅者。　⑥浪萍风梗：以浮萍为波浪所逐，荷梗为风所摇以喻飘泊流离、行踪不定的奔竞者、行役人。　⑦归去来：晋陶渊明曾写有《归去来兮辞》，有"既自以心为形役，奚惆怅而独悲"之叹，后遂以"归去来"以喻归隐之志。

【品评】

此与前《定风波·伫立长堤》同为羁旅之词，意趣也相近。"浪萍风梗诚何益"，堪称名句。它将飘蓬生涯形象化了。"沙汀宿雁破烟飞，溪桥残月和霜白"一对，意境亦渺远幽峭，一动一静，弥见其静，洵为超然于象外，不言愁苦而愁苦自深也。结句看似直白，却浑朴而有余味，不事言诠，而凄清无限。

采莲令

月华收,[1]云淡霜天曙。西征客、此时情苦。翠娥执手送临歧,[2]轧轧开朱户。千娇面、盈盈伫立,[3]无言有泪,断肠争忍回顾。　　一叶兰舟,便恁急桨凌波去。贪行色、[4]岂知离绪。万般方寸,[5]但饮恨,脉脉同谁语。更回首、重城不见,[6]寒江天外,隐隐两三烟树。

【注释】

①收:隐去。　②临歧:亦作"临岐"。本意为面临岐路,后用为分袂离别之词。鲍照《舞鹤赋》:"指会规翔,临岐矩步。"李善注:"岐,岐路也。"唐杜甫《送李校书》:"临岐意颇切,对酒不能喫。"　③盈盈:仪态美好的样子。　④贪行色:急着赶路的神色。⑤方寸:本指心,这里指心情、意绪。《三国志·蜀志·诸葛亮传》:"庶(徐庶)辞先主而指其心曰:'本欲与将军共图王霸之业者,以此方寸之地也。今已失老母,方寸乱矣。'"唐白居易《赠元稹》:"所合在方寸,心源无异端。"　⑥重(chóng)城:古代都城在外城中又建内城,故称。亦泛指城市或宫城都城。唐于邺《扬州梦记》:"扬州,盛地也。每重城向夕,娼楼之上,常有绛纱灯万数,辉罗耀列空中。"

【品评】

此首妙处，在于寥寥两句总写之后，将一支笔翻作两面用。先是写送行人临歧挥袂相别，层层写来，一丝不乱：执手、开户、伫立、无言、有泪，情态描写细腻、真切，动人心魄。过处又将笔收拢，兼写两面依依难舍之情状，双方都不忍相顾，大有白居易"一看肠一断，好去莫回头"之意蕴。换头又抽笔写行人：行色匆匆，桨急舟速，似已将离愁别绪放下，妙就妙在"贪行色、岂知离绪"句，它是一个顿挫，也是蓄势，一旦船稳行人神定，便是"万般方寸，但饮恨、脉脉同谁语"——痛定思痛乃更见痛处。柳永之笔，翻覆可爱，不见雕痕琢迹。最是"更回首"以下，船渐行渐远，回头望去，一片迷离，但见树影模糊，可谓"一身为轻舟"，客怀弥可伤矣。唐圭璋曰："上片之末言回顾，谓人。此则谓舟行已远，不独人不见，即城亦不见，但见烟树隐隐而已。一顾再顾，总见步步留恋之深。屈子云：'过夏首而西浮兮，顾龙门而不见。'收处仿佛似之。"(《唐宋词简释》)诚哉斯言。"一顾再顾"之说，揭出此词奥要。

秋夜月

当初聚散。便唤作、[①]无由再逢伊面。近日来，不期而会重欢宴。向尊前，闲暇里，敛着眉儿长叹。惹起旧愁无限。　　盈盈泪眼，漫向我耳边，[②]作万般幽怨。奈你自家心下，有事难见。[③]待信真个，[④]恁别无萦绊，[⑤]不免收心，共伊长远。

【注释】

①唤作：犹说道。 ②漫向：本为不经意、随意的意思。这里有一味、一直之意。 ③有事难见：犹言有难以言传的苦衷。④待：将。《诗词曲语辞汇释》："待，拟词，犹将也；打算也。"⑤恁：同"您"。别无萦绊，犹不要放心不下。

【品评】

旧情已远，偶然间又结新缘。这是一首叙事性很强的词。柳永所长，正在于此。生活中这样的场景并不罕见，倘使用散文来描述，需不少的笔墨，而柳永三言五语即交待清楚。"当初聚散"，"不期而会"是上片的关键词。下片纯用白描，全是口语，似有意洗尽铅华，浑朴自然之中，完成了两个人物的描摹。此词用韵也极为自由，清人焦循赞同毛大可"词本无韵"的说法，并以此词为例。实际上不按韵部叶韵并不是无韵，口语、方言有时叶韵更有别味。今天用普通话来读这首词，其韵脚颇为密集，也很上口。何谓必以韵书为准，不越雷池毫厘呢！

巫山一段云

六六真游洞，[1] 三三物外天。[2] 九班麟稳破非烟。[3] 何处按云轩。[4]　　昨夜麻姑陪宴。[5] 又话蓬莱清浅。[6] 几回山脚弄云涛，仿佛见金鳌。⑦

【注释】

①“六六”句：六六，指三十六洞天；真游，仙游。道教有三十六洞天七十二福地之说。 ②“三三”句：三三，指九天。物外，世外。关于九天，说法不一。一般认为指天之中央与八方。《楚辞·离骚》：“指九天以为正兮，夫唯灵修之故也。”王逸注：“九天谓中央八方也。”汉扬雄《太玄·太玄数》：“九天，一为中天，二为羡天，三为重天，四为更天，五为睟天，六为廓天，七为减天，八为沈天，九为成天。” ③“九班”句：九班本指朝班，这里借指仙女舞队。麟稳，本指神兽麒麟步伐稳健，此借指仙女舞步稳称，舞姿曼妙。非烟，指祥云。 ④按云轩：按住云头，停于仙阁之上。云轩，高耸入云的楼台亭阁。 ⑤麻姑：仙女名。传说东汉桓帝时曾应仙人王远召，降于蔡经家。麻姑自云曾见东海三为桑田。能掷米成珠，为种种变化之术。事详晋葛洪《神仙传》。 ⑥“又话”句：神仙王远召麻姑至，麻姑云：“接待以来，已见东海三为桑田。向到蓬莱，水又浅于往者会时略半也，岂将复还为陵陆乎。” ⑦“几回”二句：《列子·汤问》中说，海上三仙山蓬莱、方丈、瀛洲，与岱舆、员峤合称五神山。而五山之根无所连者，常随潮波上下往还，不得暂峙焉。仙圣诉之于天帝，帝“乃命禺彊，使巨鳌十五举首而戴之”，后“五山始峙而不动”。这两句是说麻姑曾数次往海上仙山，掠起云涛，且见到了戴（负）山的十五巨鳌。

【品评】

柳永对神仙之事颇有研究,未知是否受了宋真宗的影响。词写麻姑事想象奇崛而饶有意趣。在麻姑眼中,蓬莱之水竟是清浅的,说不定要复为陵陆。“清浅”二字,拈来全不费力,大有“遥望齐州九点烟,一泓海水杯中泻”之气概。结二句谓麻姑数往东海,一定见到过负山之巨鳌,亦是悬想妙构,思致不可控揣。“弄”字下得极巧,笔下若有神差鬼使。

巫山一段云

琪树罗三殿,[①]金龙抱九关。[②]上清真籍总群仙。[③]朝拜五云间。[④]　　昨夜紫微诏下。[⑤]急唤天书使者。[⑥]令赍瑶检降彤霞,[⑦]重到汉皇家。[⑧]

【注释】

①琪树:仙境中的玉树。孙绰《游天台山赋》:“建木灭景于千寻,琪树璀璨而垂珠。”李善注引《山海经》:“昆仑之墟,北有珠树,文玉树、玗琪树。”唐崔珏《哭李商隐》:“应游物外攀琪树,便着霓衣上玉坛。”三殿,泛指神仙居所,与下文“九关”对举,并非实指。②金龙:指龙形镂金门饰,以之衔环。五代和凝《宫词》:“玉殿朦朦散晓光,金龙高喷九天香。”九关,谓九重天门或九天之关。《楚辞·招魂》:“魂兮归来,君无上天些。虎豹九关,啄害下人些。”王逸注:“言天门凡有九重,使神虎豹执其关闭。”唐王初《立春后

作》:“东君珂佩响珊珊,青驭多时下九关。” ③“上清”句:道家称玉清、上清、太清为三清境。《云笈七签》:“上清之天,在绝霞之外,有八皇老君,运九天之仙,而处上清之宫也。”唐白居易《酬赠李炼师见招》:“几年司谏直承明,今日求真礼上清。”真籍,神仙之籍。总群仙,统领群仙。《集仙录》中谓西王母为众仙之首,道家女性天神,群仙之首,“为极阴之元,位配西方,母养群品。天上天下,三界十方,女子之登仙得道者,咸所隶焉。” ④五云:五色祥云,为仙人所乘之云。《汉书·东方朔传》:“帝曰:‘何为吉云?’曰:‘其国常以云气占凶吉,若有喜庆之事,则满屋云起,五色照人,着于草树皆成五色露,露味皆。’” ⑤紫微:星座名,为三垣之一,天帝居所,这里代指天帝。《晋书·天文志》:“紫宫垣十五星,其西蕃七,东蕃八,在北斗北,一曰紫微,大帝之座也,天子之常居也,主命主度也。”唐杜甫《秋日荆南送薛明府辞满告别奉寄薛尚书之作三十韵》:“紫微临六角,皇极正乘舆。” ⑥“急唤”句:说郛本《汉武内传》:“上元夫人即命侍女纪离容,径到扶广山,敕青真小童,出六甲左右灵飞致神之方十二事,当以授刘辙(彻)也。”按上元夫人乃道君弟子,三天真皇之母,统领十万玉女之箓,在天仙中地位仅次于西王母。《汉武内传》载,元封元年七月七日,上元夫人受西王母之请降于汉宫,教武帝以长生成仙之道。此用其事。 ⑦“令赍(jī)”句:《汉武内传》:“侍女纪离容至,云:‘尊母欲得金书秘字六甲灵飞左右策精之文十二事,欲授刘辙,辄封一通付信。’”赍,馈赠。瑶检,犹瑶缄,书信之美称,指“一通付(附)信”。彤霞,指“金书秘字六甲灵飞左右策精之文十二事”。⑧汉皇家:指汉宫武帝居处。

【品评】

此为游仙、步虚类作品。这里同调牌五首均如此。柳永借汉武帝故事为游仙词还不止这五首。或以为“此词明写汉武帝西王母事，实则写宋真宗迎天书事。与前《玉楼春》二首(《昭华夜醮连清曙》与《凤楼郁郁呈嘉瑞》)合观，其旨甚明。结句云‘重到汉皇家’，盖指大中祥符元年(1008)六月天书再降事。”(薛瑞生《乐章集校注》)此说确有根据，其细密的考据也很富于启发性。然将文学作品坐实为某一具体事件，不仅会削弱其审美观赏价值，同时也将文学创作功利化、庸俗化了。柳永可能受到真宗朝所谓两降天书事的启发，但写词并非实录，其中词人臆想处不少，奇思妙构，怪怪奇奇，直欲不可控揣。这正是文学的魅力所在。陶渊明不是也写过《读山海经》十三首吗？如将这同调五首与前《玉楼春》二首统观，还是将这类作品视为游仙词更合适。清人李调元的看法相对较为可取。他说：“诗有游仙，词亦有游仙。人皆谓柳三变《乐章集》工于闱帐淫媟之语、羁旅悲怨之辞。然集中《巫山一段云》词，工于游仙，又飘飘有凌云之意，人所未知。”(《雨村词话》卷一)即是说柳永在这类词中非只是纪事实录，他自己也飘飘欲仙，仿佛亲临神仙世界。以此首而论，琪树金龙，三殿九关，五云朝拜，紫微下诏，这神仙世界的瑰丽奇诡，迷离惝恍，都离不开作者的想象，自然也离不开作者对道家、神仙家典籍的黯熟。将其视为游仙、步虚类作品，当是无可争议的吧。

巫山一段云

清旦朝金母，[1]斜阳醉玉龟。[2]天风摇曳六铢衣。[3]鹤背觉孤危。[4]　　贪看海蟾狂戏。[5]不道九关齐闭。[6]相将何处寄良宵。[7]还去访三茅。[8]

【注释】

①金母：即西王母。《历代真仙体道通鉴》云："金母元君者，九灵太妙龟山金母也。一号太灵九光台金母；一号西王母，乃西华之至妙，洞阴之极尊之气，化而生金母焉，称为金母元君。" ②玉龟：西王母居所。《集仙录》："所居宫阙，在龟山春山西那之都。""茅居从西域王君谒白玉龟台，朝谒王母。" ③六铢衣：佛经谓忉利天衣重六铢，言其轻而薄。详见《长阿含经·世纪经·忉利天品》。后称佛、仙之衣为六铢衣。铢，古重量单位，二十四铢为一两，六铢是四分之一两。唐顾况《归阳萧寺》："身披六铢衣，亿劫为大仙。" ④鹤背：传说修道成仙者可骑鹤背而飞升。宋郑文宝《南唐近事》：（庐山道士）"忽有鹤降，道士喜谓可上升，命山童乘之，至毙。陈沆诗云：'龙腰鹤背俱无力，传语麻姑借大鹏。'" ⑤海蟾狂戏：海蟾，即传说中的神仙海蟾子，俗姓刘，名操，燕山人，曾登辽朝甲科，仕之上相。后遇吕纯阳授以金液还丹之要，乃修真成仙。民间传说中有刘海戏金蟾故事，后全真道奉其为北五祖之一。 ⑥九关：天门。 ⑦相将：《诗词曲语辞汇释》："相将，犹云相与或相共也。" ⑧三茅：指汉景帝时所谓三茅君，即茅盈、茅固和茅衷三兄弟。《集仙传》中说：天皇大帝曾遣绣衣使者冷广子赐茅盈神玺玉章。"王母命上元夫人授茅固、茅衷太霄隐书、丹景道经等四部宝经。王母执太霄隐书，命侍女张灵子执交信之盟，以授于盈、固及衷。"《南史·陶弘景传》："止于句容之句曲山。

恒曰：'此山下是第八洞宫，名金坛华阳之天，周回一百五十里。昔汉有咸阳三茅君得道来掌此山，故谓之茅山。'"唐许浑《亡题》："商岭采芝寻四老，紫阳收术访三茅。"

【品评】

在这一组五首游仙词中，此首意趣最为浓厚。李调元言及柳永游仙词所举即有这首《巫山一段云(清旦朝金母)》。去朝王母，居然醉于白玉龟台；乘醉游九天，竟觉在鹤背之上有些胆战心惊。此等奇思妙想，令人读之不禁拍案。更妙还在下片。由于贪看刘海蟾狂戏，竟误了时辰，天门关闭。到哪儿去寄宿呢？索性到茅山去访三茅兄弟吧！于是，天上人间，任尔驰骋。恰如王琦评李贺《梦天》诗时所言："梦中之游真豪矣！"此亦楚骚一脉，长吉遗响也！

巫山一段云

萧氏贤夫妇，① 茅家好弟兄。② 羽轮飙驾赴层城。③ 高会尽仙卿。④　　一曲云谣为寿。⑤ 倒尽金壶碧酒。醺酣争撼白榆花。⑥ 踏踤九光霞。⑦

【注释】

①"萧氏"句：用弄玉向萧史学吹箫，后夫妇跨凤仙去事。②"茅家"句：即茅氏三兄弟成仙事。　③羽轮：犹羽驾。传说中仙

人所乘以鸾鹤为驭的车驾。南朝梁沈约《游金华山》:“若蒙羽驾迎,得奉金书召。”飙驾,驭风飞行之车。层城,西王母居所。④高会:盛大而隆重的宴会。尽,都是。　⑤云谣:当指云歌,亦作“卿云歌”。《乐府诗集·杂歌谣词一·卿云歌》,宋郭茂倩题解:“《尚书大传》曰:‘舜将禅禹,于时俊乂百工相和而歌《卿云》。’”后因用“云歌”指帝王祭祀、庆典时的颂歌。这里指贺寿的仙乐仙曲。另,《仙传拾遗》:“周穆王……觞西王母瑶池之上,王母谣曰:‘白云在天,道里悠远,山川间之,将子无死,尚能西来。’”　⑥白榆花:白榆,本指星。《古乐府·陇西行》:“天上何所有,历历种白榆。”唐薛逢《天上种白榆赋》:“象帝之先,种白榆于自然,布历历之真质,遍高尚之远天。”此有双关意,撼必为树,故白榆花当指神树仙花。⑦九光霞:形容云霞五光十色,绚烂多彩。九数为道家习用,盖指多。《海内十洲记·昆仑》:“碧玉之堂,琼华之室,紫翠丹房,锦云烛日,朱霞九光。”

【品评】

此首意境飘渺,托想空灵,为五首游仙词中之佼佼者。羽驾驭风,仙卿高会,云谣一曲,碧酒金壶,一应神仙物事,写来清空淡雅,略无滞碍,令人仿佛身临其境。结二句又是奇想,撼星踏霞,无异于海蟾狂戏。仙酒之醉,大异于人间之醉乎?李调元谓此词“末二句真不识烟火语”(《雨村词话》卷一“游仙词”)。诚为搔到痒处之切评,非泛泛之论也。

婆罗门令

昨宵里，恁和衣睡。[1]今宵里，又恁和衣睡。小饮归来，初更过，醺醺醉。中夜后、何事还惊起。霜天冷，风细细。触疏窗，闪闪灯摇曳。　　空床展转重追想，云雨梦，[2]任倚枕难继。寸心万绪，咫尺千里。好景良天，彼此空有相怜意。未有相怜计。

【注释】

①恁：这样，如此。　②云雨梦：两情欢好之梦。

【品评】

平朴而不浮泛，语浅俗而意深挚。妙在一首一尾，余皆铺叙，无非愁怨。昨宵今宵的重复叠见，语气好，味亦佳。一则在于强调有情无绪，中酒愁闷；二则于单调中见出节奏层次，乃匠心所在处，当以慧眼观之，亦当以灵嗅味之。结二句的有意而无计，亦揭出了苦苦相思的原因。从“咫尺千里”句看，这段情有些特殊，未知何故二人不能相携相得？有了这个悬念，词就更显得有意趣。

西平乐

尽日凭高目，[1]脉脉春情绪。嘉景清明渐近，时节轻寒乍暖，天气才晴又雨。烟光淡荡，妆点平芜远树。②黯凝伫。台榭好、莺燕语。　　正是和风丽日，几许繁红嫩绿，雅称嬉游去。③奈阻隔、寻芳伴侣。秦楼凤吹，楚馆云约，空怅望、在何处。寂寞韶华暗度。④可堪向晚，⑤村落声声杜宇。⑥

【注释】

①凭高目：指登高望远。　②平芜：草木丛生的平旷原野。宋欧阳修《踏莎行》："平芜尽处是春山，行人更在春山外。"　③雅称：适于雅兴。　④韶华：喻美好的青春年华。白居易《香山居士写真》："勿叹韶华子，俄成皤叟仙。"　⑤可堪：不堪，怎堪。可，《诗词曲语辞汇释》："犹岂也；那（哪）也。"　⑥杜宇：即杜鹃，亦称子规。传说古蜀国国王名杜宇，号望帝。《成都记》："望帝死，其魂化为鸟，名曰杜鹃，亦曰子规"。子规啼声凄凉悲哀，诗家遂以其鸣喻意境悲凉。晋左思《蜀都赋》："碧出苌弘之血，鸟生杜宇之魄。"

【品评】

上阕写春景意境很美。"嘉景"三句似后来曲中的"鼎足对"。换头两句亦好，"繁红嫩绿"又着以"几许"限之，工细而又别裁。下阕后半自然转入怀人，不失雅切。结二句亦堪称秀语。

凤栖梧

帘下清歌帘外宴。虽爱新声，不见如花面。牙板数敲珠一串，[①]梁尘暗落琉璃盏。[②]　　桐树花声孤凤怨。[③]渐遏遥天，不放行云散。[④]坐上少年听不惯。[⑤]玉山未倒肠先断。[⑥]

【注释】

①牙板：乐器名。演唱时用以节拍，多以竹木制成，亦有以檀木或象牙制成者。　②“梁尘”句：形容歌声绕梁使梁上灰尘落下。《太平御览》卷五七二引汉刘向《别录》：“汉兴以来，善歌者鲁人虞公发声，清尘歌动梁尘。”晋陆机《拟东南一何高》：“一唱万夫叹，再唱梁尘飞。”　③“桐树”句：传说凤凰非梧桐树不栖，故云。《诗经·卷阿》“凤凰鸣矣，于彼高冈。梧桐生矣，于彼朝阳。”毛传：“梧桐盛也，凤凰鸣也。”这句形容歌声之美，有如栖于梧桐树花间孤凤求凰般哀怨。　④“渐遏”二句：用秦青善讴，其歌声响遏行云事。　⑤听不惯：谓从未听到过。乃言歌声极美且与众不同。　⑥玉山：喻指美男子的形体，亦喻指美男子。南朝宋刘义庆《世说新语·容止》：“嵇叔夜之为人也，岩岩若孤松之独立；其醉也，傀俄若玉山之将崩。”

【品评】

此词写歌唱的魅力，独出心裁，不落俗套。一是闻声而不见人——一帘相隔，云遮雾罩；二是“桐树花声孤凤怨”——仿佛隔花阴而闻凤鸣，歌声幽怨而渺远；三是“以客行主法”的运用自如——座中少年闻所未闻这么美妙婉转的歌声，人未醉倒，却九转回肠，为幽怨的歌声而断肠绝倒。此词在古典诗词描写音乐与歌唱一类作品中，确有出人头地之处。《凤栖梧》即《蝶恋花》，属令词。于此小幅之中，能有几番腾挪使转，实属不易。

凤栖梧

伫倚危楼风细细。[1]望极春愁，黯黯生天际。[2]草色烟光残照里。无言谁会凭阑意。　　拟把疏狂图一醉。[3]对酒当歌，[4]强乐还无味。衣带渐宽终不悔。[5]为伊消得人憔悴。[6]

【注释】

①危楼：高楼。　②"望极"二句：按词意应这样断句："望极，春愁黯黯生天际。"望极，即极目远望。黯黯，伤情的心绪。这两句是将主观的意绪移情于客观的景致。　③拟：打算，想要。疏狂，指不受任何形役，不拘一切礼法地放纵一下，即所谓放浪形骸者也。　④对酒当歌：三国魏曹操《短歌行》："对酒当歌，人生几何？"　⑤衣带渐宽：谓人渐瘦而体不胜衣。《古诗十九首·行行重行行》："相去日已远，衣带日以缓。"　⑥伊：你。消得，值得。

【品评】

此是柳词中的名篇，也是选家必迻择之名作。特别是经王国维在《人间词话》中将其列为"三种境界"之第二境之后，此词声名更噪于一时。不过，王氏将这首词的著作权归于欧阳修，因此词重见于欧阳修的《近体乐府》。未知王氏若认定它是柳永的作品，还会不会那样说。其实，中国古典诗词曲中，一个有意味的意象，往往被不断改进运用，日趋精致。此词的结二句显然受《古诗十九首·行行重行行》的影响，而《西厢记》“昨宵今日，清减了小腰围”，也显然受到柳词的启发。“清减”已见于前《法曲献仙音·想秦楼心事》。这首词不唯结构精到，通体都醇厚有味。始写伤春愁绪运用了移情的手法，亦值得涵永再三。

凤栖梧

蜀锦地衣丝步障。[①]屈曲回廊，静夜闲寻访。玉砌雕阑新月上。朱扉半掩人相望。　旋暖熏炉温斗帐。[②]玉树琼枝，[③]迤逦相偎傍。[④]酒力渐浓春思荡。鸳鸯绣被翻红浪。

【注释】

①“蜀锦”句：蜀锦，本指蜀地所产织锦，后泛指蜀之织法各地织锦的通称。三国魏曹丕《与群臣论蜀锦书》：“前后每得蜀锦，殊不相比，适可讶，而鲜卑尚复不喜也。”唐杜甫《白丝行》：“缫丝须长不须白，越罗蜀锦金粟尺。”古又有“吴绫蜀锦”之说，以喻物之高贵。地衣，即地毯。唐白居易《红绣毯》：“地不知寒人要暖，少夺人衣作地衣。”步障，立竿张幕以为屏障，为遮蔽尘埃。《晋书·石崇传》：“（石崇）与贵戚王恺、羊琇之徒奢靡相尚，恺以粭澳釜，崇以蜡代薪。恺作紫丝布步障四十里，崇作锦步障五十里以蔽

之。”这句言居所设施之奢靡。　②斗帐：小型床帐。《释名·释床帐》：“小帐曰斗帐，形如覆斗也。”《古诗为焦仲卿妻作》：“红罗复斗帐，四角垂香囊。”　③玉树琼枝：喻指美女。　④迤逦：亦作迤逦。这里指留连、缠绵。

【品评】

上片写美人居所，略有意味。“玉砌”二句不失雅致。然下片径写床帐，便失于刻露，缺少含蓄。结二句“被翻红浪”云云，更趋不堪，开后世戏曲小说床第描写不少恶例，几成套语。大约正是此等笔触，有的词论家才说“屯田词在小说中如《金瓶梅》，清真（周邦彦）词如《红楼梦》”（清陈锐《褎碧斋词话》）吧。当然，这算不上贬语，《金瓶梅》毕竟开了以家庭（族）生活描写为主的世情小说之先河，没有《金瓶梅》，焉有《红楼梦》？然而，词毕竟不同于小说，过于直白暴露，便失却诗歌艺术的含蓄蕴藉之旨。个中消息，值得审究。

法曲第二

青翼传情，[①]香径偷期，[②]自觉当初草草。[③]未省同衾枕，[④]便轻许相将，[⑤]平生欢笑。怎生向[⑥]、人间好事到头少。漫悔懊。[⑦]　　细追思，恨从前容易，[⑧]致得恩爱成烦恼。心下事千种，尽凭音耗。[⑨]以此萦牵，等伊来、自家向道。[⑩]洎相见，[⑪]喜欢存问，[⑫]又还忘了。

【注释】

①青翼：即青鸟。神话传说中为西王母取食报信的神鸟，又称青使。《汉武故事》："七月七日，上（汉武帝）于承华殿斋，正中，忽有一青鸟从西方来，集殿前。上问东方朔，朔曰：'此西王母欲来也。'有顷，王母至，有两青鸟如乌，使侍王母旁。"后遂以青鸟作为信使之代称。唐李商隐《无题》："蓬山此去无多路，青鸟殷勤为探看。" ②香径：本指花间小路，亦指落花满地的小路。宋晏殊《浣溪纱》："小园香径独徘徊。"这里指花深处的隐蔽小路。偷期，指逾于礼法的两情偷欢。期，约会。 ③草草：这里是匆匆之意。因是"偷期"，未暇缠绵太久，故云。 ④未省：这里是未曾深切体会的意思。 ⑤许相将：答应相厮相守。相将，相与，相共。⑥怎生向：犹云何以是。向，表示强调的语助词。《诗词曲语辞汇释》："向，语助词，专用于'怎奈'、'如何'一类之语，加强其语气而为其语尾。" ⑦漫：这里是徒或空的意思。《诗词曲语辞汇释》："本为漫不经意之漫，为聊且意或胡乱义；转变而为徒义或空义。"⑧容易：这里是轻易和随意的意思。 ⑨尽凭音耗：任凭有书信来。尽，任也。音耗，消息。此与首句"青翼传情"相照应。⑩"等伊来"句：谓等对方来时，自己向她说清楚。伊，用于二、三人称均可，这里当作"她"更贴切。 ⑪洎（jì）：及至，等到。⑫存问：犹慰问。

【品评】

这一首在柳永的欢情词中有点特殊。它写一个女子的一往情深，一次偷期后，竟历久不忘。她写信给那男子（不说是作者可能更好些)，叫他履行当年的许诺，要与他见面，成就百年之好。不想那男子当年轻率从事，近于逢场作戏，事后懊悔当时"轻许"，好事成了烦恼，准备着她来了之后，向她道明自己的想法，即告诉她自己当年的"轻许"并非真心实意。结果是人家来了，他嘘寒问暖，欢喜不胜，竟忘了准备好的话。没准两个人会旧情复燃，真的成了眷属。因为说不清楚这是否为柳永的亲身经历，我们还是不要将词中之"我"坐实为作者，将其当作文学作品来看更好些(不排除其为实情)。此词描写细腻真切，大量运用口语。写心理活动也开掘很深，当视为柳词中之别调。结三句尤妙，临了还留下一个悬念。这样的情况生活中并不罕见，因而它显得真实而动人。

秋蕊香引

留不得。[①] 光阴催促，奈芳兰歇，[②] 好花谢，惟顷刻。彩云易散琉璃脆，[③] 验前事端的。[④]　　风月夜，几处前踪旧迹，忍思忆。[⑤] 这回望断，永作终天隔。向仙岛，归冥路，[⑥] 两无消息。

【注释】

①留不得：语含双关，即指韶华易逝，时不驻留，亦指人世欢少离多，聚散有时。　②奈：无奈，怎奈。歇，与后文"谢"对举成文，指花期已过，兰花凋零。　③琉璃：又作"流离"、"瑠璃"。古

指一种矿物质的有色半透明体材料，可加工各种器皿和工艺品。《魏书·大月氏传》："其国人商贩京师，自云能铸石为五色瑠璃。于是采矿山中，于京师铸之。"或以为琉璃即后世所称玻璃。诗文中多以琉璃指晶莹剔透之物。唐杜甫《渼陂行》："流璃汗漫泛舟入，事殊兴极忧思集。"脆，指易碎。 ④端的：犹的是，真个。表示一个确定无疑的判断。 ⑤忍：怎忍，不忍。 ⑥"向仙岛"二句：谓分别处在不同的世界。仙岛，指海上三仙山，参见前《巫山一段云·六六真游洞》注。冥路，即冥途，佛教称地狱饿鬼之处，俗则指通往阴间之路。《敦煌变文集·大目乾连冥间救母变文》："魂魄飘流冥路间，若问三途何处苦，咸言五道鬼门关。"

【品评】

小词妙在劈头里一句"留不得"，时间留不得，人亦留不得，一切都在变化之间。其实空间也是"留不得"的，麻姑不是三次见东海陵为桑田吗？"彩云易散琉璃脆"，惟在顷刻间。人生苦短，离多聚少。好天良夜容易逝，倏尔即是百年。于是词人不忍忆起"前踪旧迹"。迁逝感所带来的悲凉酸楚，在词中似大于怀人念远。下片的曲终人不见，更加强了迁逝之叹。仙路也好，冥途也罢，人相隔，世沧桑，迁逝的迷团是难以解得开的。"这回望断"句亦好，尤其是"这回"二字，纯用口语，信手拈来，与起处的"留不得"合起来构成了一种奇妙的表达方式，须得细细咀嚼。

一寸金

井络天开，[①] 剑岭云横控西夏。[②] 地胜异、锦里风流，[③]

蚕市繁华，[4]簇簇歌台舞榭。雅俗多游赏，轻裘俊、靓妆艳冶。当春昼，摸石江边，[5]浣花溪畔景如画。[6]　　梦应三刀，[7]桥名万里，[8]中和政多暇。[9]仗汉节、揽辔澄清，[10]高掩武侯勋业，[11]文翁风化。[12]台鼎须贤久，[13]方镇静、又思命驾。[14]空遗爱，[15]两蜀三川，[16]异日成嘉话。

【注释】

①井络：井为星宿名，二十八宿之一。井络指井宿的区域，既专指岷山，又泛指蜀地。晋左思《蜀都赋》："岷山之精，上为井络。"唐孙樵《刻武侯碑阴》："是井络之野，与武侯存亡俱矣。" ②剑岭：亦称剑峰，即古蜀剑山。唐李商隐《井络》："井络天彭一掌中，漫夸天设剑为峰。"冯浩笺注："剑州剑门县界大剑山，即梁山也，其北三十里有小剑山。"西夏，古代由党项族拓拔氏于公元1038年建立的大夏国，宋人称之谓西夏。共传十主，其盛时据有今宁夏、陕西北部、甘肃西北部以及青海东北部、内蒙古西部一带。　③锦里：地名，位于成都南，后以之代称成都，又称锦官城。《华阳国志》："锦江织锦濯其中，则鲜明，故名曰锦里。"唐李商隐《筹笔驿》："他年锦里经祠庙，《梁父吟》成恨有余。"　④蚕市：古蜀以蚕市著称，丝织业繁荣。旧俗每年春时，州城及属县循环一十五处有蚕市。详见宋黄休复《茅亭客话》。前蜀韦庄《怨王孙》："锦里蚕市，满街珠翠，千万红妆。"　⑤摸石：成都风俗活动。《月令广义》："成都三月有海云山摸石之游，求子，得石者生男，得瓦者则生女。"　⑥浣花溪：锦江支流，又称濯锦江、百花潭，位于成都西。溪边有唐代大诗人杜甫故居浣花草堂。杜甫《将赴成都草

堂途中有作》之三:“竹寒沙碧浣花溪,橘刺藤梢咫尺迷。”仇兆鳌注引《梁益记》:“溪水出湔江,居人多造彩笺,故号浣花溪。”
⑦梦应三刀:《晋书·王濬传》:“濬夜梦悬三刀于卧室梁上,须臾又益一刀,濬惊觉,意甚恶之。主簿李毅再拜贺曰:‘三刀为州字,又益一者,明府其临益州乎?’及贼张弘杀益州刺史皇甫晏,果迁濬为益州刺史。” ⑧桥名万里:万里桥位于成都南锦江之上。唐李吉甫《元和郡县图志》:“万里桥架大江水,在县南八百,蜀使费祎聘吴,诸葛祖之。费祎曰:‘万里之路,始于此行。’因以为名。”唐杜甫《狂夫》:“万里桥西一草堂,百花潭水即沧浪。” ⑨中和:中庸之道的主要内涵。儒家认为能“致中和”,则天地万物皆能各得其所,达于和谐境界。政多暇,谓当政者能“致中和”,社会则安宁和谐,政事因而宽松多暇。这是对当时成都当政者的赞扬。
⑩“仗汉节”句:是说成都当政者甫一到任,就政清吏廉,功德彰显。仗汉节,犹奉朝廷派遣。汉节本指汉天子所授符节,这里指朝廷任命的文书、印信。揽辔澄清:《后汉书·范滂传》:“滂登车揽辔,慨然有澄清天下之志。及至州境,守令自知臧污,望风解印绶去。” ⑪武侯:指三国时辅刘备建蜀国的诸葛亮。《三国志·诸葛亮传》:“建兴元年,封亮武乡侯。” ⑫文翁:为汉景帝时蜀地郡守。《汉书·文翁传》:“文翁,庐江舒人也。……景帝末,为蜀郡守,仁爱好教化。……至武帝时,乃令天下郡国皆立学校官,自文翁为之始云。” ⑬台鼎:指宰辅。即所谓三公。意为如星有三台,鼎有三足,故称。汉蔡邕《太尉汝南李公碑》:“天垂三台,地建五岳,降生我哲,应鼎之足。”这里是泛指职掌重权者。 ⑭“方镇静”句:谓刚刚稳定下来,朝廷又要将其别任。命驾,命人驾车,谓

立即动身。南朝宋刘义庆《世说新语·简傲》:"嵇康与吕安善,每一相思,千里命驾。" ⑮遗爱:指遗留仁爱于后世。旧多用作对地方长官卸职的颂词。《史记·燕昭公世家》:"周武王之灭纣,封召公于北燕……召公巡行乡邑,有棠树,决狱政事其下,自侯伯至庶人各得其所,无失职者。召公卒,而民人思召之政,怀棠树而不敢伐,哥(歌)咏之,作《甘棠》之诗。"这便是"甘棠遗爱"。唐白居易《别桥上竹》:"我去自惭遗爱少,不教吾得似甘棠。" ⑯两蜀三川:两蜀指东蜀、西蜀;三川,指蜀境三水系。《宋史·河渠志》:"始嘉、眉、蜀、益间,夏潦洋溢,必有溃暴衝决可畏之患。自凿离堆(指都江堰)以分其势,一派流于成都以合岷江,一派由永康至泸州以合大江,一派入东川,而后西川,沫水之害减,而耕桑之利博矣。"

【品评】

词的上片极写成都繁华景象,下片转入颂扬当时成都父母官的政绩懿行,谓其是投赠词当不会大错。或根据词中"梦应三刀"句,断定此词是投献益州太守的,并据"蚕市"、"摸石"乃是春天里的民俗活动,而蒋堂任益州太守是在庆历三年六月至四年十一月间,进而推断出此词"盖写于庆历四年(1044)三四月间"(薛瑞生《乐章集校注》)。这是一个有价值的推论。另据词中"方镇静,又思命驾"以及"空遗爱"等语,亦合于蒋堂知益州不到一年半时间的史实,故薛说可信。问题是如何看待柳词中这类投赠之作?可否以"攀援"、"干谒"以及"肉麻吹捧"、"过分颂扬"等,就彻底否定了这类词的价值?事实上大可不必。我们不必苛求于封建时代的读书人。除了读书做官这唯一的途径之外,他们还有什么可选择的呢？杜甫、李白也都写过不少的投赠诗，恳求当时有权位的人荐举自己做官，何以柳永写了投赠词就要扯到人格操行上去呢？何况，此词写成都风物很有特色，倘凭虚托想，非亲身经历是很难写得如此生动传神的。因而庆历四年春柳永在成都也是可信的。

永遇乐

薰风解愠，[①]昼景清和，新霁时候。火德流光，[②]萝图荐祉，[③]累庆金枝秀。[④]璿枢绕电，华渚流虹，是日挺生元后。[⑤]缵唐虞垂拱，[⑥]千载应期，万灵敷佑。[⑦]　殊方异域，[⑧]争贡琛赆，[⑨]架巘航波奔凑。[⑩]三殿称觞，九仪就列，韶頀锵金奏。[⑪]藩侯瞻望彤庭，[⑫]亲携僚吏，竞歌元首。[⑬]祝尧龄、[⑭]北极齐尊，南山共久。[⑮]

【注释】

①薰风解愠：薰风，温暖而又散发着香气的风；愠，愁苦哀怨。《史记·乐书》："昔者舜作五弦之琴，以歌《南风》。"宋裴骃《集解》引王肃曰："《南风》，育养民之诗也，其辞曰：'南风之薰兮，可以解吾民之愠兮。'"　②火德流光：犹言大宋之火德流布着光辉。火德，五德之一。以五行中的火来附会王朝历运的，称火德。炎帝神农氏以火德王，故称炎帝。其后唐尧、刘汉均以火德王，赵宋亦以火德王。《宋史·太祖本纪》："建隆元年春正月乙巳，大赦，改

元……三月壬戌，定国运以火德王，色尚赤，腊用戌。” ③萝图荐祉：萝图，犹舆图，即江山社稷。荐，呈献。祉，福瑞。 ④金枝：古以金枝玉叶喻指皇族及其子女，此指宋仁宗。 ⑤元后：指天子。此指宋仁宗。其诞日为大中祥符三年四月十四日，故这里的是日也应是四月十四日。这里的“后”与皇后之“后”不同。《尚书·虞书·大禹谟》：“帝曰……天之历数在汝躬，汝终陟元后。”孔传：“舜善禹有治水之大功，言天道在汝身，终当升为天子。”挺生，谓生之挺拔，亦谓卓然、杰出。南朝梁刘孝标《辩命论》：“闻孔墨之挺生，谓英睿擅奇响。”唐杜甫《秋日荆南述怀》：“昔承推奖分，愧匪挺生才。” ⑥“缵唐虞”句：缵，继承。唐虞，指尧舜。尧号陶唐，舜生于虞，故称虞舜。垂拱，谓天子垂衣拱手间即可治理天下。《尚书·周书·武成》：“垂拱而天下治。”孔颖达疏：“拱，敛手也。‘垂拱而天下治’，谓所任得人，人皆称职，手无所营，下垂其拱。”后多以称颂帝王无为而治。 ⑦“千载”二句：应期，犹应运，谓顺应天命。万灵，犹诸神；敷，施与。 ⑧殊方异域：指远方属国与域外异族。异域，犹异类。汉班固《西都赋》：“逾昆仑，越巨海，殊方异类，至于三万里。” ⑨琛（chēn）赆（jìn）：琛，天然之珍宝。赆，即赆贽，进贡之财宝与土特产。左思《魏都赋》：“襁负赆贽，重译贡篚。”张载注：“赆，礼贽也。”吕向注：“赆贽，其土物也。” ⑩架巘航波：犹梯航，即逢山架梯，遇水泛舟。巘，山峰。⑪“三殿”三句：三殿，本指皇宫中的三大殿，借指皇宫。又，宋时太皇太后在世，与皇太后、皇后并称三殿；若太皇太后不在世，天子与皇太后、皇后亦称三殿。详宋程大昌《演繁露·三宫三殿》。韶頀（hù）：殷汤乐名，亦名大頀、大濩，六乐之一。韶，继也，谓绍继大禹之功；濩，言下能护佑民众。 ⑫藩侯：这里指属国领主，与朝廷封赐之藩王爵位不同。 ⑬元首：指天子。《尚书·虞书·益稷》："股肱喜哉，元首起哉，百工熙哉！"孔传："元首，君也。" ⑭尧龄：长寿。《尚书·虞书·舜典》："二十有八载，帝乃殂落。"孔传："尧年十六即位，七十载求禅，试舜三载，自正月上日至崩二十八载，尧死寿一百一十七岁。" ⑮"北极"二句：谓如北极一样尊贵，像南山一般长久。《晋书·天文志》："北极，北辰最尊者也。其纽星，天之枢也。天运无穷，三光迭耀，而极星不移，故曰'居其所而众星共之。'"

【品评】

此与前《送征衣·过韶阳》均是为宋仁宗祝寿而作，意味不多，且两词颇多重复之处。如"璿枢电绕，华渚虹流"二句竟一字不差；"瑶图缵庆"与"萝图荐祉"、"尽万里、走梯航"与"驾巘航波奔凑"等等，意皆相同。故可推知，二词大约写于同一时间，或写作时间很相近。若是前者，可视为一词两调；若是后者，可视为其中一首是换一个调牌重写的修改稿。至于二调牌哪个写在先哪个写在后，则难以判别。细细绎之，似以《永遇乐·薰风解愠》略佳。

永遇乐

天阁英游，① 内朝密侍，② 当世荣遇。汉守分麾，③ 尧庭请瑞，[4]方面凭心膂。[5]风驰千骑，云拥双旌，[6]向晓洞开严署。[7]拥朱轓[8]、喜色欢声，处处竞歌来暮。[9]　　吴王旧国，[10]今古江山秀异，人烟繁富。甘雨车行，[11]仁风扇动，[12]雅称安黎庶。棠郊成政，[13]，槐府登贤，[14]非久定须归去。且乘闲、孙阁长开，[15]融尊盛举。[16]

【注释】

①天阁：即天章阁。　②内朝：古代皇宫中分内外朝。内朝为天子处理政事和休息之处。内朝有二，一称"治朝"，位于路门外，二称"燕朝"，在路门之内。前者为处理政事之所，后者为处理政事后休息之所。又，卿、大夫治其邑事之处亦称内朝。详见《尚书·周书·召诰》及《周礼·秋官·朝士》。密侍，此指宠臣。③汉守分麾：汉守，指班超。《后汉书·班超传》中称，班超欲攻龟兹，拟先借乌孙之力，帝纳之。于是班超一面赠赐乌孙大小昆弥，以安抚之；一面"假鼓吹幢麾，专攻龟兹。"分麾，即指安抚乌孙，全力攻击龟兹。　④尧庭请瑞：谓在天子面前领受发兵征讨的钦命。尧庭，犹朝庭。瑞，符瑞，即发兵的命令。《左传·哀公十四年》："司马请瑞焉，以命其徒攻桓氏。"杜预注："瑞符节以发兵。"⑤"方面"句：谓将一方面战事，委于心腹之臣。《尚书·周书·君牙》："今命尔予翼，作股肱心膂。"疏云："股，足也；肱，臂也；膂，背也。汝为我辅翼，当如我之身，故举四支(肢)以喻为股肱心体之臣，言委任如身也。"　⑥双旌：唐节度领刺史出行时的仪仗，所谓双旌双节。《新唐书·百官志四下》："节度使总掌军旅，颛诛杀。初授……辞日，赐双旌双节。"唐李商隐《为怀州李中丞谢上表》：

“赐以竹符之重，遂使霍氏固辞之第，早建双旌。”徐炯注：“双旌唯节度领刺史者有之，诸州不与焉。今则通用为太守故事矣。” ⑦“向晓”句：谓一大早就升署处理事务。严署，庄严的署衙。 ⑧朱轓：本指车乘两旁之红色障泥。权贵所乘之车。轓，车之有障泥者。朱，谓车障涂以朱红色。唐刘禹锡《和南海马大夫闻杨侍郎出守郴州因有寄上之作》：“忽惊金印驾朱轓，遂别鸣珂听晓猿。” ⑨竞歌来暮：《来暮歌》亦称《来暮谣》。《后汉书·廉范传》中说，成都旧制，禁民夜作，以防火灾。廉范（字叔度）乃在使民储水的前提下，废止旧制。百姓歌曰：“廉叔度，来何暮？不禁火，民安作。平生无襦今五袴。”后遂以“来暮”作为称颂地方官德政之辞。唐王勃《上绛州上官司马书》：“藩维克振，既参来暮之歌。” ⑩吴王旧国：指苏州。春秋时吴国建都于此，故云。 ⑪甘雨车行：即“甘雨随车”，亦为称颂地方官德政之辞。《太平御览》卷十引《后汉书》：“百里嵩字景山，为徐州刺史。境旱，嵩出巡处，遂甘雨辄澍。东海、祝其、合乡等三县父老诉曰：‘人等是公百姓，独不迂降。’回赴，雨随车而下。”唐骆宾王《上兖州刺史启》：“甘雨随车，云低轻重之盖。” ⑫仁风扇动：《世说新语·言语》：“江山辽落，居然有万里之势。”刘孝标注引《续晋阳秋》：“太傅谢安赏（袁）宏机捷辩速，自吏部郎出为东阳郡，乃祖之于冶亭，时贤皆集。安欲卒迫试之，执手将别，顾左右，取一扇而赠之。宏应声答曰：‘辄当奉扬仁风，慰彼黎庶。’合座欢其要捷。” ⑬棠郊成政：用“甘棠遗爱”事。 ⑭槐府：三公之位称槐府、槐庭。槐指三槐，即周代外朝前所植槐树。《周礼·秋官·朝士》：“面三槐，三公位焉。”郑玄注：“槐之言怀也，怀来人于此欲与之谋。”《陈书·侯安都传》：

“位极三槐，任居四岳。”宋万俟咏《三台·清明应制》：“汉宫传蜡炬，散翠烟，飞入槐府。” ⑮孙阁长开：谓酒筵常设。孙阁，即孙楚楼，古酒楼名。在金陵（今江苏南京）城西。李白《玩月金陵城西孙楚酒楼》：“昨晚西城月，青天垂玉钩。朝沽金陵酒，歌吹孙楚楼。”后亦泛指酒楼及筵宴。 ⑯融尊盛举：承上文之意，言应像好客的孔融那样盛情举杯待客。《后汉书·孔融传》：“（孔融）及退闲职，宾客日盈其门。常叹曰：‘坐上客恒满，尊中酒不空，吾无忧矣。’”

【品评】

此亦投赠之作。薛瑞生根据“既有天章阁官衔又有战功之苏州太守”为前提，将投赠对象锁定为滕宗谅，即范仲淹著名的《岳江楼记》中提及的“滕子京谪守巴陵郡”的岳州守，子京乃其字。又据《姑苏志·守令表》，推定此词写于庆历七年(1047)。可备一说。词的上片写投赠对象的武功文治，下片写苏州风物，以及苏州守牧民德政。总的看来比较空泛，无非用尽了颂扬地方长官德政的典故，“竞歌来暮”、“甘雨随车”、“仁风扇动”、“甘棠遗爱”等等，不一而足。不消说，是诗味不多的。若真的是投赠滕宗谅，词中的一句“非久定须归去”倒成了一句谶语，这位苏州太守到任不久就故去了。尽管这个“归去”的本意是祝他升迁的意思。滕氏若有知，未知该作何感想。

卜算子

江枫渐老，汀蕙半凋，满目败红衰翠。楚客登临，[1]正是暮秋天气。引疏砧、[2]断续残阳里。对晚景、伤怀念远，新愁旧恨相继。　　脉脉人千里，[3]念两处风情，[4]万重烟水。雨歇天高，望断翠峰十二。[5]尽无言、谁会凭高意。纵写得、离肠万种。奈归云谁寄。[6]

【注释】

①楚客：本指屈原。诗家亦以之泛指流落他乡的思乡者。唐顾非熊《送友人归汉阳》："樽前别楚客，云水思萦回。"　②疏砧(zhēn)：稀疏的捣衣声。砧，捣衣石。唐许浑《晚泊七里滩》："江村平见寺，山郭远闻砧。"　③脉(mò)脉：本作"脈脈"。深情凝视。《古诗十九首·迢迢牵牛星》："盈盈一水间，脉脉不得语。"　④风情：指男女相爱的情怀。南唐李煜《柳枝》："风情渐老见春羞，到处芳魂感旧游。"　⑤翠峰十二：指巫山十二峰。据宋祝穆《方舆胜览》，十二峰为望霞、翠屏、朝云、松峦、集仙、聚鹤、净坛、上升、起云、飞凤、登龙、圣泉。唐李端《巫山高》："巫山十二峰，皆在碧虚中。"　⑥归云：此以云行而托归意，犹李白"浮云游子意"(《送友人》)也。唐薛能《鳞中寓居寄蒲中友人》："边心生落日，乡思羡归云。"

【品评】

上片写暮秋登临伤怀，一片衰景，愁绪万端。写得有声(疏砧)有色(败红衰翠)，并牵起"念远"情怀。下片一气贯注，写尽思情离肠，柳词所独擅其事者也。此词写景，多为后世词论家所注目。蔡嵩云曰："柳词胜处，在气骨，不在字面。其写景处，远胜其抒情处。而章法大开大合，为后起清真（周邦彦）、梦窗（吴文英）诸家所取法，信为创调名家。”“《卜算子慢·江枫渐老》……写羁旅行役中秋景，均穷极工巧。”（《柯亭词论》）从此阕看，柳词抒情、写景俱佳，不应厚此而薄彼也。

鹊桥仙

届征途，[①]携书剑，迢迢匹马东去。惨离怀，嗟少年易分难聚。佳人方恁缱绻，[②]便忍分鸳侣。当媚景，算密意幽欢，尽成轻负。[③]　　此际寸肠万绪。惨愁颜、魂断无语。和泪眼、片时几番回顾。伤心脉脉谁诉。[④]但黯然凝伫。[⑤]暮烟寒雨。望秦楼何处。

【注释】

①届：介于，此为正当、处在之意。　②缱绻（qiǎn quǎn）：本为固结不解，纠缠萦绕之意。后多以形容情义深厚，又多特指男女恋情。犹言绸缪、缠绵。唐元稹《莺莺传》：“留连时有恨，缱绻意难终。”　③轻负：轻漫、辜负。谓未能珍惜浓情密意之好天良夜。　④脉脉：犹默默。《资治通鉴·隋文帝开皇二十年》：“公终久何必不得弼力，何脉脉邪？”胡三省注：“脉脉，有言不得吐之意。”唐孟郊《乙酉岁舍弟扶侍归义庄》：“僮仆强与言，相惧终脉脉。”　⑤凝伫：无言怅望，久久站立。

【品评】

此词于羁旅行役词中有些特殊，即通篇几无写景笔墨，一气抒情。且反反复复，大有惜韶光厌奔竞之义。下片突出痴望无语，情境感伤凄婉，不让晏、欧。

浪淘沙

梦觉、透窗风一线，寒灯吹息。那堪酒醒，又闻空阶，夜雨频滴。嗟因循、[1]久作天涯客。负佳人、几许盟言，便忍把、从前欢会，陡顿翻成忧戚。[2]　愁极。再三追思，洞房深处，几次饮散歌阑，[3]香暖鸳鸯被。岂暂时疏散，费伊心力。殢云尤雨，[4]有万般千种，相怜相惜。　恰到如今，天长漏永，[5]无端自家疏隔。知何时、却拥秦云态，[6]愿低帏昵枕，轻轻细说与，江乡夜夜，数寒更思忆。

【注释】

①因循：保守而仅依旧例。宋司马光《学士院试李清臣等策问》："庸人之情，喜因循而惮改为，可与乐成，难与虑始。"　②陡顿：突然间，忽的。犹言一下子。　③饮散歌阑：谓筵席散去歌舞停歇。阑：残，尽。　④殢(tì)云尤雨：亦作"殢雨尤云"。喻男女之间的缠绵欢爱。　⑤漏永：时间无休止。漏，即铜壶漏箭，古时计时器具。永，长。　⑥秦云：秦楼楚馆殢云尤雨之省。指男女欢情。

【品评】

此首调牌别本或作《浪淘沙慢》，与《浪淘沙令》者不同。词分三叠，宜于敷陈铺排。上片写客中孤独凄苦，夜雨寒灯，酒醒无眠，忆起"从前欢会"，痛悔自己因循仕途经济，踏上奔竞歧途，大有叛逆之意。中片是追忆温柔乡中之无限缱绻，种种怜惜，以与眼下天涯飘零形成鲜明对比。末片则极写思忆之永长，归去之焦灼。全篇洋洋洒洒，反反复复，时时回首，一片凄凉。而结二句"江乡夜夜，数寒更思忆"，则点明题旨，颇耐微吟细味。唯"香暖鸳鸯被"、"却拥秦云态"及"愿低帏昵枕"数句，失于刻露，少蕴藉涵永之旨趣。

夏云峰

宴堂深。轩楹雨，① 轻压暑气低沉。花洞彩舟泛斝，② 坐绕清浔。③ 楚台风快，④ 湘簟冷、⑤ 永日披襟。⑥ 坐久觉、疏弦脆管，时换新音。　　越娥兰态蕙心。⑦ 逞妖艳、昵欢邀宠难禁。筵上笑歌间发，舄履交侵。⑧ 醉乡归处，须尽兴、满酌高吟。向此免、名缰利锁，⑨ 虚费光阴。

【注释】

①轩楹：有窗的廊檐与厅堂前的柱子。　②泛斝(jiǎ)：犹泛觞，即饮酒。斝，古代酒器。　③清浔：水流清澈的岸边。浔，水边。　④楚台：犹楚馆、楚观。指妓院和歌舞场所。　⑤湘簟：本

指湘竹编的席子。亦泛为席之美称。唐韦应物《横塘行》:“玉盘的历矢白鱼,湘簟玲珑透象床。” ⑥永日:犹镇日、整天。 ⑦越娥:犹越女。指越地美女。枚乘《七发》:“越女侍前,齐女奉后。”刘良注:“齐越二国,美人所出。”兰态蕙心,形容女子芳洁高雅。兰、蕙皆为香草,故云。 ⑧舄(xì)履交侵:谓鞋子随意脱却,交错杂置。舄,本为古代一种复底鞋,引申为鞋之通称。 ⑨“向此”句:谓从此以后再不为名利所役使牵绊。免,避开。名缰利锁,亦作利锁名缰。言功名利禄有如束缚人的缰绳和枷锁。《汉书·叙传第七十上》班嗣《报桓谭》:“今吾子已贯仁谊之羁绊,系名声之缰锁。”宋吴潜《满庭芳·春感》:“但身为利锁,心被名牵。”

【品评】

词写游冶吴越,颇涉风月,且不稍避讳男女欢情。然叛逆精神也是明显的。谓其开了宋明间人道主义之先河,亦不为过誉,其对元曲以及明中叶以后以情抗理思潮显然有着割不断的影响。在情与功名利禄之间,柳永更张扬前者,这无论如何都是一种叛逆意识。故不必纠缠其“花洞彩舟”的放浪情怀,矫枉有时必须过正。以此眼光读柳词,方是出处。

浪淘沙令

有个人人。[①]飞燕精神。[②]急锵环佩上华裀。[③]促拍尽随红袖举,[④]风柳腰身。[⑤] 簌簌轻裙,[⑥]妙尽尖新。[⑦]曲终独立敛香尘。[8]应是西施娇困也，眉黛双颦。[9]

【注释】

①人人：《诗词曲语辞汇释》："人人，对于所昵者之称，多指彼美而言。欧阳修《蝶恋花》词：'翠被双盘金缕凤，忆得前春，有个人人。'" ②飞燕精神：谓如赵飞燕般善舞。飞燕，汉成帝妃子，以善舞而著称。 ③华裀：华丽的地毯。裀，通"茵"，指褥垫、毯子之类。《全相秦并六国平话》卷下："遍地舞裀铺锦绣，当筵歌拍捧红裙。" ④促拍：节奏急促的乐曲。宋张表臣《珊瑚钩诗话》卷二："乐部中有促拍催酒，谓之《三台》。"词曲中也有冠以促拍的调牌名。如《促拍采桑子》，北曲《般涉》调中有《促拍令》等。 ⑤风柳腰身：谓体态轻盈柔美，如风吹柳枝飘动。 ⑥簌簌：象声词，此指舞动时裙子发出的轻微响声。 ⑦尖新：犹新颖，新奇。《敦煌曲子词·内家娇》："善别宫商，能调丝竹，歌令尖新。" ⑧香尘：芳香之尘，多指因女子步履而起者。语出晋王嘉《拾遗记·晋时事》："（石崇）又屑沉水之香如尘沫，布象床上，所爱者践之。"唐沈佺期《洛阳道》："行乐归恒晚，香尘扑地遥。" ⑨"应是"二句：以西施颦目（皱眉）之美喻舞者舞歇时的娇娆神情。《庄子·天运》："故西施病心而颦其里，其里之丑人见而美之，归亦捧其心而颦其里。"

【品评】

小词写舞，简笔钩勒，抓住几个典型动作，生动传神。红袖飘举，风柳腰身，均定格如画。"曲终独立"以下，反用"效颦"事，更是妙笔。大约促拍急舞之后，喘息稍定，故用“娇困”二字。若无意而似有意，自是妙语。

荔枝香

甚处寻芳赏翠，①归去晚。缓步罗袜生尘，②来绕琼筵看。③金缕霞衣轻褪，④似觉春游倦。遥认，众里盈盈好身段。⑤　　拟回首，又伫立、帘帏畔。素脸红眉，⑥时揭盖头微见。⑦笑整金翘，⑧一点芳心在娇眼。⑨王孙空恁肠断。

【注释】

①寻芳赏翠：指游赏美景。唐姚合《游阳河岸》：“寻芳愁路尽，逢景畏人多。” ②罗袜生尘：喻女子步履轻盈美妙。三国魏曹植《洛神赋》：“陵波微步，罗袜生尘。”李善注：“陵步而袜生尘，言神人异也。” ③琼筵：盛筵。唐李白《春夜宴从弟桃花园序》：“开琼筵以坐花，飞羽觞而醉月。” ④金缕霞衣：金缕衣，指以金丝编织的衣服。霞，谓其明艳光鲜，如霞光流溢。南朝梁刘孝威《拟古应教》：“青铺绿琐琉璃扉，琼筵玉笥金缕衣。” ⑤盈盈：仪态姣美的样子。《古诗十九首·青青河畔草》：“盈盈楼上女，皎皎当窗牖。” ⑥红眉：不详。当为唐宋时女子一种画眉形式，以红色晕染眼睑及眉弓。唐温庭筠《靓妆录》：“妇人画眉有倒晕妆，故古乐府云晕眉拢鬓，又云晕淡眉目。” ⑦盖头：古代妇女出行时用以蔽尘的面巾披肩。宋周煇《清波别志》卷中：“妇女步通衢，以

方幅紫罗障蔽半身，俗谓之盖头。”又，宋高承《事物纪原·冠冕首饰·盖头》：“永徽以后用帏帽，后又戴皂罗，方五尺，又谓之幞头，今曰盖头。” ⑧金翘：金制的妇女首饰，形如鸟尾长羽。后蜀毛熙震《浣溪纱》：“晚起红房醉欲消，绿鬟云散袅金翘。” ⑨芳心：喻女子的情怀。李白《古风》之四十九：“皓齿终不发，芳心空自持。”

【品评】

美人春游归来，揭盖头，整金翘，遥处相望，别是一种魅力。这里始终有一种距离感，可望而不可及，既无刻露之弊，又与春之芳翠相映成趣。结二句抽笔去写“娇眼”，芳心自见。而“王孙空恁断肠”，则水月镜花，任百遍回头，亦是不胜停云飞霞，倏尔幻去也。

古倾杯

冻水消痕，晓风生暖，春满东郊道。迟迟淑景，[1]烟和露润，偏绕长堤芳草。断鸿隐隐归飞，[2]江天杳杳。[3]遥山变色，妆眉淡扫。[4]目极千里，闲依危樯迥眺。[5]　　动几许、伤春怀抱。念何处、韶阳偏早。想帝里看看，名园芳树，烂漫莺花好。追思往昔年少。继日恁、[6]把酒听歌，量金买笑。别后暗负，[7]光阴多少。

【注释】

①淑景：美景。后蜀欧阳炯《凤楼春》："因想玉郎何处去，对淑景谁同。" ②断鸿：失群之孤雁。唐李峤《送光禄刘主簿之洛》："背枥嘶班马，分洲叫断鸿。" ③杳杳：幽渺而遥远。晋潘岳《寡妇赋》："时暧暧而向昏兮，日杳杳而西匿。" ④妆眉淡扫：谓不施浓妆艳抹。唐杜甫《虢国夫人》："却嫌脂粉污颜色，淡扫蛾眉朝至尊。" ⑤危樯：高大的桅杆。南朝陈阴铿《渡青草湖》："行舟逗远树，度鸟息危樯。"迥眺，远望。唐李峤《奉教追赴九成宫途中口号》："长驱历川阜，迥眺穷原泽。" ⑥继日：夜以继日。恁，那样。 ⑦负：辜负。

【品评】

上片写佳人春思，望断鸿，倚危樯，皆想象之词，未出闺怨樊篱。下片写宦客遥想，"名园芳树"，"烂漫莺花"，追思年少时光，亦柳词常调。结处谓暗负光阴，无非青楼一梦，觉来自惭薄倖。笔写两面，伤春贯之。所谓一种相思，两处闲愁是也。

倾　杯

离宴殷勤，兰舟凝滞，[1]看看送行南浦。[2]情知道世上，[3]难使皓月长圆，彩云镇聚。[4]算人生、悲莫悲于轻别，最苦正欢娱，便分鸳侣。泪流琼脸，梨花一枝春带雨。[5]

惨黛蛾、[6]盈盈无绪。共黯然消魂，[7]重携纤手，话别临行，犹自再三、问道君须去。[8]频耳畔低语。知多少、他日深盟，平生丹素。[9]从今尽把凭鳞羽。[10]

【注释】

①兰舟：船的美称。凝滞，淹留，指迟发。 ②南浦：泛指送别之处所。南朝梁江淹《别赋》："送君南浦，伤之如何。" ③"情知"句：断句当作：情知、道世上。 ④彩云镇聚：彩云，绚丽的云彩。镇聚，犹总聚。与前句皓月长圆对举，谓月不会长是圆而不缺，彩云也不能一直聚集不散。 ⑤"泪流"二句：琼脸，颜面如玉。此二句化用唐白居易《长恨歌》中"玉容寂寞泪阑干，梨花一枝春带雨"句意。 ⑥"惨黛蛾"句：黛蛾本指眉，此代指美人。盈盈，充积，充满。宋张孝祥《雨中花慢》："愁思盈盈，断魂欲遣谁招。" ⑦黯然消魂：犹黯然销魂。江淹《别赋》："黯然销魂者，唯别而已矣。" ⑧君须去：当为问句，犹一定要去吗？或非去不可吗？须，必须，一定。 ⑨丹素：赤诚纯洁之心意。唐李白《赠溧阳宋少府陟》："人生感分义，贵欲呈丹素。"王琦注引杨齐贤曰：'丹素，心也。' ⑩鳞羽：犹鱼雁，指书信。《古乐府·饮马长城窟行》："客从远方来，遗我双鲤鱼。呼儿烹鲤鱼，中有尺素书。"

【品评】

柳永擅写别情，想来其对人生聚散体验尤深。此写离愁别绪妙在"话别临行"以下数句。"犹自再三、问道君须去"句尤为精妙，与《雨霖铃·寒蝉凄切》中"念去去、千里烟波"句共为写心画魂之千古佳句。结句也令人油然想起《西厢记·长亭》中的"久以后书儿信儿，索与我恓恓惶惶的寄”。柳永对曲文学的影响，于此又见一斑。

破阵乐

露花倒影，烟芜蘸碧，灵沼波暖。①金柳摇风树树，②系彩舫龙舟遥岸。千步虹桥，③参差雁齿，④直趋水殿。⑤绕金堤、曼衍鱼龙戏，⑥簇娇春罗绮，⑦喧天丝管。霁色荣光，望中似睹，蓬莱清浅。　　时见。凤辇宸游，⑧鸾觞禊饮，⑨临翠水、开镐宴。⑩两两轻舠飞画楫，⑪竞夺锦标霞烂。⑫罄欢娱，⑬歌鱼藻，⑭徘徊宛转。别有盈盈游女，⑮各委明珠，⑯争收翠羽，相将归远。渐觉云海沉沉，洞天日晚。⑰

【注释】

①灵沼：本指周代池沼，此指北宋禁中池塘。　②金柳：柳之吐芽呈鹅黄色，故称金柳、金丝。前蜀韦庄《清平乐》：“柳吐金丝莺语早，惆怅香闺暗老。”　③虹桥：虹形拱桥。　④雁齿：比喻排列整齐之物。北周庾信《温汤碑》：“秦皇余石，仍为雁齿之阶。”此就上句虹桥而言，谓参差中见整饬。　⑤水殿：建于水边或水中之亭榭。《宋史·礼志》：“帝作《中春赏花钓鱼诗》，儒臣皆赋，射于水殿。”　⑥“绕金堤”句：金堤，因是禁中池塘，所谓“灵沼”，故言堤岸冠以“金”字。曼衍鱼龙戏，指岸边舞龙戏狮之表演。宋夏竦《奉和御制上元观灯》：“鱼龙漫衍六街呈，金锁通宵启玉京。”

⑦“簇娇”句：谓人们已换上春衣，色彩绚烂。 ⑧凤辇：帝王所乘之车。《宋史·舆服志》：“凤辇，赤质，顶轮下有二柱，绯罗轮衣，络带、门帘皆绣云凤。顶有金凤一，两壁刻画龟文、金凤翅。”又，凤辇亦指仙人所乘之车。隋炀帝《步虚词》之二：“翠霞承凤辇，碧雾翼龙舆。”这里意含双关。宸游，帝王之巡游。唐苏颋《侍宴安乐公主庄应制》：“箫鼓宸游陪宴日，和鸣双凤喜来仪。” ⑨鸾觞：刻有鸾鸟花纹的酒杯。唐骆宾王《冬日宴》：“促席鸾觞满，当垆兽炭然。”一说为刻为鸾鸟形状之酒杯。宋郑獬《觥记注》：“嵇叔夜刻杯为鸾鸟之形，名曰鸾觞。” ⑩镐宴：即御宴。镐为西周国都，故名。唐崔湜《奉和幸韦嗣立山庄侍宴应制》：“即此欢娱齐镐宴，唯应率舞乐薰风。” ⑪轻舠（dāo）：刀形小船。唐李白《鸣皋歌送岑征君》：“洪河凌竞不可以径度，冰龙鳞兮难容舠。” ⑫“竞夺”句：唐宋时有竞渡夺标之风俗活动，类于后来的赛龙舟。《唐诗纪事》载，卢肇赴举以第一还，因竞渡，即席赋诗云：“向道是龙刚不信，果然夺得锦标归。” ⑬罄：尽。 ⑭歌鱼藻：“鱼藻”为《诗经·小雅》中一篇名，一般认为是写镐民乐王都镐，并共祝周王永远在兹之词也。朱熹以为是“诸侯美天子之诗”（《诗集传》）。或以为是小民下颂上之词。这里显然是取歌颂天子之意，而不取《小序》刺幽王之说。 ⑮盈盈：仪态美好的样子。 ⑯“各委”二句：谓均名花有主，结鸳偕侣。《洛神赋》：“命俦啸侣，或戏清流，或翔神渚，或采明珠，或拾翠羽。” ⑰洞天：神仙居所。此以仙境喻禁中水域风物。

【品评】

此写禁中禊游宴饮，且与神仙世界杂糅在一起，场面闹热，气势恢宏，疑为真宗朝作者曾经历的一次盛事。真宗好神仙是朝野尽知的，此词处处用相关语，将人间天子与神仙世界有意模糊起来，创造了一个亦人亦神的迷离世界。从“凤辇宸游”、“开镐宴”以及“歌鱼藻”等语来看，这次的禁中禊游宴饮，不仅规模大，而且排场豪华，非同凡响，若非真宗时事也不必处处以神仙为喻。作者极尽铺排之能事，赋予词调以开阔、宏大的表现形式，非以投献、歌功颂德所能牢笼，其纪实性特征尤当引人注目。此外，宋人对《鱼藻》之词的理解，已不为《诗序》所囿，还了其民歌的真面目，亦对《诗经》研究有参酌价值。

双声子

晚天萧索，断蓬踪迹，①乘兴兰棹东游。②三吴风景，③姑苏台榭，④牢落暮霭初收。⑤夫差旧国，⑥香径没、⑦徒有荒丘。繁华处，悄无睹，惟闻麋鹿呦呦。⑧　想当年、空运筹决战，图王取霸无休。⑨江山如画，云涛烟浪，翻输范蠡扁舟。⑩验前经旧史，嗟漫载、当日风流。斜阳暮草茫茫，尽成万古遗愁。

【注释】

①断蓬：犹飞蓬、飘蓬，比喻漂泊不定。唐王之涣《九日送

别》："今日暂同芳菊酒，明朝当作断蓬飞。" ②兰棹：犹兰舟。船的美称。棹，船桨。唐张松龄《渔父》之八："兰棹快，草衣轻，只钓鲈鱼不钓名。" ③三吴：时代不同，所指不一。宋代指苏州、常州、湖州，亦泛指长江下游一带。宋司马光《送杨太祝忱知长州县》："三吴佳县首，民物旧熙熙。" ④姑苏：本为山名，亦作姑胥，在江苏省吴县西南，山上有姑苏台，为吴王夫差所造，吴县因以又称姑苏。 ⑤牢落：犹寥落。稀疏零落、荒芜空寂的景象。唐罗邺《仆射陂晚望》："田园牢落东归晚，道路辛勤北去长。" ⑥夫差旧国：指苏州。因春秋时吴王夫差曾都于此，故云。 ⑦香径：指采香径，又作采香泾。在苏州市西南的灵岩山前。宋范成大《吴郡志·古迹一》："采香径，在香山之旁小溪也。吴王种香于香山，使美人泛舟于溪以采香。今自灵岩山望之，一水直如矢，故俗又名箭泾。"唐刘禹锡《馆娃宫》："唯余采香径，一带绕山斜。" ⑧麋鹿呦呦：《诗经·鹿鸣》："呦呦鹿鸣，食野之苹。"呦呦，鹿鸣声。
⑨"图王"句：指当年吴王夫差曾欲争霸群雄，吴越两国时相攻伐。三国魏曹植《责躬诗》："甘负江湘，奋戈吴越。" ⑩"翻输"句：谓吴越相争，先是吴灭越，越王勾践成了人质，竟为吴王洗马。勾践卧薪尝胆，以图复国。范蠡送西施入吴。历经十年生息，越反胜而灭吴。范蠡则与西施泛舟五湖而去。事详《吴越春秋》、《越绝书》等。故这里云"翻输"。

【品评】

这是一首怀古词。作者来到三吴都会的姑苏，映入眼帘的却是"牢落暮霭"，一片萧索，往日的繁华已不见踪影。遥想当年吴越干戈，胆剑旧事，不由得感慨万端。对于范蠡的激流勇退，似流露出一种企羡。而结二句仍是暮草茫茫万古愁，未脱怀古类作品之窠臼。柳永怀古词作并不多，这一首写得苍凉悲慨，也融入了个人切实感受。“嗟漫载、当日风流”句，自有一段隐曲在其中。他大约未曾料到，自己虽未入青史，却在词史上独标风流，别占了一种风光。

阳台路

楚天晚。坠冷枫败叶，疏红零乱。冒征尘、匹马驱驱，愁见水遥山远。追念少年时，正恁风帏，倚香偎暖。嬉游惯。又岂知、前欢云雨分散。[①]　　此际空劳回首，望帝里、[②]难收泪眼。暮烟衰草，算暗锁，路歧无限。[③]今宵又、依前寄宿，甚处苇村山馆。[④]寒灯畔。夜厌厌、[⑤]凭何消遣。

【注释】

①云雨分散：谓幽欢不再。　②帝里：犹帝都、京都。《晋书·王导传》：“建康，古之金陵，旧为帝里。”唐李百药《赋得魏都》：“帝里三方盛，王廷万国来。”　③路歧：亦作“路岐”，犹岐路，即岔道。唐刘驾《贾客词》：“金玉四散去，空囊委路岐。”　④山馆：山中馆驿。唐李郢《送刘谷》：“邮亭已送征车发，山馆谁将候火迎。”　⑤厌厌：绵长，不尽。南唐冯延巳《长相思》：“红满枝，绿满枝，宿雨厌厌睡起迟。”

【品评】

柳词惯调，羁旅愁怨，念远怀人之咏。其中"坠冷枫败叶，疏红零乱"，近于俊语，余皆不见新意，亦乏佳句。下片写独处寂寥，铺陈充分，略有动人之处。

内家娇

煦景朝生，烟光昼敛，[①]疏雨夜来新霁。垂杨艳杏，丝软霞轻，[②]绣出芳郊明媚。处处踏青斗草，[③]人人眷红偎翠。[④]奈少年、自有新愁旧恨，消遣无计。　　帝里。[⑤]风光当此际。[⑥]正好恁携佳丽。阻归程迢递。[⑦]奈好景难留，旧欢顿弃。早是伤春情绪，[⑧]那堪困人天气。但赢得、独立高原，断魂一饷凝睇。[⑨]

【注释】

①烟光昼敛：雾霭在阳光照射下渐渐散去。　②"垂杨"二句：垂杨，即柳。艳杏，指杏花。丝软，与垂杨互文，谓柳条发新叶，轻柔地随风摇曳。霞轻，与艳杏互文，指杏花初开，尚未成灿烂之势。　③踏青斗草：清明前后民间风俗活动。　④睠红偎翠：谓依恋红花，偎傍绿树。睠，同眷，垂爱、依恋。唐韩偓《李太舍池上玩红薇醉题》："酩酊不能羞白发，颠狂犹自睠红英。"⑤帝里：京都。　⑥"风光"句：意为此时正是一年中最好的时节。⑦迢递：遥远。唐杜甫《送樊侍御赴汉中》："居人莽牢落，游子方

迢递。”　⑧早是：《诗词曲语辞汇释》：“早是，犹云本是或已是也。”前蜀韦庄《长安清明》：“早是伤春梦雨天，可堪芳草更芊芊。”　⑨“断魂”句：语序应为凝睇一饷魂断。饷，同“晌”。一饷，片刻。凝睇，注目而视。

【品评】

上片写春景，妍丽工巧。“垂杨艳杏，丝软霞轻”，堪称佳句。下片遥想佳丽与伤春情绪并写，能曲绘愁肠百结之状。“早是”二句浅而有味，读之犹闻远行客之叹息声。

二郎神

炎光谢。[①]过暮雨、芳尘轻洒。[②]乍露冷风清庭户，爽天如水，玉钩遥挂。[③]应是星娥嗟久阻，[④]叙旧约、飙轮欲驾。[⑤]极目处、乱云暗度，耿耿银河高泻。[⑥]　　闲雅。须知此景，古今无价。运巧思、[⑦]穿针楼上女，抬粉面、云鬟相亚。[⑧]钿合金钗私语处，算谁在、回廊影下。[⑨]愿天上人间，占得欢娱，年年今夜。

【注释】

①炎光谢：犹暑气消。　②芳尘轻洒：谓暮雨初霁，空气清新，有如芳香之气自天空洒下。　③玉钩：喻指一弯新月。南朝宋鲍照《玩月城西门廨中》：“蛾眉蔽朱栊，玉钩隔琐窗。”　④星

娥：即神话传说中之织女。唐李商隐《圣女祠》："星娥一去后，月姊更来无？"朱鹤龄注："星娥谓织女。" ⑤飙轮：指御风而行之神车。唐陆龟蒙《和〈江南道中怀茅山广文南阳博士〉》之一："莫言洞府能招隐，会辗飙轮见玉皇。" ⑥银河：即天河。 ⑦"运巧思"句：指七月七日妇女的乞巧风俗活动。南朝梁宗懔《荆楚岁时记》："七月七日为牵牛、织女聚会之夜……是夕，人家妇女结彩楼，穿七孔针，或以金银鍮石为针，陈几筵酒脯瓜果于庭中以乞巧。" ⑧云鬟相亚：谓头发低垂。亚，低、垂下。这里的"亚"与前《柳初新·东郊向晓星杓亚》中的"亚"字用法相同。 ⑨"钿合金钗"二句：钿合与金钗相传为唐玄宗与杨玉环（贵妃）的定情信物。唐白居易《长恨歌》："唯将旧物表深情，钿合金钗寄将去。"又："七月七日长生殿，夜半无人私语时。"

【品评】

写七夕风物，想象驰骋，语极妍炼。天上人间，后又归于李、杨的人间天上。一气贯注，略无接痕。先是织女嗟叹久阻，却不写鹊桥，但言织女"飙轮欲驾"。"银河高泻"句，美且壮丽。次写人间女子穿针卜巧，面微抬，发低垂，惊艳诧美。"钿盒"以下写唐明皇与杨贵妃，"七月七日长生殿，夜半无人私语时"。结三句乃通篇警策语，与后来王实甫"愿天下有情的都成了眷属"异曲同工。柳永此篇在前，后又有秦观的《鹊桥仙·纤云弄巧》，专写牛郎织女事，其中佳句警语，令世人击节。两相较读，应是各得其美。柳词冲和淡逸，秦词蕴藉洒脱，实难轩轾。

醉蓬莱

渐皋亭叶下，陇首云飞，[1]素秋新霁。[2]华阙中天，[3]锁葱葱佳气。嫩菊黄深，拒霜红浅，[4]近宝阶香砌。玉宇无尘，金茎有露，[5]碧天如水。　　正值升平，万几多暇，[6]夜色澄鲜，漏声迢递。[7]南极星中，有老人呈瑞。[8]此际宸游，凤辇何处，[9]度管弦清脆。太液波翻，[10]披香帘卷，[11]月明风细。

【注释】

①"渐皋亭"二句：皋亭，堤上之亭。司马相如《上林赋》："皋亭千里，靡不被筑。"李善注："皋，泽也，堤上十里一亭。"陇首，犹陇头，即田野间。此二句化用南朝梁柳恽诗而来。《南史·柳恽传》："(柳恽)少工篇什，为诗云：'皋亭木叶下，陇首秋云飞。'琅邪王融见而嗟赏，因书斋壁及所执白团扇。" ②素秋：古代五行之说以为秋属金，金色白，故秋有素秋之称。杜甫《秋兴八首》之六："瞿唐峡口曲江头，万里风烟接素秋。" ③华阙中天：泛指禁城建筑。华阙，华美的门观。徐锴《说文解字系传》："盖为二台于门外，人君作楼观于上，上员(圆)下方。以其阙然为道，谓之阙，以其上远观，为之观。"中天，本为台名。班固《西都赋》："树中天之华阙，丰冠山之朱堂。"李善注："列子曰：周穆王筑台，号曰中天之台。"

④拒霜：花名，即木芙蓉的别称。因其仲秋开花，经霜而花不谢，故名。宋宋祁《益都方物略记》："添色拒霜花，生彭、汉、蜀州，花常多叶，始开白色，明日稍红，又明日则若桃花然。" ⑤金茎：指仙人承露盘之铜柱。班固《西都赋》："抗仙掌以承露，擢双立之金茎。"李善注："金茎，即铜柱也。" ⑥万几：亦作"万机"，指天子日理万事。《尚书·禹书·皋陶谟》："兢兢业业，一日二日万几。"孔传："几，微也，言当戒惧万事之微。" ⑦漏声迢递：谓计时之铜壶滴水声，于静夜中传得很远。 ⑧"南极"二句：《晋书·天文志》："老人一星，在弧南，一曰南极，常以秋分之旦见于丙，春分之夕而没于丁。见则治平，主寿昌，常以秋分候之南郊。" ⑨"此际"二句：言天子巡游，其所乘车驾未知何往。 ⑩太液：即太液池。本为汉武帝所营造的禁苑池沼，周回十顷，中有象海上三仙山之岛，位于陕西省长安县西北。唐亦建有太液池，位于大明宫含凉殿后。李白《宫中行乐词》："莺歌闻太液，凤吹绕瀛洲。"此借指汴京禁苑池诏。 ⑪披香：即披香殿，汉宫殿名。班固《西都赋》："披香发越。"李善注："长安有合欢殿、披香殿。"后泛指宫殿。李商隐《宫妓》："珠箔轻明拂玉墀，披香新殿斗腰支。"此借指汴京禁中宫殿。

【品评】

关于这首词，后世评者甚多，见仁见智，轩轾不一。且有一桩"公案"，不可不辨。先看宋王辟之的说法："柳三变景祐末登进士。少有俊才，尤精乐章。后以疾更名永，字耆卿。皇祐中，久困选调，入内都史某爱其才而怜其潦倒。会教坊进新曲《醉蓬莱》，时司天台奏老人星见，史乘仁宗之悦，以耆卿应制。耆卿方冀进用，欣然走笔，甚自得意，词名《醉蓬莱慢》。比进呈，上见首有'渐'字，色若不悦。读至'宸游凤辇何处'，乃与御制真宗挽词暗合，上惨然。又读至'太液波翻'，曰：'何不言"波澄"?'乃掷之于地。永至此不复进用。"(《渑水燕谈录》卷八)杨湜《古今词话》亦有此词"祝仁宗皇帝寿"的说法。后不少诗话、词话争相引录。唐圭璋先生认为："王辟之是英宗治平四年进士，《渑水燕谈录》作于哲宗元祐以前，时代很早，所说当较可信。"(《柳永事迹新证》)薛瑞生不同意这个说法。理由是"终仁宗朝均无老人星出现的记载，直至英宗治平四年二月癸巳，老人星才再次重现。"而"柳永根本活不到英宗治平四年(1067)二月"，故此词"就只能写于真宗朝了"(《乐章集校注》)。此外，仁宗生于四月十四日，此词写的是秋景，亦不合。薛氏经过一番考据，"断此词写于天禧二年(1008)九月下旬"。综合考察相关材料，此词非为仁宗祝寿词是可以肯定的，这一点薛说近是。然断其写于天禧二年九月下旬，则证据不足。如薛氏所言，真宗朝二十五年间，只有两年未出现老人星，其余二十三年均有老人星出现。即是说这二十三年中柳永均有可能写此词。不能以"天禧二年八、九月间，可庆贺之事颇多"就认定此词系年，而只能说系在这一年可能性大一些罢了。要断定此词的具体写作年月，还有待进一步深入考证，或新材料的发现。至于此词佳否，词论家的意见亦各执一词，贬之者谓其毫无佳处，赞之者以为"柳氏深于音调"，词中字词几不可更易。平心而论，此词在柳词中并不出色。不论是写给哪个皇帝，应制词总是应制词，难见作者性情。掉书袋与堆砌辞藻是其致命伤，在柳永恐怕真的是吃力不讨好的营生哩！

宣 清

残月朦胧，小宴阑珊，[①]归来轻寒凛凛。背银缸、[②]孤馆乍眠，拥重衾、醉魄尤噤。[③]永漏频传、前欢已去，离愁一枕。暗寻思、旧追游，神京风物如锦。[④] 念掷果朋侪，绝缨宴会，当时曾痛饮。命舞燕翩翩，歌珠贯串，向玳筵前，[⑤]尽是神仙流品。至更阑、疏狂转甚。更相将、凤帏鸳寝。[⑥]玉钗乱横，任散尽高阳，[⑦]这欢娱、甚时重恁。[⑧]

【注释】

①阑珊：将尽、将残。白居易《咏怀》："白发满头归得也，诗情酒兴渐阑珊。" ②银缸：亦作"银釭"，灯盏、烛台。南朝梁元帝《草名》："金钱买含笑，银缸影梳头。" ③噤：即打寒噤。 ④神京：犹帝京、帝里。五代和凝《小重山》："春入神京万木芳。禁林莺语滑，蝶飞狂。" ⑤玳筵：亦作"玳宴"，本指玳瑁筵，谓以玳瑁装饰坐具的宴席，泛指盛宴。陈江总《今日乐相乐》："绮殿文雅遒，玳筵欢趣密。" ⑥凤帏：闺中帏帐。鸳寝，喻夫妻共眠。后蜀魏承班《满宫花》："玉郎何处狂饮，醉时想得纵风流，罗帐香帏鸳寝。" ⑦散尽高阳：谓发尽酒狂。高阳，高阳酒徒之省。唐杜牧《张好好诗》："尔来未几岁，散尽高阳徒。" ⑧重恁：再如此。

【品评】

此篇为疏狂放浪之作。尽管它可能是率性且真实的情感发泄，但毕竟缺乏文学作品必不可少的含蓄与矜持。充其量只能说它张扬个性，不拘礼法束缚，对假道学的批判不遗余力等等。肯定人的自然情欲，未必笔触直驱“凤帏鸳寝”，更不必“玉钗乱横，任散尽高阳”。总之，柳永可爱与可厌之处，常常是搅杂在一起的。细绎之自可会得。

锦堂春

坠髻慵梳，愁蛾懒画，[①]心绪是事阑珊。[②]觉新来憔悴，金缕衣宽。[③]认得这疏狂意下，向人消譬如闲。[④]把芳容整顿，恁地轻孤，争忍心安。　　依前过了旧约，甚当初赚我，[⑤]偷翦云鬟，[⑥]几时得归来，香阁深关。待伊要、尤云殢雨，[⑦]缠绣衾，不与同欢。尽更深、款款问伊，今后更敢无端。[⑧]

【注释】

①“坠髻”二句：谓愁肠百结，懒于梳妆打扮。坠髻，谓挽起的发髻拖了下来。愁蛾，愁眉。　②“心绪”句：是事，犹凡事，所有的事。阑珊，本指衰减，消沉，这里是打不起精神，意绪索然之意。③金缕衣宽：言人消瘦了。　④“认得”二句：此词是以女子声吻写其内心独白的。这两句是说，我识得他的习性，闲来无事时向

别人面前去讥诮、编排我。认得，犹知道、识得。 ⑤赚：哄骗、诳骗。《全唐诗》卷八七二载《朝士戏任毅》："从此见山须合眼，被山相赚已多时。" ⑥偷翦云鬟：即剪头发以为盟信之物。翦，同"剪"。 ⑦尤云殢雨：亦作殢云尤雨。 ⑧无端：犹无理。

【品评】

代女子作内心独白，细微真切，写尽相思。妙在思念与怨尤、期望并写，一派小儿女声吻。上承花间余绪，下开元人曲子之渐。"几时得归来"以下纯用口语，心理描写极饶情趣，深得民间歌谣之神髓。结二句临了打诨，虽是徒萦梦想，却凸现了小儿女之痴情也。

定风波

自春来、惨绿愁红，① 芳心是事可可。② 日上花梢，莺穿柳带，犹压香衾卧。暖酥消，③ 腻云亸，④ 终日厌厌倦梳裹。⑤ 无那。⑥ 恨薄情一去，⑦ 锦书无个。⑧　　早知恁么。⑨ 悔当初、不把雕鞍锁。⑩ 向鸡窗，⑪ 只与蛮笺象管，⑫ 拘束教吟课。⑬ 镇相随，⑭ 莫抛躲。针线闲拈伴伊坐。⑮ 和我。免使年少，光阴虚过。

【注释】

①惨绿愁红：谓伤春怀人，情绪抑郁，春天的景物也随之变得

“惨”与“愁”了。 ②是事可可：犹言凡事都不在意。可可，尚可。引申为马虎、潦草之意。一说是有什么事是如意的呢？《诗词曲语辞汇释》：“是，与甚通，以音近而假用之。”“可，犹恰也。……可字叠用之则曰可可，犹云恰恰也。” ③暖酥消：温润如玉般的肌肤消瘦了。一说指脸上搽涂的脂粉消散了。 ④腻云亸(duǒ)：发髻散乱而无心梳理。腻云，喻指头发。亸，垂下。 ⑤厌厌：萎靡不振，慵懒的样子。 ⑥无那：即无奈。 ⑦薄情：代指所思念的人，即薄情郎。当为昵称，犹“冤家”、“可憎”之类。 ⑧锦书：亦作“音书”，书信的美称。无个，没有。 ⑨恁么：如此、这样。⑩雕鞍：马鞍的美称。唐骆宾王《帝京篇》：“宝盖雕鞍金络马，兰窗绣柱玉盘龙。”这句是说没能阻止他远行。 ⑪鸡窗：指书房。《艺文类聚》引南朝宋刘义庆《幽明录》：“晋兖州刺史沛国宋处宗买得一长鸣鸡，爱养甚至，恒笼着窗间。鸡遂作人语，与处宗谈论极有言智，终日不辍。处宗因此言巧大进。”后遂以鸡窗指书斋。唐罗隐《题袁溪张逸人所居》：“鸡窗夜静开书卷，鱼槛春深展钓丝。” ⑫蛮笺象管：指名贵的纸笔。蛮笺，即蜀笺。亦为高丽纸之别称。唐陆龟蒙《酬袭美夏首病愈见招次韵》：“雨多青合是垣衣，一幅蛮笺夜款扉。”象管，象牙制笔管，亦作笔之美称。唐罗隐《清溪江令公宅》：“蛮笺象管夜深时，曾赋陈宫第一诗。” ⑬教吟课：谓将吟咏诗词当作日课。 ⑭镇：即镇日，犹整天，尽日。⑮伊：你。

【品评】

此亦代女子作内心独白也。且此词为柳永词作名篇。相传柳永谒晏殊，“晏公曰：‘贤俊作曲子么？’三变曰：‘只如相公亦作曲子。’公曰：‘殊虽作曲子，不曾道“针线闲拈伴伊坐。”’柳遂退。”（《宋人轶事汇编》卷十引《画墁录》）看来晏殊亦嫌柳词太露，不与相谋。晏殊亦正襟危坐者也。到了元代，关汉卿据此词编为《谢天香》杂剧，在“芳心是事可可”上大作文章。剧中柳永中了状元，娶了谢天香，足见他对“浪子班头”前辈的推崇有加与心心相印。至于晏殊是否对此词有微词，自可不辨。“轶事”多半是道听途说，当不得信事的。晏、欧皆作过艳词，何不容“针线闲拈伴伊坐”句邪？

诉衷情近

雨晴气爽，伫立江楼望处。澄明远水生光，重叠暮山耸翠。遥认断桥幽径，[1]隐隐渔村，向晚孤烟起。[2]　残阳里。脉脉朱阑静倚。黯然情绪，未饮先如醉。愁无际。暮云过了，秋光老尽，故人千里。竟日空凝睇。[3]

【注释】

①断桥：在杭州西湖白堤上。宋周密《武林旧事·湖山胜概》：“断桥，又名段家桥，万柳如云，望如裙带。”亦泛指颓断之老旧之桥。　②向晚：傍晚。《诗词曲语辞汇释》：“向，犹临也。……向晚，犹云临晚或傍晚也。”　③凝睇：注目而视。睇，流盼。

【品评】

此词未知是否写于杭州。因其中写到断桥，但未及西湖其他景观。若非写于杭州，此断桥即是指通常的颓坏之桥。这在古诗词中的用例并非少数。如杜甫《过故斛斯校书庄》："断桥无复板，卧柳自生枝。"宋元的用例更多。细绎词意，此词中之断桥多半非指西湖断桥。"秋光老尽，故人千里"二句，苍凉悲慨，寥落孤凄，格高且有味。"远水生光"，"暮山耸翠"，亦幽渺清空，自是俊语。

诉衷情近

景阑昼永，[①]渐入清和气序。[②]榆钱飘满闲阶，[③]莲叶嫩生翠沼。遥望水边幽径，山崦孤村，[④]是处园林好。[⑤]　闲情悄。绮陌游人渐少。[⑥]少年风韵，自觉随春老。追前好。帝城信阻，天涯目断，暮云芳草。伫立空残照。

【注释】

①景阑：别本或作"幽闺"。昼永，指进入春天，渐渐夜短昼长。　②清和气序：谓天气清新和暖。前蜀韦庄《和同年韦学士华下途中见闻》："正是清和好时节，不堪离恨剑门西。"　③榆钱：即榆荚。因其状如铜钱，成串而生，故名，唐施肩吾《戏咏榆荚》："风吹榆钱落如雨，绕林绕屋来不住。"　④山崦(yān)：山之曲折处。唐顾非熊《寄陆隐君》："定拟秋凉过南崦，长松石上听泉声。"　⑤是处：犹此处。　⑥绮陌：风景秀丽的郊野。

【品评】

柳词描春篇什不在少数。此首意趣在于望春叹老，悲慨人生光景易逝，流年似水。暮云飞渡，残照当头，空自伫立，便有天涯芳草，也难挽住少年风韵。一股酸鼻之凄楚，油然而生。“榆钱”二句，生新清隽，颇耐寻味。

留客住

偶登眺。凭小阑、艳阳时节，乍晴天气，是处闲花芳草。[①]遥山万叠云散，涨海千里，[②]潮平波浩渺。烟村院落，是谁家绿树，数声啼鸟。　旅情悄。远信沉沉，离魂杳杳。对景伤怀，度日无言谁表。惆怅旧欢何处，后约难凭，看看春又老。盈盈泪眼，[③]望仙乡，[④]隐隐断霞残照。

【注释】

①是处：到处，处处。　②涨海：南海之古称。南朝宋鲍照《芜城赋》：“南驰苍梧涨海，北走紫塞雁门。”《旧唐书·地理志》：“南海在海丰县南五十里，即涨海，渺漫无际。”　③盈盈：溢出。④仙乡：本指仙人居所，亦借指所爱者的居处。前蜀韦庄《怨王孙》：“不知今夜，何处深锁兰房，隔仙乡。”

【品评】

从“遥山万叠云散，涨海千里，潮平波浩渺”三句来看，此词念怀之所爱当在南国。有人将柳永比之杜甫,从“无一字无来处”的意义上说,是有道理的。柳永从不生造词语,如“涨海”,有人误释作涨潮,或笺注时失注,就太不了解柳词了。上片结三句,看似平易,然意境极美。且“谁家”(哪家)之用,自然妥贴,巧妙难易。或所爱者之“仙乡”,亦在似此的院落,院中亦绿树成阴,时闻啼鸟吧。下片念怀远人,亦写得沉至动人。观“离魂杳杳”句,或许其所爱者已不在人世,“冥路”、“仙乡”亦常连用之,故此词非一般意义上的羁旅愁怨之作。惜未有资料可知所怀何人也。

迎春乐

近来憔悴人惊怪。为别后、相思煞。[1]我前生、负你愁烦债,便苦恁难开解。　　良夜永、[2]牵情无计奈。[3]锦被里、余香犹在。怎得依前灯下,恣意怜娇态。

【注释】

①煞:亦作“杀”、“噉”。《诗词曲语辞汇释》:“煞,甚辞。字亦作噉,作杀。……玩叶韵知读去声,音晒。”相思煞,犹相思甚。

②永:长。　③无计奈:无奈而想不出办法来。亦有作“无计向”者。《诗词曲语辞汇释》:“颖上陶生《渔家傲》词:‘船小难开红斗帐,无计向,合欢影里空惆怅。’无计向,即无计奈何之意也。”

【品评】

小词大有元人曲子意趣，说尽道透，不无谐谑。与诗之含蓄，词之妩媚，似刻意反辙，当知味品音，不可以蕴藉、寄托衡之。

隔帘听

咫尺凤衾鸳帐，[1]欲去无因到。虾须窣地重门悄。[2]认绣履频移，洞房杳杳。强语笑。逞如簧、[3]再三轻巧。
梳妆早。琵琶闲抱。爱品相思调。声声似把芳心告。隔帘听，赢得断肠多少。恁烦恼，[4]除非共伊知道。

【注释】

①凤衾鸳帐：又作凤帐鸳衾，指夫妻合用的寝帐与被子。②虾须：喻指卷帘。《广韵》："鰝，大虾，出海中，长三丈，其须长数尺，可为帘。"《全唐诗》卷七八五载《小苏家》："倚门断肠虾须隔，堂内月娥横剪波。" ③如簧：即巧语如簧。见前《黄莺儿·园林晴昼春谁主》注②。 ④恁：这般，如此。

【品评】

隔帘相望，但闻绣履频移，歌喉婉转；又琵琶半掩，相思调声声入耳，帘外人人肠断。柳词写声写色，此着意于声也。然愈是阻隔，色就更加迷蒙，因而也就更牵动遐想。全篇皆欲即却离之词，正所谓"春水船如天上坐，老年花似雾中看。"（杜甫）唯"凤衾鸳帐”、“洞房杳杳”二句，有些乍眼。柳词印记，往往亦在此等笔调中。将其视为小儿嗜蜜糖，即可见出其天真来。

凤归云

恋帝里，[1]金谷园林，[2]平康巷陌，[3]触处繁华，连日疏狂，未尝轻负，[4]寸心双眼。况佳人，尽天外行云，[5]掌上飞燕。[6]向玳筵、[7]一一皆妙选。长是因酒沉迷，被花萦绊。

更可惜、淑景亭台，[8]暑天枕簟。[9]霜月夜凉，雪霰朝飞，[10]一岁风光，尽堪随分，[11]俊游清宴。[12]算浮生事，瞬息光阴，锱铢名宦。[13]正欢笑，试恁暂时分散，却是恨雨愁云，地遥天远。

【注释】

①帝里：帝京，此指汴京。　②金谷：园林名。在今河南洛阳西北。《晋书·石崇传》：“崇有别馆在河阳之金谷，一名梓泽，送者倾都，帐饮于此焉。”后以借指仕宦文人游宴之场所。南朝梁何逊《车中见新林分别甚盛》：“金谷宾客盛，青门冠盖多。”　③平康巷陌：本指唐代长安丹凤街之平康坊，为当时妓女聚集之地，新科进士常游冶其中。唐孙棨《北里志·海论三曲中事》：“平康入北门，东回三曲，即诸妓所居。”后遂以平康北里代指妓院。　④未尝轻负：谓没有辜负好时光。　⑤天外行云：用响遏行云事喻歌妓之才艺。　⑥掌上飞燕：相传汉成帝皇后赵飞燕体态轻盈，能

为掌上舞。事详《白孔六帖》卷六一。《南史·羊侃传》:“舞人张净琬,腰围一尺六寸,时人咸推能掌上舞。”此以喻妓之善舞。⑦玳筵:盛筵。 ⑧淑景:美景。 ⑨簟:竹席。《诗经·斯干》:“下莞上簟,乃安斯寝。” ⑩霰(xiàn):米粒大的雪珠,常于降雪前具有强对流的云中降落。《诗经·頍弁》:“如彼雨雪,先集维霰。”南朝梁何逊《七召》:“冬霰集庭,室靡人声。” ⑪随分:顺应个人的性情、爱好。南朝梁刘勰《文心雕龙·镕裁》:“谓繁与略,随分所好。”分,性分,即个性。 ⑫俊游:舒畅快意的游赏。宋秦观《望海潮》:“金谷俊游,铜驼巷陌,新晴细履平沙。”清宴,亦作“清晏”,指清雅的宴集。 ⑬锱铢名宦:轻视名利与仕途。锱铢(zī zhū),指微不足道的分量。古制十黍为累,十累为铢,六铢为锱,二十四铢为两。《庄子·达生》:“累丸二而不坠,则失者锱铢。”

【品评】

“一岁风光,尽堪随分,俊游清宴。”这是珍惜似水流年,热爱生命与自然的一种感悟。而“算浮生事,瞬息光阴,锱铢名宦。”则是不为形役,挣脱名利牵系的旷达与超脱。不消说,潜在的正是一种强烈的叛逆意识。王实甫在《西厢记》中借莺莺之口说:“蜗角虚名,蝇头微利,拆鸳鸯在两下里。”(第四本第三折)与柳词之“锱铢名宦”的思想是相通的。柳永于“平康巷陌”中的“连日疏狂,未尝轻负”,虽说不能与崔、张的爱情相提并论,但仍可视为是对名教思想和伪道学的冲击。他与歌妓之间的感情恐怕也不只是狎昵与寻欢作乐,而有真性情在其中。故而在此词中他将听歌赏舞与“俊游”、“清宴”等视齐观，以为这是完整的人生所不可或缺的精神活动。柳永是介于士大夫与“书会才人”之间的特殊人物，他被后来的真正意义上的“书会才人”们引以为知音，其内在的性格依据(随分)在此。

抛球乐

晓来天气浓淡，微雨轻洒。近清明，风絮巷陌，烟草池塘，尽堪图画。艳杏暖、①妆脸匀开，弱柳困、宫腰低亚。②是处丽质盈盈，③巧笑嬉嬉，争簇秋千架。戏彩球罗绶，④金鸡芥羽，⑤少年驰骋，芳郊绿野。占断五陵游，⑥奏脆管、繁弦声和雅。　　向名园深处，争柅画轮，⑦竞羁宝马。取次罗列杯盘，⑧就芳树、绿阴红影下。舞婆娑，歌宛转，仿佛莺娇燕姹。⑨寸珠片玉，争似此、浓欢无价。任他美酒十千一斗，⑩饮竭仍解金貂贳。⑪恣幕天席地，⑫陶陶尽醉太平，且乐唐虞景化。⑬须信艳阳天，看未足、已觉莺花谢。⑭对绿蚁翠娥，⑮怎忍轻舍。

【注释】

①“艳杏”句：语含双关。既写春暖花开，杏花艳丽，又喻指美人之面容，所谓杏脸桃腮。　②“弱柳”句：与上句排比对举，弱柳既喻春之新柳亦喻美女腰肢。宫腰，即楚宫肢。低亚，犹低垂。亚，通“压”。　③是处：处处。盈盈，姿态美好的样子。　④彩球

罗绶：彩球，本作绿毬，古代蹴球之戏所用之彩色球。罗绶，彩球上装饰的丝带。李白《宫中行乐词》之八："素女鸣珠佩，天人弄彩球。" ⑤金鸡芥羽：指斗鸡博戏。《左传·昭公二十五年》："季、郈氏之斗鸡，季氏芥其鸡，郈氏为之金距。"孔颖达疏引郑司农曰："芥，甲也，为鸡著甲。"或谓："捣芥子播其鸡羽，可以坌郈氏鸡目。"即将辛辣之芥子捣成泥状涂于鸡身，令其兴奋，亦可刺激郈氏鸡的眼睛。金距，亦作金距，即将鸡爪以薄金属包起来。汉应玚《斗鸡》："芥羽张金距，连战何缤纷。" ⑥五陵：指汉长安的长陵、安陵、阳陵、茂陵、平陵五个皇陵，均位于渭水北岸今陕西省咸阳市附近。南朝陈徐陵《玉台新咏序》："有丽人焉，其人五陵豪族充选掖庭。"白居易《琵琶行》："五陵年少争缠头，一曲红绡不知数。" ⑦争梶画轮：争梶，争相停车，梶，止车之术。画轮，即画轮车。《晋书·舆服志》："画轮车，驾牛，以彩漆画轮毂，故名画轮车。" ⑧取次：《诗词曲语辞汇释》："取次，犹云随便或草草也。"这句是杯盘狼藉的意思。 ⑨莺娇燕姹：谓歌声如黄莺啭喉，舞姿如燕影轻盈。姹，美丽。 ⑩十千一斗：十千为一万，万钱一斗，言酒价高昂。李白《行路难》其一："金樽美酒斗十千，玉盘珍羞直万钱。" ⑪"饮竭"句：谓钱用尽后便解下金貂裘以换酒。贳(shì)，本为赊欠，租赁之义，此为抵押和典当的意思。唐卢照邻《行路难》："金貂有时换美酒，玉麈但摇莫计钱。" ⑫幕天席地：参见前《金蕉叶·厌厌夜饮平阳第》注。 ⑬唐虞景化：如唐尧、虞舜时的太平景象。化，指风俗、风化。 ⑭莺花谢：指美好的春光逝去。唐卢仝《楼上女儿曲》："莺花烂漫君不来，及至君来花已老。" ⑮绿蚁：又作"渌蚁"、"绿蛆"，指酒表面浮起的绿色泡沫，亦代指酒。南朝齐谢朓《在郡卧病呈沈尚书》："佳鲂聊可荐，渌蚁方独持。"李善注："《释名》曰：'酒有泛齐，浮蚁在上洗洗然。'"白居易《问刘十九》："绿蚁新醅酒，红泥小火炉。"翠娥，指美女。

【品评】

此词调长字多，宜于铺排，在柳词中较为典型。上片一路写春景，多涉岁时风俗活动，可概见北宋寒食至清明时的民俗风貌。下片写春游盛况，铺排殆尽。自然，也见出作者疏狂放浪，幕天席地，不醉不归的情怀。通篇情绪亢奋，兴致不减。描摹细致，章法谨严，依稀可见北宋前期的太平景象，无异于一幅文字的长卷《清明上河图》。

集贤宾

小楼深巷狂游遍，罗绮成丛。[①]就中堪人属意，最是虫虫。[②]有画难描雅态，无花可比芳容。几回饮散良宵永，鸳衾暖、凤枕香浓。算得人间天上，惟有两心同。[③]　　近来云雨忽西东。[④]诮恼损情悰。[⑤]纵然偷期暗会，[⑥]长是匆匆。争似和鸣偕老，[⑦]免教敛翠啼红。[⑧]眼前时、暂疏欢宴，盟言在、更莫忡忡。[⑨]待作真个宅院，[⑩]方信有初终。[⑪]

【注释】

①罗绮成丛：谓穿着华丽的妓者众多。罗绮在这里代指人。

②虫虫：当时妓女名。前《征部乐·雅欢幽会》阕已写及此人。③“算得”二句：暗用唐明皇命方士“上穷碧落下黄泉，两处茫茫皆不见”，到处寻访杨贵妃事。《杨妃外传》中说，方士杨通幽终于跨蓬、壶，寻得“玉妃太真院”。妃曰：“骊山宫七夕感牛女事，密相誓曰世世为夫妻，此特君王所知耳。因自悲，由此一念，又不得居此，复随下界，且结后缘。或为天，或为人，决再相见。” ④“近来”句：当是说二人欢会机会少了，各自西东，感情上疏远了。云雨，用楚王巫山云雨事，喻男女欢情。 ⑤“诮恼”句：言二人似有口角，有伤感情。悰（cóng）：心情，情绪。 ⑥偷期：幽会。⑦和鸣偕老：指夫妻和睦相处，白头偕老。《诗经·有瞽》：“喤喤厥声，肃雝和鸣。”又《诗经·击鼓》：“执子之手，与子偕老。”⑧敛翠啼红：敛翠，凝聚秀色，这里代指虫虫。前蜀尹鹗《菩萨蛮》：“蛾眉应敛翠，咫尺同千里。”啼红，犹啼妆，借指美人泪痕。前蜀韦庄《闺怨》：“啼妆晓不平，素面凝香雪。” ⑨忡（chōng）忡：忧虑不安，心绪烦躁。《诗经·击鼓》：“不我以归，忧心有忡。”⑩宅院：犹宅眷，指成了眷属，同居一宅。 ⑪初终：犹始终，指结果。

【品评】

这个虫虫，显然是实有其人，柳永词中至少有三首写到她。三首中又尤以此首最为耐人寻味，关键在词的下片。看来两个人在感情上出了点问题。“诮恼损情悰”一句，须仔细玩味，究竟是谁讥诮了谁？何以伤了感情，却不得其详。此外，两个人为什么要“偷期”？也是个迷点。会不会是虫虫由于难以说清楚的原因另有所依，不得不琵琶别抱呢？就像朱帘秀要到杭州去嫁一个道士，而关汉卿却无法挽留她那样。因缺乏根据，不敢胡乱推测。但有一点可以肯定，虫虫若无掣肘牵绊，是不必"偷期暗会"的。有些疑点更好，读起来会令人产生一些联想。当然结处词人还是期待着与虫虫结为眷属的，亮色妆束，令全词起伏回旋，意趣更为浓郁。总之，此词不类托想代言之作，它很可能是词人真实的经历与切实的想法，故娓娓道来，别是一种韵味。

殢人娇

当日相逢，便有怜才深意。歌筵罢、偶同鸳被。别来光景，看看经岁。昨夜里、方把旧欢重继。　　晓月将沉，征骖已鞴。①愁肠乱、又还分袂。②良辰好景，恨浮名牵系。无分得、③与你恣情浓睡。

【注释】

①征骖(cān)已鞴(bèi)：车马已备好，骖，本指一车驾三马。亦指一车三马或四马的两旁两匹。《诗经・大叔于田》："两骖如舞。"此泛指车马。鞴，同"鞁"，指车马上的装备。王昌龄《塞上曲》："遥见胡地猎，鞴马宿严霜。"　②分袂(mèi)：分手，离别。袂，衣袖。南朝宋谢惠连《西陵遇风献康乐》："饮饯野亭馆，分袂澄湖阴。"　③无分：犹无缘。

【品评】

一段经年旧情，偶然又得重续，无奈良宵苦短，天明又要分手。怨只怨浮名误人，不得长相守。小词一波三折，益转益妙。几多牢骚怨尤，无限惆怅迷茫，尽在其中。唯结句见出陋弊，略有减色。然而，不如此还是柳永吗？

思归乐

天幕清和堪宴聚。想得尽、高阳俦侣。①皓齿善歌长袖舞。②渐引入、醉乡深处。　　晚岁光阴能几许。这巧宦、③不须多取。共君把酒听杜宇。④解再三、⑤劝人归去。

【注释】

①高阳俦侣：指酒友。高阳，高阳酒徒之省。《史记·郦生陆贾列传》："初，沛公引兵过陈留，郦生踵军门上谒……使者出谢曰：'沛公敬谢先生，方以天下为事，未暇见儒人也。'郦生按剑叱使者曰：'走！复入言沛公，吾高阳酒徒也，非儒人也。'"郦食其为陈留高阳人，故言之。李白《梁父吟》："君不见高阳酒徒起草中，长揖山东隆准公。"后遂以高阳酒徒喻指嗜酒者。　②皓齿：牙齿洁白。《史记·司马相如列传》："皓齿粲烂，宜笑的皪。"长袖，指舞衣，亦借指歌舞妓。汉傅毅《舞赋》："罗衣从风，长袖交横。"　③巧宦：指仕途中不以事功立业为事，而靠钻营讨巧升迁者。晋潘岳《闲居赋》："岳尝读《汲黯传》，至司马安四至九卿，而良史书

之，题以巧宦之目，未尝不慨然废书而叹。”唐陈子昂《题祀山烽树赠乔十二侍御》：“汉庭荣巧宦，云阁薄边功。” ④杜宇：即杜鹃。⑤解：这里是辨听之意。

【品评】

从“晚岁光阴能几许”句来看，此首大约写于作者晚年。而相识相得者，亦当是同辈友朋。听歌观舞，醉乡忘忧，作者颇有疲于仕宦，意在归隐之意。而对“巧宦”的蔑视，亦可见出他愤世嫉俗、满腹牢骚不平的狷狂一面来。结二句信手拈来，却是水到渠成，合于诗小雅怨悱之旨意。尤是“解再三”三字，激活了杜宇“不如归去”的习惯用法，实为千载下如闻声吻、词浅味厚之语也。《西厢记》第五本第四折有句道：“不信呵去那绿杨影里听杜宇，一声声道不如归去。”“解再三”与“不信呵”同为妙语，皆堪细细揣摩。

应天长

残蝉渐绝。傍碧砌修梧，[①]败叶微脱。风露凄清，正是登高时节。[②]东篱霜乍结。绽金蕊、[③]嫩香堪摘。聚宴处，落帽风流，[④]未饶前哲。[⑤] 把酒与君说。恁好景佳辰，怎忍虚设。休效牛山，空对江天凝噎。[⑥]尘劳无暂歇。遇良会、剩偷欢悦。[⑦]歌声阕。[⑧]杯兴方浓，莫便中辍。

【注释】

①碧砌修梧：指华丽的台阶和修美的梧桐树。碧砌，犹玉砌。②登高时节：指登高节，即重阳节。《续齐谐记》："汝南桓景随费长房游学累年，长房谓曰：'九月九日，汝家中当有灾，宜急去。令家人各作绛囊，盛茱萸以系臂，登高饮菊花酒，此祸可除。'景如言，齐家登山，夕还，见鸡犬牛羊一时暴死。长房闻之曰：'此可代也。'今世人九日登高饮酒，妇人带茱萸囊，盖始于此。" ③金蕊：菊花的别称。南朝梁萧统《七契》："玉树始落，金蕊初荣。" ④落帽风流：用孟嘉落帽、即席属文事。《晋书·孟嘉传》："九月九日，(桓)温燕龙山，僚佐毕集。时佐吏并着戎服，有风至，吹嘉帽堕落，嘉不之觉。温使左右勿言，欲观其举止。嘉良久如厕，温令取还之，命孙盛作文嘲嘉，着嘉坐处。嘉还见，即答之，其文甚美，四坐嗟叹。" ⑤未饶：犹未让。前哲，亦作前喆，前代的贤哲。《左传·成公八年》："夫岂无辟王，赖前哲以免力。"南朝宋谢灵运《山居赋》："仰前哲之遗训，俯性情之所便。" ⑥"休效"二句：牛山，位于山东临淄南。《晏子春秋·谏上十七》："景公游于牛山，北临其国城而流涕曰：'若何滂滂去此而死乎？'"后遂以"牛山泣"、"牛山客"等喻指为人生短暂而悲叹者。李白《古风》之二十三："景公一何愚？牛山泪相续。" ⑦剩：多。 ⑧阕：曲终。

【品评】

此与前《思归乐》题旨相仿佛。大约亦写于作者的晚年。"剩偷欢悦"，酒中忘忧，不必去感叹人生短暂，更不必拘泥于细枝末节。孟嘉落帽，也并未失什么面子，照样靠美文华彩而千古风流。

此时的作者风流已移向文彩，而少了些儿女情长，这是一个不小的变化。由于柳词无法编年，我们只能从词的内容中去推测其大致的写作时间了。读此词，你可以说他有些消极，但绝不悲观。其实不悲观何来消极。这似乎也是晚期柳词的一个特点吧？

少年游

长安古道马迟迟。高柳乱蝉栖。夕阳岛外，秋风原上，[①]目断四天垂。[②]　　归云一去无踪迹，何处是前期。[③]狎兴生疏，[④]酒徒萧索，[⑤]不似去年时。

【注释】

①“夕阳”二句：并非实指。犹言夕阳山外，原上秋风，状秋日傍晚之苍凉。　②四天：四方的天空。唐徐凝《八月灯夕寄游越施秀才》：“四天净色寒如水，八月清辉冷似霜。”　③“归云”二句：谓游子漂泊无定，未知何时才能与佳人团聚。归云，犹行云、浮云。晋潘岳《西征赋》：“吐清风之飂戾，纳归云之郁蓊。”前期，对未来的预期、打算。南朝梁沈约《别范安成》：“生平少年日，分手易前期。”柳永又有《玉蝴蝶·是处小街斜巷》：“结前期，美人才子，合是相知。”　④狎兴生疏：是说仕途奔波，很少再流连于秦楼楚馆了。　⑤酒徒萧索：酒朋俦侣相聚亦不多了。

【品评】

古道夕阳，秋风荒原，一派苍凉景象。更有浮云游子，前期渺茫，情调与后来马致远的《天净沙》小令颇为相似。

少年游

参差烟树灞陵桥，[①] 风物尽前朝。衰杨古柳，几经攀折，憔悴楚宫腰。[②] 　　夕阳闲淡秋光老，离思满蘅皋。[③] 一曲阳关，[④] 断肠声尽，独自凭兰桡。[⑤]

【注释】

①灞陵桥：即灞桥。汉唐时为长安著名的送客告别之处所。《三辅黄图·桥》："灞桥在长安东，跨水作桥。汉人送客至此桥，折柳赠别。"唐郑谷《小桃》："和烟和雨遮敷水，映竹映村连灞桥。" ②"衰杨"三句：是说人们送别折柳枝，久而久之，杨柳近于枯萎了。宫腰，这里是形容杨柳之瘦损与不堪。 ③蘅皋：指长满杜蘅之沼泽。曹植《洛神赋》："税驾乎蘅皋，秣驷乎芝田。" ④阳关：本为关名，在今甘肃敦煌西南。唐代诗人王维写过一首送别诗，题作《渭城曲》，后被谱成送别歌曲，名之曰《阳关曲》。据传歌词的后面三句要重复滚唱，故又称《阳关三叠》。一说只有最后一句重复三遍。参见苏轼《东坡志林》卷三。 ⑤兰桡(ráo)：小船的美称。桡，船桨。唐太宗《帝京篇》之六："飞盖去芳园，兰桡游翠渚。"

【品评】

写别情而将目光投向“衰杨古柳”，思致不可谓不特别。独持小舟，《阳关》曲终，秋光夕阳离思忧忡，人何以堪。小词古拙有味，古都风物，随手拾取。起二句尤为健劲，“风物尽前朝”句拉开了汉唐以来历史风物之画图，大气而古朴，为难得之笔致也。

少年游

世间尤物意中人。① 轻细好腰身。香帷睡起，发妆酒酽，红脸杏花春。② 娇多爱把齐纨扇，③ 和笑掩朱唇。心性温柔，品流详雅，不称在风尘。④

【注释】

①尤物：指绝色之美女，多含贬意。《左传·昭公二十八年》：“夫有尤物，足以移人；苟非德义，则必有祸。”唐陈鸿《长恨歌传》：“意者不但感其事，亦欲惩尤物，窒乱阶，垂于将来者也。” ②“发妆”二句：是说未曾妆扮却因宿酒发力而脸色红润。酒酽（yàn）：指酒浓度大而味厚。酽，又引申为色彩的浓郁。 ③齐纨扇：以齐纨（齐地所产之薄绸）所制的扇子。《汉乐府·怨歌行》：“新裂齐纨素，鲜洁如霜雪。裁为合欢扇，团团如明月。” ④不称：不适合。风尘，指娼妓生涯。

【品评】

小词写人，简笔勾勒，颇能传神。“发妆”二句思致尤妙；纨扇掩笑亦栩栩如画。

少年游

淡黄衫子郁金裙。长忆个人人。[①] 文谈闲雅，歌喉清丽，举措好精神。　　当初为倚深深宠，无个事、爱娇嗔。[②] 想得别来，旧家模样，[③] 只是翠蛾颦。[④]

【注释】

①人人：对所爱的昵称。　②“无个事”句：无个事，即无事，没事。个，估量某种光景的语助词。娇嗔，佯装生气而做出的娇态。五代无名氏《菩萨蛮》：“一面发娇嗔，碎挼花打人。”　③旧家模样：犹旧时模样。家，这里同“价”，语助词。　④翠蛾：犹黛眉。颦，皱。

【品评】

首句给人印象颇深。这位爱穿黄衣裙的女子动辄撒娇使性，个性极鲜明。结三句想象着她的“旧家模样”，此刻神情，堪称趣笔，盖见其思念之深切。

少年游

铃斋无讼宴游频。[1]罗绮簇簪绅。[2]施朱傅粉，丰肌清骨，容态尽天真。　　舞裀歌扇花光里，[3]翻回雪、驻行云。[4]绮席阑珊，凤灯明灭，[5]谁是意中人。

【注释】

①铃斋：古代州郡长官办公的衙署。参见前《早梅芳·海霞红》注⑩。　②簪绅：簪缨搢绅，指士大夫科第授职者，即所谓朝廷命官。《晋书·舆服志》："古者贵贱皆执笏，有其事则搢之于腰带，所谓搢绅之士者，搢物而垂腰带也。笏者，有事则书之，故常簪笔，今之白笔，是其遗象。"据此知古之簪绅初无贵贱之分，后渐为贵者所特有。　③舞裀：歌舞时所用的地毯。裀，通"茵"。歌扇，歌舞时所持用作道具的扇子。花光，花的缤纷色彩。南朝陈后主《梅花落》之一："映日花光动，迎风香气来。"　④"翻回雪"句：谓舞与歌之精妙。翻回雪，曹植《洛神赋》："飘飖兮若流风之回雪。"此外，翻回又是乐律术语。刘勰《文心雕龙·声律》："若夫宫商大和，譬诸吹籥；翻回取均，颇似调瑟。"驻行云，即响遏行云。参见前《昼夜乐·秀香家住桃花径》注④。　⑤"绮席"二句：阑珊，将尽，将散。凤灯，或作凤脑，油灯的美称。晋王嘉《拾遗记·周穆王》："又列璠膏之烛，遍于宫内。又有凤脑之灯。"后常以凤脑、凤灯作油灯的美称。王勃《守岁序》："凤脑吐花，灿百枝而

引照。”

【品评】

从首句看，此词当写于柳永自觉得意之时，或在川、陕、甘为县令时。县令将自己的衙署称为“铃斋”，显然有“自我做大”之嫌。接下来又有簪缨之喻，颇为飘飘然。他被妓女们簇拥着，流露出意得志满之情绪。然这一首写得却有些浮泛，乏妙味佳趣，更无精巧的丽词俊语。

少年游

日高花谢懒梳头。无语倚妆楼。修眉敛黛，[1]遥山横翠，相对结春愁。　　王孙走马长楸陌，[2]贪迷恋、少年游。似恁疏狂，[3]费人拘管，争似不风流。[4]

【注释】

①修眉敛黛：谓因愁而蹙眉。修眉，修长的眉毛。黛，描眉之青黑色颜料，引申亦为妇女眉毛之代称。南朝梁元帝《代旧姬有怨》：“怨黛舒还敛，啼红拭复垂。”　②长楸：本指高大的梓树，古常植楸于道旁，故引申指大路。曹植《洛神赋》：“斗鸡东郊道，走马长楸间。”　③疏狂：放荡不羁。白居易《代书诗寄微之》：“疏狂属年少，闲散为官卑。”　④争似：怎如、不如。

【品评】

“修眉”以下三句，工巧而有味。古人称女子眉为远山，此以眉敛黛与山横翠对举，又以“相对结春愁”以绾之，有意将眉与山模糊起来，遂成妙语。结句亦有趣。不风流的王孙少年往往不为女子所爱，过于风流了又须费心思去拘管。爱与不爱间也正在风流与不风流间，故妙在微茫处。

少年游

佳人巧笑值千金。当日偶情深。几回饮散，灯残香暖，好事尽鸳衾。　如今万水千山阻，魂杳杳、信沉沉。孤棹烟波，[1]小楼风月，两处一般心。

【注释】

①孤棹：亦作“孤櫂”，犹孤舟。棹，船桨，亦代指船。唐长孙佐辅《杭州秋日别故友》：“独随孤棹去，何处更同衾。”

【品评】

《少年游》共十首，很可能写于仕宦甘陕、川时期，有的文面即可看出，更多的是对京城生活的追怀与遥想。此首“如今万水千山阻，魂杳杳、信沉沉”几句，亦能看出其孤寂中对帝里的无限思念之情。表面上都是念远恋阙，不忘旧欢别梦，深层里当更为复杂些。帝京风物人情、仕宦不如人意、知音者的天各一涯，怕是尽在其中了。香草美人背后，当别有一番寄托的。“《离骚》寂寞千载后，《戚氏》凄凉一曲终。”如此看这一时期的柳词，并非无根之语。后面那首有名的创调《戚氏》，与此一组《少年游》可并读参酌。

长相思

画鼓喧街，[①]兰灯满市，[②]皎月初照严城。[③]清都绛阙夜景，[④]风传银箭，[⑤]露叆金茎，[⑥]巷陌纵横。过平康款辔，[⑦]缓听歌声。凤烛荧荧。[⑧]那人家、未掩香屏。　　向罗绮丛中，认得依稀旧日，[⑨]雅态轻盈。娇波艳冶，巧笑依然，[⑩]有意相迎。墙头马上，漫迟留、难写深诚。又岂知、名宦拘检，[⑪]年来减尽风情。

【注释】

①画鼓：有彩绘的鼓。唐白居易《柘枝妓》：“平铺一合锦筵开，连击三声画鼓吹。”　②兰灯：亦作“兰釭”。燃兰膏（以泽兰子炼制的油脂）的灯，也泛指精美之灯具。唐韦应物《郡斋卧病绝句》：“香炉宿火灭，兰灯宵影微。”　③严城：肃穆庄严的城池，此指汴京城。南朝梁何逊《临行公车》：“禁门俨犹闭，严城方警夜。”④清都：帝王所居之都城。唐杨炯《崇文馆宴集诗序》：“皇家以中枢北极，清都有天子之宫。”绛阙，指宫殿寺观前朱色的门阙，亦借指朝廷、寺观及仙宫等。晋陆机《五等论》：“钲鼙震于阃宇，锋镝

流乎绛阙。” ⑤银箭：即古代计时的铜壶漏箭，李白《乌栖曲》：“银箭金壶漏水多，起看秋月坠江波。” ⑥露叆(ài)金茎：露叆，露气盛。金茎，指仙人承露盘之铜柱。 ⑦平康：即平康北里，指妓女聚集之处所。 ⑧凤烛：制成彩凤形的灯盏，因其内燃烛火，故称。宋俞文豹《清夜录》：“都门龙灯凤烛相照，只听得教坊杂剧欢笑。” ⑨旧日：旧日相识之略语。 ⑩巧笑：《诗经·硕人》：“巧笑倩兮，美目盼兮。” ⑪拘检：拘系，约束。

【品评】

上片写京城繁华，火树银花，平康巷陌，声歌旖旎。下片写罗绮丛中，寻得旧日相识。末二句言为名宦拘束，减尽风情，值得注意。柳永毕竟不似当年那样疏狂，想来此首或作于晚年吧。柳永对京城有特殊感情，写来总是那么如梦如幻，色彩缤纷，一派祥瑞景象，令人心驰神往。可视为文学化了的《东京梦华录》。

尾犯

晴烟幂幂。[1]渐东郊芳草，染成轻碧。野塘风暖，游鱼动触，冰澌微坼。[2]几行断雁，旋次第、归霜碛。[3]咏新诗，手拈江梅，故人赠我春色。[4] 似此光阴催逼。念浮生、不满百。[5]虽照人轩冕，[6]润屋珠金，[7]于身何益。一种劳心力。[8]图利禄、殆非长策。除是恁、点检笙歌，[9]访寻罗绮消得。[10]

【注释】

①幂(mì)幂：覆盖，笼罩。唐韩愈《叉鱼招张功曹》："盖江烟幂幂，拂棹影寥寥。" ②冰澌：解冻时流动的冰。宋苏辙《游城西集庆园》："冰澌片断水光浮，柳线和柔风力软。"坼(chè)，裂开。③次第：《诗词曲语辞汇释》："次第，进展之辞，犹云接着也；转眼也。"又，"次第，迅急之辞。"碛(qì)，浅水中的沙石。这句谓断雁从空中旋即落在降霜的浅滩上。 ④"咏新诗"三句：《太平御览》引《荆州记》："宋陆凯与范晔相善，自江南寄梅花一枝，诣长安，与晔，并赠诗曰：'折梅逢驿使，寄与陇头人。江南无所有，聊赠一枝春。'" ⑤"念浮生"句：《古诗十九首·生年不满百》："生年不满百，常怀千岁忧。" ⑥轩冕：本指古时大夫以上官员的车乘与冕服，后亦指官位爵禄。《庄子·缮性》："古之所谓得志者，非轩冕之谓也，谓其无以益其乐而已矣。"唐崔涂《过陶征君隐居》："田园三亩绿，轩冕一铢轻。" ⑦润屋：将居室装饰得富丽堂皇。引申为富贵豪奢。《礼记·大学》："富润屋，德润身。"晋葛洪《抱朴子·安贫》："明哲消祸于未来，知士闻利则虑害，而吾子讯仆以泛舟，孳孳于润屋。" ⑧一种：《诗词曲语辞汇释》："一种，犹云一样或同是也。"这里是说"照人轩冕"、"润屋珠金"都是劳神费心之事。 ⑨除是恁：除非是这样。点检，犹筛选、访求。 ⑩罗绮：指歌妓。消得，值得。《诗词曲语辞汇释》："消，犹抵也；值也；配也。"

【品评】

上片写早春景色，颇为生动，层次感也很强烈，可见柳词章法之严密。芳草轻碧，是尚未春浓，草芽初露而未成茵。“游鱼动触”句妙在“触”字，即初动时状态，距“翔游”尚须时日。雁落霜碛前用“旋次第”也笔触灵透，见出观察之细微，体验之敏锐。下片感叹人生，颇得道家思想之精义。功名利禄之戕害人的纯真天性，为“轩冕”和“润屋”而劳瘁，皆是不值得的。享受人生的美好方是要务。对此，似不能以积极与消极的尺子衡之，柳永仕途多舛，久困选调，故有此真实心迹之吐露。

木兰花

心娘自小能歌舞。[①]举意动容皆济楚。[②]解教天上念奴羞，[③]不怕掌中飞燕妒。[④]　玲珑绣扇花藏语。[⑤]宛转香茵云衬步。[⑥]王孙若拟赠千金，只在画楼东畔住。

【注释】

①心娘：当为当时妓者的昵称。　②济楚：本为洁净整齐之意，引申为打扮出色，仪态出众。宋李清照《永遇乐》：“铺翠冠儿，拈金雪柳，簇带争济楚。”　③解教：能让，会使。《诗词曲语辞汇释》：“解，犹会也；得也；能也。……柳永《木兰花》词：‘解教天上念奴羞，不怕掌中飞燕妒。’解教，能教也。”念奴，唐天宝间京师名妓。唐元稹《连昌宫词》：“力士传呼觅念奴，念奴潜伴诸郎宿。”自注云：“念奴，天宝中名倡，善歌。”　④掌中飞燕：相传汉成帝妃子赵飞燕体态轻盈，能为掌上舞。　⑤“玲珑”句：谓歌声仿佛是从

绣扇上的花中传出来，喻扇之精美，歌声之妙曼。 ⑥“宛转”句：言舞步之轻盈有如在云中飘飞，喻舞姿之奇妙。香茵，歌舞时所用地毯的美称。

【品评】

写歌舞妓仪态万方，技艺超群，风姿如画，仿佛天外仙子。“玲珑绣扇花藏语，宛转香茵云衬步”两句，的是俊语。

木兰花

佳娘捧板花钿簇。[1]唱出新声群艳伏。[2]金鹅扇掩调累累，[3]文杏梁高尘簌簌。[4] 鸾吟凤啸清相续，管裂弦焦争可逐。[5]何当夜召入连昌，飞上九天歌一曲。[6]

【注释】

①佳娘：亦为当时妓者昵称。此一组《木兰花》共四首均以某娘起句，娘前一字应是妓名。板：即檀板，也称牙板。歌唱时用以节拍的乐器。花钿，用金银珠宝制成的花朵形的首饰。白居易《长恨歌》：“花钿委地无人收，翠翘金雀玉搔头。”簇，丛聚。 ②伏：同“服”，即佩服。 ③金鹅扇：金黄色的鹅毛扇。调累累，指歌曲之重叠与联贯成珠。《礼记·乐记》：“累累乎端如贯珠。” ④文杏梁：屋梁之美称。司马相如《长门赋》：“刻木兰以为舟兮，饰文杏以为梁。”木兰、文杏皆为香木。此指舞厅之梁。尘簌簌，

指歌声绕梁使尘土飞起。簌簌,象声词。 ⑤“管裂”句:谓管乐器与弦乐器合奏的音乐之美。裂,指声如裂帛,传之迥远,弦焦,指古琴。《后汉书·蔡邕传》:“吴人有烧桐以爨者,邕闻火烈之声,知其良本,因请而裁为琴,果有美音,而其尾犹焦,故时人名曰‘焦尾琴’焉。” ⑥“何当”二句:连昌,指唐高宗所建连昌宫,在河南宜阳县西。元稹《连昌宫词》:“连昌宫中满宫竹,岁久无人森似束。”九天,本指天之最高处,亦借指宫禁。唐王涯《宫词》之七:“为看九天公主贵,外边争学内家装。”元稹《连昌宫词》:“飞上九天歌一声,二十五郎吹管笛。”

【品评】

这位佳娘亦是善歌舞者。值得注意的是“唱出新声群艳伏,金鹅扇掩调累累”二句。所谓“新声”,用今天的话来说,就是原创性的歌曲,而柳永正是一位原创精神极强的词曲作家。与今天不同的是,古代的歌词作家必须深黯音律,不似时下诗人即可兼歌词作家。“累累”本意与阕、叠、遍等音乐术语相关,讲求的是转换无迹,一气贯注,想来她应该是柳永颇为依重的歌者。柳永有了新作,当请她先唱亦未可知。

木 兰 花

虫娘举措皆温润。每到婆娑偏恃俊。[1]香檀敲缓玉纤迟,画鼓声催莲步紧。[2] 贪为顾盼夸风韵。往往曲终情未尽。坐中少年暗消魂,[3]争问青鸾家远近。[4]

【注释】

①婆娑:舞蹈。《诗经·东门之枌》:“子仲之子,婆娑其下。”毛传:“婆娑,舞也。”汉王褒《四子讲德论》:“婆娑呕吟,鼓掖而笑。” ②玉纤,喻美人之手。韩偓《柳》:“玉纤折得遥相赠,便是观音手里时。” ③消魂:亦作“销魂”,灵魂离散。这里是为美色而倾倒,难以自持之意。 ④青鸾:古代传说中凤凰一类神鸟。赤者为凤,青者为鸾,乃神仙之坐骑。亦借指美女。王昌龄《萧驸马宅花烛》:“青鸾飞入合欢宫,紫凤衔花出禁中。”这句是说争相询问虫娘的住所何在。

【品评】

这个虫娘,即虫虫,柳永词中至少三次写到她。想来她一定是色艺俱佳。“香檀敲缓玉纤迟”句,耐人寻味不已。技艺成熟者总是能压住阵脚,而火候不到者往往甫一登场就虚张声势。一“缓”一“迟”,大有文章,柳永是深知此中奥妙的。蒙田谈到跳舞时说,高明的舞者往往“轻步慢移,自然舒展”,而舞艺差的就只能“用危险的跳跃,像船夫摇摇晃晃的怪动作来引人注目”。他还说:“我也看过出色的演员穿了日常服装,保持平时姿态,全凭才能使我们得到完全的艺术享受;而那些没有达到高超修养的新手,必须脸孔抹上厚厚的粉墨,穿了奇装异服,摇头晃脑扮鬼脸,才能引人发笑。”(《蒙田随笔·论书籍》)事实上,所有的艺术都是这么个理儿。柳词这里不经意间揭示了这个道理。接下去一句,又以“催”与“紧”二字与“缓”、“迟”照应，更进一步揭示出一弛一张的道理，弛张有致，疏密相间，方是完整的艺术。柳永深黯此中三昧。

木兰花

酥娘一搦腰肢袅。[①] 回雪萦尘皆尽妙。[②] 几多狎客看无厌，一辈舞童功不到。　　星眸顾指精神峭。[③] 罗袖迎风身段小。而今长大懒婆娑，[④] 只要千金酬一笑。

【注释】

①酥娘：当时妓者之昵称。一搦，一握，形容女子腰肢之细。袅，袅娜，柔软。　②回雪萦尘：形容舞姿之美。曹植《洛神赋》：“仿佛兮若轻云之蔽月，飘飘兮若流风之回雪。”王嘉《拾遗记》：“燕昭王时，广延国献舞女二人，一名旋娟，一名提嫫，并玉质凝肤，行无迹影，积年不饥。王饮以瑶珉之膏，饴以丹泉之粟。其舞曲一曰萦尘，言体轻与尘雾相乱也。”　③星眸：形容目光炯炯有神，如星光般灿烂。《宣和遗事》前集《十二月预赏元宵》：“星眸与秋水争光，素脸共春桃斗艳。”顾指，谓舞者目光随手指而移动，戏曲表演中所谓“手眼身法步”，也有“手到眼随”的说法。别本“指”或作“拍”，便说不通。峭，俊俏。　④婆娑：舞蹈。

【品评】

此首写舞，又是一种写法。“看不厌”与“功不到”，俱为当行家语。功夫到了，一举手一投足都魅力无穷；功夫不到，再卖力气也是“戾家”把戏，此可见出柳永于音乐舞蹈造诣之深堪。下片起二句亦写得灵巧有味，且颇专门化。唐圭璋先生校“星眸”句据毛校本易“拍”为“指”是极有眼光的，因为这里牵扯到舞台表演，若作“拍”，就不通了，音节、拍子是无法看顾的，必为“指”，“峭”之神情立刻显现出来。

驻马听

凤枕鸾帷。二三载，如鱼似水相知，良天好景，深怜多爱，无非尽意依随。奈何伊。恣性灵、忒煞些儿。① 无事孜煎，② 万回千度，怎忍分离。　　而今渐行渐远，渐觉虽悔难追。漫寄消寄息，③ 终久奚为。④ 也拟重论缱绻，⑤ 争奈翻覆思维。⑥ 纵再会，只恐恩情，难似当时。

【注释】

①“恣性灵”句：谓任情太甚。些儿，稍许。　②孜煎：为忧愁烦闷所困。　③漫：空，徒。　④奚为：何为。　⑤重论缱绻：谓重新和好，缠绵旧情。　⑥翻覆：即反复。思维，亦作思惟。思量、计度之意。《汉书·张汤传》：“使专精神，忧念天下，思惟得失。”

【品评】

追思旧日情好，离别又生悔意。意欲重论往日绸缪、缠绵，再三思量，恐难圆鸳梦。纵使重聚，怕亦不似前情那样甜美。于是，惆怅更加无奈。读柳词，一看章法，再看层次、意脉，俊语佳句当依此自然而来。此词明白晓畅，次序井然。唯欠妙语丽句，失于吐露直白、研炼不足耳。

诉衷情

一声画角日西曛。[①]催促掩朱门。不堪更倚危阑，断肠已消魂。[②]　　年渐晚，雁空频。问无音。[③]思心欲碎，愁泪难收，又是黄昏。

【注释】

①画角：古代乐器名。传说始自黄帝时，或谓出自西羌。其形筒状，上小下大，以竹木或皮革制成。因表面有彩绘，故称。其声高亢哀厉，多用作军中乐器，亦用以报警戒严。南朝梁简文帝《折杨柳》："城高短箫发，林空画角悲。"曛，落日的余辉。　②消魂：亦作"销魂"，形容悲伤愁苦之极，仿佛魂飞魄散。　③问无音：即无音问，没有消息。与上句"雁空频"相对。是说既无书信，亦无其他信息。

【品评】

小词写闺情，笔调通俗流利，意象明晰可掬。颇似晚唐五代小词韵致。是年关将近的时候，又值日曛黄昏，伫立独倚危阑已很久，且已颙望再三。雁叫声声，飞过一群又一群。归来闭门独处，岂能不断肠消魂！小词一字不闲，情感逼进亦丝丝入扣，章法缜密而有序。下片则不避“愁”、“泪”等字，说尽道透，一吐为快，已近于后世曲的意趣。人们但知柳词擅长调，独得铺张恣肆之妙，殊不知柳词中的小令亦极独特，上承西蜀花间之余绪，下已开元人小令之先河。

戚　氏

晚秋天。一霎微雨洒庭轩。[①]槛菊萧疏，井梧零乱惹残烟。凄然。望江关。[②]飞云黯淡夕阳间。当时宋玉悲感，[③]向此临水与登山。远道迢递，行人凄楚，倦听陇水潺湲。正蝉吟败叶，蛩响衰草，相应喧喧。　　孤馆度日如年。风露渐变，悄悄至更阑。[④]长天净，绛河清浅，[⑤]皓月婵娟。[⑥]思绵绵。夜永对景，那堪屈指，暗想从前。未名未禄，绮陌红楼，[⑦]往往经岁迁延。[⑧]　　帝里风光好，当年少日，暮宴朝欢。况有狂朋怪侣，遇当歌、对酒竞留连。别来迅景如梭，旧游似梦，烟水程何限。念名利、憔悴长萦绊。[⑨]追往事、空惨愁颜。漏箭移、[⑩]稍觉轻寒。渐呜咽、画角数声残。[⑪]对闲窗畔，停灯向晓，抱影无眠。

【注释】

①庭轩:殿堂前檐下的平台。　②江关:古关名。战国时巴楚相争,于今四川省奉节县东长江北岸赤甲山上置关,后移于长江南岸,为瞿塘峡南面屏障,故称瞿塘关。详见《读史方舆纪要·瞿唐关》。　③"当时宋玉"二句:宋玉《九辩》:"悲哉秋之为气也!萧瑟兮草木摇落而变衰。憭慄兮若在远行;登山临水兮送将归。"④更阑:夜尽。　⑤绛河:即天河。　⑥婵娟:形容月色明媚。唐刘长卿《琴曲歌辞·湘妃》:"婵娟湘江月,千载空蛾眉。"　⑦绮陌红楼:指繁华街市与富丽堂皇的建筑。唐刘沧《及第后宴曲江》:"归时不省花间醉,绮陌香车似水流。"红楼,泛指华丽的楼宇。李白《侍从宜春苑奉召赋》:"东风已绿瀛洲草,紫殿红楼觉春好。"⑧迁延:滞留、拖延。　⑨萦绊:萦绕、牵绊。　⑩漏箭:即铜壶漏箭,古代计时器具。　⑪画角:古乐器名。

【品评】

《戚氏》为柳永自创调,三叠共212字。这在词史上恐怕是绝无而仅有的创例。对这首词,论者甚多,其中以近人蔡嵩云《柯亭词论》的见解较为精到,为便于理解此词,迻录如下:"《戚氏》为屯田创调。《晚秋天》一首,写客馆秋怀,本无甚出奇,然用笔极有层次。初学慢词,细玩此章,可悟谋篇布局之法。第一遍,就庭轩所见,写到征夫前路。第二遍,就流连夜景,写到追怀昔游。第三遍,接写昔游经历,仍落到天涯孤客。竟夜无眠情况,章法一丝不乱。惟第二遍自'夜永对景'至'往往经岁迁延',第三遍自'别来迅景如梭'至'追往事空惨愁颜',均是数句一气贯注。屯田词,最长于行气，此等处最难学。后人遇此等处，多用死句填实，纵令琢句工稳，其如恹恹无生气何?”蔡氏所言甚是。其实词法通于书道，写大幅(如中堂与长卷)难就难在一个“气”字，除却“行气”之外，还有个通体“气息”问题。柳永深黯此道，故通篇“气息”极为流畅。三叠之间的斗榫相接，亦了无痕迹，无可挑剔。此外，第一叠写秋景，氛围浓重。起四句堪为秋思隽思佳句。

轮台子

一枕清宵好梦，可惜被、邻鸡唤觉。匆匆策马登途，满目淡烟衰草。前驱风触鸣珂，[1]过霜林、渐觉惊栖鸟。冒征尘远况，自古凄凉长安道。[2]行行又历孤村，[3]楚天阔、[4]望中未晓。　　念劳生，[5]惜芳年壮岁，[6]离多欢少。叹断梗难停，[7]暮云渐杳。但黯黯魂消，[8]寸肠凭谁表。恁驱驱、[9]何时是了。又争似、[10]却返瑶京，重买千金笑。

【注释】

①鸣珂：玉制马饰物，行则作响，故名。南朝梁何逊《车中见新林分别甚盛》：“隔林望行幰，下阪听鸣珂。”　②长安道：通往长安的道路，古之士人赴京赶考必由之路，引申为仕宦之途。亦为汉乐府《横吹曲》名，内容多写长安道上客子的孤凄情怀。此与下句之“行行”均语含双关。　③行行：《古诗十九首》：“行行重行行，与君生别离。”　④楚天：泛指古楚地天空。杜甫《暮春》：“楚

天不断四时雨，巫峡常吹万里风。” ⑤劳生：《庄子·大宗师》：“夫大块载我以形，劳我以生，佚我以老，息我以死。”唐张乔《江南别友人》：“劳生故白头，头白未应休。” ⑥芳年：喻青春年华。南朝宋刘烁《拟行行重行行》：“芳年有华月，佳人无还期。”壮岁，即壮年。白居易《晚岁》：“壮岁忽已去，浮荣何足论。” ⑦断梗：犹飘蓬。喻指飘泊不定。宋石季友《清平乐》：“自怜俗状尘容，几年断梗飘蓬。” ⑧魂消：即消魂，亦即销魂。江淹《别赋》：“黯然销魂者，惟别而已矣。” ⑨驱驱：奔走劳顿。《敦煌变文集·妙法莲华经讲经文》：“如此富贵多般，早是累生修种，何得如此终日驱驱，求甚事意。” ⑩争似：怎如。瑶京，本指天帝所居之玉京。此指繁华的京城。

【品评】

上片写破晓趱行，霜林栖鸟，古道孤村，凄清萧索，情景如画。下片写驱驱仕途，“离多欢少”，飘泊无定，满腹牢骚。归结为悔恨交加，莫如享受人生美好，不为名利牵绊。说来亦无甚新奇，仍须着眼章法局段，启承转合。宋胡仔引张子野(炎)语云：“既言‘忽忽策马登途，满目淡烟衰草’，则已辨色矣，而后又言‘楚天阔，望中未晓’，何也？柳词颠倒如是。”此评近于刻意挑剔。前者鸡鸣破晓，天光初露，途中景物尽在朦胧之中；而所谓“望中未晓”，乃言天尚未大亮，破晓非晓矣。当为柳词一辩。

引驾行

虹收残雨。蝉嘶败柳长堤暮。背都门、动消黯，[1]西风片帆轻举。愁睹。泛画鹢翩翩，[②] 灵鼍隐隐下前浦。[③] 忍回首、佳人渐远，想高城、隔烟树。　　几许。秦楼永昼，[④] 谢阁连宵奇遇。[⑤] 算赠笑千金，[⑥] 酬歌百琲，[⑦] 尽成轻负。南顾。念吴邦越国，风烟萧索在何处。独自个、千山万水，指天涯去。

【注释】

①都门：京都的城门。消黯，黯然消魂之省语。　②泛：浮行。画鹢(yì)，船的美称。《淮南子·本经训》："龙舟鹢首，浮吹以娱。"高诱注："鹢，大鸟也。画其像著船头，故曰鹢首。"南朝陈陈正见《泛舟横大江》："波中画鹢涌，帆上锦花飞。"　③灵鼍(tuó)：即灵龙。这里借指船。鼍本指扬子鳄，其皮可蒙鼓。④永昼，整天。　⑤谢阁：即谢楼，为谢公楼之省。此与秦楼对举，故易"楼"为"阁"。谢楼一句北楼，为南朝宋谢朓任宣州太守时所建。唐张九龄《谢公楼》："谢公楼上好醇酒，二百青蚨买一斗。"又杜牧《张好好诗》："霜凋谢楼树，沙暖句溪浦。"连宵，彻夜。⑥赠笑千金：即千金买笑。　⑦百琲(bèi)：千贯之珠。晋左思《吴都赋》："珠琲阑干。"刘良注："琲，贯也，珠十贯为一琲。"

【品评】

从"南顾。念吴邦越国，风烟萧索在何处"三句来看，词人是离开汴京向南长行。他眷恋京城依红偎翠的生活。而宦路艰险，前程未卜，又不得不驱驱上路，感情上是矛盾且又痛苦的。因而上片写景的调子是灰蒙蒙的。烟树隔断高城的意象，与前《采莲令·月华收》中“更回首、重城不见，寒江天外，隐隐两三烟树”的意象，亦相仿佛。柳词妙处，往往于结尾处点染景物，以与上片起处照应，此首即是明例。

望远行

绣帏睡起。残妆浅、无绪匀红铺翠。藻井凝尘，①金阶铺藓，②寂寞凤楼十二。③风絮纷纷，烟芜苒苒，④永日画阑，沉吟独倚。望远行，南陌春残悄归骑。⑤　　凝睇。消遣离愁无计，但暗掷、金钗买醉。⑥对好景、空饮香醪，⑦争奈转添珠泪。待伊游冶归来，⑧故故解放翠羽，⑨轻裙重系。见纤腰，图信人憔悴。

【注释】

①藻井：我国传统建筑对天花板的一种装饰处理，一般做成各种几何形凹面，上面有各种花纹、雕刻与彩绘。张衡《西京赋》：“蔕倒茄于藻井，披红葩于狎猎。”薛综注：“藻井，当栋中交木方为之，如井干也。”所谓藻，乃指水草纹饰及菱角形图案。李白《明堂赋》：“藻井彩错以舒蓬，天窗绝翼以衔霓。”　②金阶：有金饰之台阶。多指神仙居所及帝王宫殿的台阶。王维《宫词》之二：“欲得君王一回顾，争扶玉辇下金阶。”　③“寂寞”句：凤楼十二，即凤楼十二重，指皇宫内嫔妃居处。南朝宋鲍照《代陈思王京洛篇》：“凤楼十二重，四户八绮窗。”凤楼，亦泛指美人居所。南唐冯延巳《鹊

踏枝》："几度凤楼同宴饮，此时相逢，却胜当时见。" ④苒苒：草木茂盛。唐彦谦《移莎》："苒苒齐芳草，飘飘笑断蓬。" ⑤南陌：南面的郊野。南朝梁沈约《鼓吹曲同诸公赋·临高台》："所思竟何在，洛阳南陌头。" ⑥金钗买醉：即金钗换酒。元稹《三遣悲怀》之一："顾我无衣搜荩箧，泥他沽酒拔金钗。" ⑦香醪：美酒。南唐李煜《一斛珠》："罗袖裛残殷色可，杯深旋被香醪涴。" ⑧伊：他。游冶，亦作"冶游"，即到郊外野游。引申为男子狎妓。宋方千里《迎春乐》："红深绿暗春无迹，芳心荡，冶游客。记摇鞭跋马铜驼陌，凝睇认，珠帘侧。" ⑨故故：犹一一，频频。杜甫《月》："时时开暗室，故故满青天。"仇兆鳌注："故故，犹言屡屡。"解放翠羽，解脱衣裙。

【品评】

这是一首宫词。"藻井"、"金阶"、"凤楼十二"皆为宫中景象。"画阑"、"南陌"亦可证此非一般意义上的闺怨词，而是深宫怨妇之辞。上片渲染环境，极为奢华。"南陌春残悄归骑"，怕亦非单人匹马，当有游从队旅。"悄"字乃言无绪，而非指独行悄声也。与一般有题之《宫词》不同的是，此词也融入了传统意义上的春思之情，带着浓重的普通闺妇的情感，特别是下片，几乎看不出宫怨意味来。想此词不过是词家的一种悬想代拟罢了。宫怨、闺怨其本质一也，殆不过春情萌动，恋阙怀人耳。

彩云归

蘅皋向晚舣轻航。[1]御云帆、水驿鱼乡。[2]当暮天、霁色如晴昼，江练静、[3]皎月飞光。那堪听、远村羌管，[4]引离人断肠。此际浪萍风梗，[5]度岁茫茫。[6]　　堪伤。朝欢暮散，被多情、赋与凄凉。别来最苦，襟袖依约，尚有余香。算得伊、鸳衾凤枕，夜永怎不思量。牵情处，惟有临歧，[7]一句难忘。

【注释】

①蘅皋：长有香草的沼泽。蘅，杜蘅，亦称杜若，一种香草。古典诗词常以之喻贤人君子。曹植《洛神赋》："尔乃税驾乎蘅皋，秣驷乎芝田。"刘良注："蘅皋，香草之泽也。"舣（yǐ），驾船靠岸。左思《蜀都赋》："试水客，舣轻舟。"　②水驿：水路驿站。唐朱庆余《送韦繇校书赴浙东幕》："水驿近船火，山城候骑尘。"　③江练：谢朓《晚登三山还望京邑》："余霞散成绮，澄江静如练。"练，白绸。　④羌管：即羌笛。宋沈括《梦溪笔谈·乐律》："笛有雅笛，有羌笛，其形制所始，旧说皆不同。"或云羌笛因出于羌中而名。⑤浪萍风梗：犹飘萍断梗，喻飘泊不定的游子。　⑥度岁茫茫：犹言终年奔波，前路渺远。茫茫，无边无际，模糊不清。　⑦临歧：指离别。

【品评】

柳词妙处，不在词藻，而在情境。此词凄迷杳昧，情境哀伤。景物之空旷渺茫，清冷寂寥，为情感的苦楚、怨怅作张本，读之令人神牵魂绕。虽说写离别的词不在少数，却每首都有不同的感受，结句的"一句难忘"，着人揣摩再三而余味不尽。唯"鸳衾凤枕”之类，用得太多，使人不免生厌。

离别难

花谢水流倏忽，嗟少年光阴。有天然、蕙质兰心。[①]美韶容、何啻值千金。便因甚、翠弱红衰，缠绵香体，都不胜任。算神仙、五色灵丹无验，[②]中路委瓶簪。[③]　　人悄悄，夜沉沉。闭香闺、永弃鸳衾。想娇魂媚魄非远，纵洪都方士也难寻。[④]最苦是、好景良天，尊前歌笑，空想遗音。望断处，杳杳巫峰十二，千古暮云深。[⑤]

【注释】

①蕙质兰心：又作“兰心蕙性”，形容女子芳洁高雅。兰、蕙均为香草，故言。　②五色灵丹：即五丹。《道枢·华阳篇》：“辰巳之交，采肝之精英，其名曰青金丹；未申之交，采心之精英，其名曰红液丹；子午之交，采脾之精英，其名曰黄芽丹；戌亥之交，采肺之精英，其名曰西华丹；丑寅之交，采肾之精英，其名曰太微丹。凡有一丹，斯可以寿百龄矣。五丹炼聚，久视之法也。”　③中路委瓶簪：谓欢聚不到头，中途离别。瓶簪，“瓶沉簪折”之省文。喻男女分离。白居易《井底引银瓶》：“井底引银瓶，银瓶欲上丝绳绝；石上磨玉簪，玉簪欲成中央折。瓶沉簪折知奈何，似妾今朝与君别。”委，丢弃听任。　④洪都方士：即南昌术士，亦即白居易《长恨歌》中所说的洪都客。一说“临邛道士洪都客”之“洪都”，乃为

"鸿都"之误，鸿都为汉代所置鸿都门学士之省，指有学问的人。这句是说即便有杨通幽那样能上天入地的方士，也难寻佳人魂魄。 ⑤"杳杳"二句：暗用巫山云雨事。巫峰十二，即巫山十二峰。暮云深，乃暗用宋玉《高唐赋序》中"旦为朝云，暮为行雨，朝朝暮暮，阳台之下"之意。

【品评】

此亦情悔之词。上片从情好写至"瓶沉簪折"，即不得已而离别。下片写悔恨交加与思念绵绵，道尽心头苦楚。妙亦在层次的益转益深，情感之步步透出。上片之"五色灵丹无验"，与下片的"纵洪都方士也难寻"，遥相呼应，暗中伏脉，将愧悔之意写到了极至。柳词佳处，"则章法精严，极离合顺逆贯穿映带之妙，下开清真、梦窗词法"（蔡嵩云《柯亭词论》）。此词可为注脚。

击梧桐

香靥深深，①姿姿媚媚，雅格奇容天与。自识伊来，便好看承，②会得妖娆心素。③临歧再约同欢，④定是都把、平生相许。又恐恩情，易破难成，未免千般思虑。　　近日出来，寒暄而已，苦没忉忉言语。⑤便认得、听人教当，⑥拟把前言轻负。见说兰台宋玉，⑦多才多艺善词赋。试与问、朝朝暮暮。⑧行云何处去。

【注释】

①香靥(yè):指面颊上的微涡,如笑靥、酒靥。 ②看承:护持。 ③心素:犹素心,指本心、真心。 ④临歧:指离别。参见前《采莲令·月华收》注②。 ⑤忉忉:忧念的样子。《诗经·甫田》:"无思远人,劳心忉忉。"白居易《寄献北都留守裴令公》:"动人名赫赫,忧国意忉忉。" ⑥听人教当:听信外人教唆。当,语助词,无实义。 ⑦见说:唐诗口语,犹听说、闻说。李白《送友人入蜀》:"见说蚕丛路,崎岖不易行。"兰台宋玉,兰台为楚国台名,相传故址在今湖北省钟祥县东。宋玉《风赋序》:"楚襄王游于兰台之宫,宋玉、景差侍。"后世因称宋玉为兰台宋玉。 ⑧朝朝暮暮:用宋玉《高唐赋序》中"朝朝暮暮,阳台之下"意。下句的"行云"亦用其朝云暮雨事。

【品评】

细绎此词,有一点特殊处,即上片是男子的口气,而下片则转而为女子声吻。通体读来,气息并未阻断。关键是"又恐"以下三句,即过片之处,已自然转换。也就是说,"千般思虑"的是女子,而非男子了。如此结构形态,一笔翻作两面,得尖新灵巧之趣。

夜半乐

冻云黯淡天气,① 扁舟一叶,乘兴离江渚。② 渡万壑千岩,越溪深处。③ 怒涛渐息,樵风乍起,④ 更闻商旅相呼。片帆高举。泛画鹢、翩翩过南浦。[5]　望中酒旆闪闪，[6]一簇烟村，数行霜树。残日下，渔人鸣榔归去。[7]败荷零落，衰杨掩映，岸边两两三三，浣纱游女。避行客，含羞笑相语。

到此因念，绣阁轻抛，[8]浪萍难驻。[9]叹后约丁宁竟何据。[10]惨离怀，空恨岁晚归期阻。凝泪眼、杳杳神京路。[11]断鸿声远长天暮。[12]

【注释】

①冻云：层云郁结不开，仿佛被冻得凝固了一样。　②江渚：江中小洲。《尔雅·释水》："水中可居者曰洲，小洲曰渚。"《诗经·江有汜》："江有渚。"　③越溪：即若耶溪，在今浙江绍兴市南。传为西施浣纱处，故亦称浣纱溪。李白《送祝八江东赋得浣纱石》："西施越溪女，明艳光云海。"　④樵风：指顺风。《后汉书·郑弘传》："郑弘字巨君，会稽山阴人。"李贤注引南朝宋孔灵符《会稽记》："射的山南有白鹤山，此鹤为仙人取箭。汉太尉郑弘尝采薪，得一遗箭，顷有人觅，弘还之，问何所欲，弘识其神人也，曰：'常患若耶溪载薪为难，愿旦南风，暮北风。'后果然。故若耶溪至今犹然，呼为'郑公风'也。"后遂以樵风或郑公风为顺风。唐宋之问《游禹穴回出若耶》："归舟何虑晚，日暮使樵风。"　⑤泛画鹢：即泛舟。南浦，本指南面的水边。《楚辞·九歌·河伯》："子交手兮东行，送美人兮南浦。"后常以之代指送别之地。江淹《别赋》："送君南浦，伤如之何。"　⑥酒旆（pèi）：酒旗。旆，旗末端如燕尾之垂旒。一说"杂帛为旆"，即以杂色饰边的旗。　⑦鸣榔：亦作鸣根。渔人敲击船舷以惊鱼入网。榔，船后横木。亦为渔歌

之节拍。李白《送殷淑》："惜别耐取醉，鸣榔且长谣。" ⑧绣阁轻抛：轻抛绣阁之倒文。绣阁，女子闺房，亦代指闺妇。 ⑨浪萍难驻：谓行踪不定，难以停下脚来。浮萍随波逐流，飘浮无定，故用以喻飘泊生涯。 ⑩后约：约定的后会之期。丁宁，同叮咛，犹嘱咐。竟何据，因是口头的约定，故言。 ⑪神京：京都，指汴京。⑫断鸿声远：本指失群的孤雁。喻指音书断绝。相传鸿雁能传书递简。唐李峤《送光禄刘主簿之洛》："背枥嘶班马，分洲叫断鸿。"

【品评】

此首亦为柳词名篇。三叠共144字。全词大开大合，气象宏阔，意境萧疏，读之令人回肠荡气，情不能已。虽未脱羁旅怀人之题旨，然感情充沛而真切，词语研炼且工巧，真大手笔也！你看他写景，皆路途所见，又皆染上主观色彩。上片仿佛纯是写景，而情却深藏其中。中片写具体场景，移步换形，目不暇接。乍看似散漫而游离，实则处处关情，笔笔用心，衬托出孤客之寂寥与伤感。"到此因念"一句，笔势收拢，乃其关窍所在。下片写所思所念，因铺垫已足，蓄势强劲，故所抒发之情便格外动人。唐圭璋谓："'到此'以下，皆曲处密处。至'凝泪眼'三句，乃用直笔展开，极疏荡浑灏之致。"信为窥得机杼之评。论柳词能切中肯綮者，往往以气骨论之。如蔡嵩云曰："柳词胜处，在气骨，不在字面。其写景处，远胜其抒情处，而章法大开大合，为后起清真、梦窗所取法，信为创调名家。"(《柯亭论词》)陈匪石曰："行文有两要素，曰气、曰笔。气载笔而行，笔因文而变。……但观柳、贺、秦、周、姜、吴诸家，所以涵育其气，运行其气者即知。"(《声执》卷上《行文两要素》)又云："柳永高浑处、清劲处、沉雄处、体会入微处，绝非他人屐齿所到。"（《声执》卷下《论北宋六家》）观这首《夜半乐》，既可见柳词气之贯注、骨之劲健，亦可见别家屐齿所未到处。

祭天神

叹笑筵歌席轻抛亸。[①]背孤城、几舍烟村停画舸。[②]更深钓叟归来，数点残灯火。被连绵宿酒醺醺，愁无那。[③]寂寞拥，重衾卧。　　又闻得、行客扁舟过。篷窗近，兰棹急，[④]好梦还惊破。念平生、单栖踪迹，多感情怀，到此厌厌，[⑤]向晓披衣坐。

【注释】

①抛亸：这里是疏离之意。　②画舸：即有彩绘的船。舸，大船。唐岑参《早春陪崔中丞泛浣花溪宴》："红亭移酒席，画舸逗江村。"　③无那：即无奈。　④兰棹：兰舟，船的美称。　⑤厌厌：精神委靡的样子。

【品评】

此写水上飘泊，真的是成了浮萍断梗了。上片写夜泊无眠，宿酒未醒，寂寂寞寞，万般无奈。如此奔波，无非为名利所牵，故愁苦不堪。下片写客船帆过，一个"急"字，道出了行客亦是名利之徒。大家都是名利客，言外已揭出熙来熙往，劳生奔竞的悲哀。

彼与此，同是天涯沦落，能不令人厌厌伤情。于是睡意全无，披衣向晓。柳词注重内心感受与情绪流动，极富层次感。一篇之中，骨架明晰，脉胳分明，加之气息贯注，开合自如，故其于明畅浑化之中，但见得心应手，仿佛掉臂而出者。

过涧歇近

淮楚。[1]旷望极，[2]千里火云烧空，[3]尽日西郊无雨。厌行旅。数幅轻帆旋落，舣棹蒹葭浦。[4]避畏景，[5]两两舟人夜深语。　　此际争可，[6]便恁奔名竞利去。九衢尘里，[7]衣冠冒炎暑。[8]回首江乡，月观风亭，[9]水边石上，幸有散发披襟处。[10]

【注释】

①淮楚：淮河流域为古楚疆域，即所谓淮乡楚泽。明高启《贺新郎·喜徐卿远访》："淮乡楚泽知游遍，问江南归时谁有、故家庭院。"　②旷：空阔、广远。　③火云：夏日炎热之云。李商隐《送崔珏往西州》："一条雪浪吼巫峡，千里火云烧益州。"　④舣棹：使船靠岸。蒹葭，芦苇。《诗经·蒹葭》："蒹葭苍苍，白露为霜。"⑤畏景：夏日的太阳。唐刘得仁《和郑校书夏日游郑泉》："太虚悬畏景，古木避清阴。"　⑥争可：犹争向，即怎奈。《诗词曲语辞汇释》："争向，犹云怎奈或奈何也。"又："向，约估数目之辞，与可字略同。"　⑦九衢：繁华的街市。　⑧衣冠：代指搢绅士夫。李白

《登金陵凤凰台》:"吴宫花草埋幽径,晋代衣冠成古丘。" ⑨月观风亭:月榭与凉亭。《南史·徐湛之传》:"湛之更起风亭、月观、吹台、琴室,果竹繁茂,花药成行。"唐朱庆余《秋宵宴别卢侍御》:"风亭弦管绝,玉漏一声新。" ⑩散发披襟:谓散乱头发敞开衣襟以纳凉。散发,亦指弃官隐居,逍遥自在。此兼有其意。唐孟浩然《夏日南亭怀辛大》:"散发乘夕凉,开轩卧闲敞。"《后汉书·袁闳传》:"延熹末,党事将作,闳遂散发绝世,欲投迹深林。"李白《宣州谢朓楼饯别校书叔云》:"人生在世不称意,明朝散发弄扁舟。"宋玉《风赋》:"有风飒然而至,王乃披襟而当之曰:'快哉此风,寡人所与庶人共者耶。'"宋张景星《秋日白鹭亭》:"开樽屏丝竹,披襟向萧籁。"

【品评】

这是一首构思巧妙、表现奇崛的好词。先是竭力渲染酷热难当,暑气逼人。整个上片突出的是畏日之熬煎。换头以"此际争可"突转,写奔名竞利之徒之无奈。繁华街市,滚滚红尘,衣冠楚楚的名利客熙熙攘攘,演出一幕幕争名夺利的活剧,哪里还顾得酷暑蒸人。至此,已见出词人所厌不止是行旅,更在于对奔竞生涯之厌恶与针砭。猛然又是一句"回首江乡",令人陡然一震,再读下去,心头一片清凉。结三句寓意深长,出语奇警,不仅仅是流露出归隐之意,更在于为奔突于酷暑中的衣冠士人醍醐灌顶,兜头浇了一盆冷水。一个"幸"字,告诉自己,同时也告诉奔竞于红尘的行客,世上还有另外一种不为形役、自由自在的生活方式。故"幸"字乃是一篇之所本,全词之奥窔。清人黄氏评此词颇为精到："趋炎附热、势力熏灼、狗苟蝇利之辈，可以'九衢尘里，衣冠冒炎暑'二语尽之。"又云：此词"意不过为'衣冠冒炎暑'五字下针砭，而凌空结撰，成一篇奇文。先从舟行苦热，深夜舟人之语，布一奇景。忽用'此际'二字，直接点入衣冠炎暑，令人不测。以后又用'江乡'倒缴，只一'幸'字缩住。语气含蓄，笔势奇矫绝伦"（《蓼园词评》）。黄氏之评，可谓搔到了奇痒处。

卷　下

安公子

长川波潋滟。[1]楚乡淮岸迢递，[2]一霎烟汀雨过，[3]芳草青如染。驱驱携书剑。当此好天好景，自觉多愁多病，行役心情厌。[4]　　望处旷野沉沉，暮云黯黯。行侵夜色，[5]又是急桨投村店。认去程将近，舟子相呼，[6]遥指渔灯一点。

【注释】

①长川：长的河流。曹植《洛神赋》："浮长川而忘反，思绵绵而增慕。"　②迢递，遥远。　③"一霎"句：是说阵雨刚过。烟汀，阴云笼罩的岸边。　④行役：犹羁旅，亦泛指行旅。南朝梁柳恽《捣衣诗》："行役滞风波，游人淹不归。"　⑤侵夜色：临近夜晚。韦庄《宿山家》："山行侵夜到，云窦一星灯。"　⑥舟子：艄公。

【品评】

一段旅程将尽，似可稍作喘息。然过处已言明，多愁多病，已厌透行役，故即便"去程将近"，亦无甚好的情绪。因为奔竞了无终期，如同元曲家马致远所写到的"争名利何年是彻"？此词写出了一种逼仄的气息和无奈的叹惋，意在言外，情在景中——入夜方到一阶段性目的地，岂不是"四围山色，一鞭残照"——前途黯淡，并非花光锦绣。可为一叹。

菊花新

欲掩香帏论缱绻。[①]先敛双蛾愁夜短。[②]催促少年郎，先去睡、鸳衾图暖。　　须臾放了残针线。脱罗衣、恣情无限。留取帐前灯，时时待、看伊娇面。[③]

【注释】

①论：犹尽、尽情。非为通常论说之意。当为口语或方言。②双蛾：即双眉。蛾，蛾眉。《诗经·硕人》："螓首蛾眉。"蚕蛾触须细长而弯曲，因以喻女子眉毛之美。　③看伊：为"伊看"之倒文。伊，你，这里犹君，指男子。

【品评】

此为率性随意之笔，近乎无聊，最为词论家所病诟与责难。清人李调元就直斥其为"淫词"，以为"柳永淫词莫逾于《菊花新》一阕"(《雨村词话》卷一)，简直就是淫词之尤者。然而，词中的"少年郎"透出了所写的少男少女(妇)，自有其真实的一面。柳永以词记录生活中的方方面面，似不必苛责。问题是类似作品较多，显得失于剪裁，且有些滥。谁叫他是柳永呢！

过涧歇近

酒醒。梦才觉，小阁香炭成煤，①洞户银蟾移影。②人寂静。夜永清寒，翠瓦霜凝。疏帘风动，漏声隐隐，③飘来转愁听。④　　怎向心绪，⑤近日厌厌长似病。⑥凤楼咫尺，⑦佳期杳无定。展转无眠，粲枕冰冷。⑧香虬烟断，⑨是谁与把重衾整。

【注释】

①“小阁”句：是说熏笼中的香与暖炉中的炭已燃尽而变成了烟尘凝结构。煤，指烟熏所积之灰尘，非指通常意义上黑色固体矿物，可用作燃料的煤。刘禹锡《畲田行》：“红焰远成霞，轻煤飞入郭。”　②洞户：房间与房间门户相通。《后汉书·梁冀传》：“堂寝皆有阴阳奥室，连房洞户。”亦指门户。南朝梁刘邈《见人织聊为之咏》：“檐花初照月，洞户未垂帘。”银蟾，指月亮。　③漏声：即古代计时器铜壶漏箭的滴水声。　④愁听：“听愁”之倒文。⑤怎向：即怎奈。《诗词曲语辞汇释》：“向，语助词，专用于‘怎奈’、‘如何’一类之语，加强其语气而为其语尾。”　⑥厌厌：因情绪低落而委靡不振的样子。　⑦凤楼：指女子的居所。与指宫禁中的楼阁不同。江淹《征怨》：“荡子从军久，凤楼箫管闲。”　⑧粲枕：绣有彩色图案之枕，亦作枕之美称。《诗经·葛生》：“角枕粲兮，锦衾烂兮。”　⑨香虬（qiú）：虬形之香炉。虬，无角之龙。一

说龙子有角者为虬。

【品评】

闺怨之词，写来雅洁灵透，冥漠之中，流出悱恻之思。与前面一首《菊花新》大异其趣。始写静，人寂景清；继写动，疏帘漏声；终是于大静中状出人之不堪来。柳永能俗能雅，更能于虚涵浑化、雅俗无间中见出其匠心独运来。此词结句只拈取一个细节，便见出怨之深来，实为举重若轻之笔。

轮台子

雾敛澄江，烟消蓝光碧。彤霞衬遥天，掩映断续，半空残月。孤村望处人寂寞，闻钓叟、甚处一声羌笛。① 九疑山畔才雨过，② 斑竹作、血痕添色。③ 感行客。翻思故国，恨因循阻隔。④ 路久沉消息。　　正老松枯柏情如织。⑤ 闻野猿啼，愁听得。⑥ 见钓舟初出、芙蓉渡头，⑦ 鸳鸯滩侧。干名利禄终无益。⑧ 念岁岁间阻，迢迢紫陌。⑨ 翠娥娇艳，⑩ 从别后经今，花开柳拆伤魂魄。⑪ 利名牵役。又争忍、⑫ 把光景抛掷。

【注释】

①羌笛：亦称羌管，笛之一种。　②九疑山：即九嶷山，在湖南宁远县南六十里处。《山海经·海内经》："南方苍梧之丘，苍梧之渊，其中有九嶷山，舜之所葬，在长沙零陵界中。"郭璞注："其山九

溪皆相似,故云'九疑'。"唐李涉《寄荆娘写真》:"苍梧九疑在何处,斑斑竹泪连潇湘。" ③"斑竹"句:斑竹,一种有紫褐色斑点的竹子,亦称湘妃竹。晋张华《博物志》卷八:"尧之二女,舜之二妃,曰湘夫人,帝崩,二妃啼,以涕挥竹,竹尽斑。"韩愈《送惠师》:"斑竹啼舜妇,清湘沉楚臣。"血痕添色,言斑竹色紫褐,似血红色而加浓。④因循:保守。 ⑤"正老松"句:以老松枯柏枝杈纵横参差,交错如织,喻心情之烦乱。 ⑥得:语助词,无实义。 ⑦芙蓉渡头:当为词人虚拟之渡口名。古湘地向有芙蓉国之称,故名。下句之"鸳鸯滩"当亦是虚拟。 ⑧干名利禄:干,求取。如干谒,为求请以图进。干禄,为求请禄位。 ⑨紫陌:指京师郊野的道路。李白《南都行》:"高楼对紫陌,甲第连青山。" ⑩翠娥:指美人。李白《忆旧游寄谯元参军》:"翠娥婵娟初月晖,美人更唱舞罗衣。" ⑪柳拆:春来柳芽绽开。拆,开。 ⑫争忍:怎忍。

【品评】

上片写景空灵清远,芙蓉国里,风光绮靡。"斑竹"句突转,抽笔写行客之恨。过处以老松枯柏盘根错节状行客矛盾复杂的心理情态,新异而妥恰。下片情景并写,满目染愁,终于点出厌于干名利禄,念及韶华轻掷,痛惜怅叹。"花开柳拆伤魂魄"一句,与后世大戏剧家汤显祖《牡丹亭·惊梦》中"锦屏人忒看的这韶光贱",深层意蕴相仿佛。其实一曲[皂罗袍],无非是说韶光易逝,弥足珍惜。面对"姹紫嫣红",杜丽娘亦觉"伤魂魄"。从这样的意义上看,柳永亦是"觉醒者",即对生命意义的深入思想者。"柳拆"二字,女心细密,堪称奇思妙想。这个"拆"字柳词中凡两次用到。

这里与“花开”的“开”字对举，美极了。另一处是《木兰花慢·拆桐花烂漫》的首句。桐花开说成拆桐花，亦妙不可言。说柳词佳处不在字面，乃是就总体而言。柳词字面佳处，又岂止一个“拆”字！此词起五句，字面亦佳，值得反复玩味。

望汉月

明月明月明月。争奈乍圆还缺。①恰如年少洞房人，②暂欢会，依前离别。　　小楼凭槛处，正是去年时节。③千里清光又依旧，奈夜永、厌厌人绝。④

【注释】

①争奈：即怎奈，亦即无奈。　②洞房人：指欢会中的男女。洞房，幽深的内室，多指卧室或闺房。亦特指新婚夫妇的卧室。③“正是”句：是说眼下一人独处，而去年此时却正与所爱欢聚。④奈：无奈。永，长。厌厌，安静。《诗经·湛露》：“厌厌夜饮。”毛传：“厌厌，安也。”绝，隔绝。

【品评】

小词精巧绝妙。起句出手不凡。宋词用叠字者不乏其经典用例，而连用三个叠词者确乎罕见。明月，寻常之物事也，古来写明月的文学作品可谓汗牛充栋，殊不知还可以这样写。看似信手随口，却妙在其中，只可与知会者道。小词中的“依前”与“依旧”

用得亦好。月有圆缺，周而复始，乃依例之客观事物。柳永用了个“依前”，将月之圆缺与人之聚散巧妙联系起来。这是在说人的悲欢离合也是人力所无法阻止的。与苏轼的《水调歌头·明月几时有》不同，柳永写来，似脱口而出，言文一致。“依前”、“依旧”，皆常言熟语，却被柳永激活。这倒真是佳处不在字面，而在气骨了。

归去来

初过元宵三五。[①]慵困春情绪。灯月阑珊嬉游处。[②]游人尽、厌欢聚。　　凭仗如花女。持杯谢、酒朋诗侣。余酲更不禁香醑。[③]歌宴罢、且归去。

【注释】

①元宵三五：此指正月十五元宵节，亦称上元节。宋李清照《永遇乐》：“中州盛日，闺门多暇，记得偏重三五。”　②阑珊：将尽。　③余酲（chéng）：酒醒后所感觉的疲惫困乏，有如病态。《诗经·节南山》：“忧心如酲。”毛传：“酒病曰酲。”醑（xǔ），亦作“湑”，美酒。唐皎然《送李丞使宣州》：“聊持剡山茗，以代宣城醑。”

【品评】

小词写春困慵懒意态，描摹如画。且用写意手法，笔简味厚。

燕归梁

织锦裁编写意深。[1]字值千金。[2]一回披玩一愁吟。[3]肠成结、泪盈襟。　　幽欢已散前期远，无聊赖、是而今。密凭归雁寄芳音。[4]恐冷落，旧时心。

【注释】

①织锦裁编：即织锦回文。　②字值千金：秦相吕不韦使门客著《吕氏春秋》，“布咸阳市门，悬千金其上，延诸侯游士宾客有能增损一字者，予千金。”事详《史记·吕不韦列传》。又据桓谭《新论·本造》，汉淮南王刘安著《淮南子》，亦悬赏千金，征求士人增益修订其文字。后因以一字千金极言文章价值之高。南朝梁钟嵘《诗品》卷上：“古诗其体源出于《国风》，陆机所拟十四首，文温以丽，意悲而远，惊心动魄，可谓几乎一字千金。”　③披玩：翻阅玩味。柳宗元《礼部贺嘉禾及芝草表》：“臣某等优游至化，披玩殊姿，庆抃之诚，倍百恒品。”　④密凭：暗暗托付。归雁寄芳音，传说雁能传书，已见前注。芳音，情话。

【品评】

书札、信函在古代尤为重要，因邮路不似今天这么方便，信息手段亦与今天不可同日而语。故书简开头往往以“如见”、“如晤”开笔。词以收到书信展读开篇，结以托付归雁，极尽思念情怀。

在信息高科技日新月异的今天，读读此词，或许会唤起人们对手书信简的一份特殊的亲切感吧。

八六子

如花貌。当来便约，[①]永结同心偕老。为妙年、[②]俊格聪明，凌厉多方怜爱，[③]何期养成心性近，[④]元来都不相表。[⑤]渐作分飞计料。[⑥]　　稍觉因情难供，恁殛恼。[⑦]争克罢同欢笑。[⑧]已是断弦尤续，[⑨]覆水难收，[⑩]常向人前诵谈，[⑪]空遣时传音耗。[⑫]漫悔懊。[⑬]此事何时坏了。

【注释】

①当：语助词，犹着、得。　②妙年：指少壮之年。《三国志·魏志·陈思王植传》："终军以妙年使越。"杜甫《奉酬严八阁老》："扈圣登黄阁，明公独妙年。"　③凌厉：本指气势迅疾猛烈。这里是干练、利索之意。音、义均同于伶俐。　④何期：犹岂料，未曾想到。　⑤相表：即相貌体态，亦即长相外表。《北史·李景传》："文帝奇其壮武，使袒而观之，曰：'卿相表当位极人臣。'"　⑥计料：计划、打算。唐权德舆《论灾旱表》："续计料江淮米入运，以备恒数。"　⑦恁殛恼：如此恼怒。殛，惩罚。　⑧争克：怎能够。⑨断弦：本指断绝的弓弦或琴弦。因古以琴瑟调和喻夫妻和谐，故谓丧妻为断弦，再娶则称续弦。这里是指情断意绝。尤，尚且。唐徐彦伯《闺怨》："暖手缝轻素，颦蛾续断弦。"　⑩覆水难收：喻

夫妻关系断绝已成定局，难以挽回。宋王楙《野客丛书》："(世)又言覆水难收。案：姜太公妻马氏，不堪其贫而去。及太公既贵，再来；太公取一壶水倾于地，令妻收之，乃语之曰：'若言离更合，覆水定难收。'"又相传汉代朱买臣未做官时，家贫而靠打柴度日，其妻离去。后他做了大官，其妻来见，他将一盆水泼于地，令她将水收拾起来，否则便不认她。民间流传着马前泼水故事，戏曲小说也多有敷演者。李白《白头吟》其一："覆水再收岂满杯，弃妾已去难重回。" ⑪诵谈：述说，谈论。诵，有讽义，又有传扬义。⑫音耗：音信、消息。 ⑬漫：空，徒。

【品评】

这一首写情变，颇为有趣。两个人好了又恼，终于劳燕分飞，旧情难续了。妙在结句"此事何时坏了"。感情上的事实在复杂，到了破裂之时再去追究原因，怕是很难说清楚的。词中男女二人"多方怜爱"，且培养成了"心性近"，"都不相表"。那末，何以又彼此反目，"恁殛恼"了呢？答案便是尾句，不知何时埋下了"覆水难收"之根由。作者写出了感情问题的微妙与复杂，读来耐人寻味不已。

长寿乐

尤红殢翠。① 近日来、陡把狂心牵系。② 罗绮丛中，笙歌宴上，有个人人可意。③ 解严妆巧笑，④ 取次言谈成娇媚。⑤

知几度、密约秦楼尽醉。[6]仍携手,眷恋香衾绣被。　　情渐美。算好把、夕雨朝云相继。[7]便是仙禁春深,[8]御炉香袅,临轩亲试。对天颜咫尺,[9]定然魁甲登高第。[10]待恁时、[11]等着回来贺喜。好生地。[12]賸与我儿利市。[13]

【注释】

①尤红殢翠:尤云殢雨。尤殢为恋昵语,红、翠代指美女。②陡:突然。狂心,恋昵美色之心。　③人人:对所爱恋者之昵称。可意,可心、如意。唐王建《白纻歌》其二:"此时但愿可君意,回昼为宵亦不寐,年年奉君君莫弃。"　④严妆:整妆。《古诗为焦仲卿妻作》:"鸡鸣外欲曙,新妇起严妆。"　⑤取次:随意、随便。⑥秦楼:即秦楼楚馆。　⑦夕雨朝云:用楚王巫山遇神女事,喻男女欢会。　⑧仙禁:指皇宫。因其禁卫森严,凡人不得擅入,故称。张九龄《奉和圣制送尚书燕国公说赴朔方军》:"宠锡从仙禁,光华出汉京。"　⑨对天颜咫尺:指觐见天子。天颜,天子的容颜。汉赵晔《吴越春秋·苟践归国外传》:"群臣拜舞天颜舒,我王何忧能不移。"杜甫《紫宸殿退朝口号》:"昼漏闻稀高阁报,天颜有喜近臣知。"　⑩魁甲:即魁首,进士第一名,亦即状元。宋陈鹄《耆旧续闻》卷十:"王嗣宗,太祖时以魁甲登第,多历外郡,晚方入朝。"⑪恁时:那时。　⑫好生地:犹言好好的。《诗词曲语辞汇释》:"生,语助辞,用于形容语辞之后,可作样字或然字解。……好生为满量之辞,犹云十分,此亦习用语。"　⑬賸:赠送,陪送(嫁妆)。这里音义均同媵(yìng)。利市,本指节日、喜庆时所赏赐的喜钱与礼物。《东京梦华录·娶妇》:"女家亲人有茶酒利市之类。"亦

泛指礼物。

【品评】

上片写情好，一如柳词贯常作风，蜜意浓情，说尽道透；不避词语，褒贬由人。下片颇为自负，大有《西厢记》中西洛才子张君瑞之气概，“这一去白夺一个状元，正是青宵有路终须到，金榜无名誓不归”。视科甲似囊中探物，如拾草芥。官禁殿试，天颜咫尺，全不在话下，豪气不可谓不大。然而，果若夺得魁首，真的会与烟花女子相厮相守，白头偕老吗？后世的关汉卿在《谢天香》杂剧中，安排柳永中了状元后，终于娶了谢天香做个小夫人。杂剧毕竟是杂剧，生活中的柳永有无此事，却无从考镜。严敦易先生以为剧中的钱大尹原型是钱勰（字惟演），曾以龙图阁待制知开封府，《宋史》卷三一七有传。看来关汉卿写戏并非完全子虚乌有。这首词也当是柳永曾有过的经历吧。

望海潮

东南形胜，[①]江吴都会，[②]钱塘自古繁华。[③]烟柳画桥，[④]风帘翠幕，参差十万人家。[⑤]云树绕堤沙。[⑥]怒涛卷霜雪，[⑦]天堑无涯。[⑧]市列珠玑，户盈罗绮竞豪奢。　　重湖叠巘清嘉，[⑨]有三秋桂子，[⑩]十里荷花。[⑪]羌管弄晴，[⑫]菱歌泛夜，嬉嬉钓叟莲娃。千骑拥高牙，[⑬]乘醉听箫鼓，吟赏烟霞。[⑭]异日图将好景，[⑮]归去凤池夸。[⑯]

【注释】

①东南形胜：宋代杭州为两浙路治所，辖府二，州十二，乃东南要冲，故云。《宋史·地理志》："临安府，大都督府，本杭州，余杭郡。""东南际海，西控震泽"，地理形势胜要，水陆交通便利。②江吴都会：当时钱塘(杭州)旧属吴国，故言。一本作"三吴"，指吴兴郡、会稽郡和吴郡。 ③钱塘：本为古县名，原作钱唐。大海在县东一里，因筑塘以防海水，故改为钱塘。秦置钱塘县，汉魏至隋唐皆然。五代时吴越王又建都杭州，故云自古繁华。古诗文常以钱塘指今杭州。 ④烟柳画桥：宋四水潜夫(周密)辑《武林旧事·西湖三堤路·苏公堤》："元祐中东坡守杭日所筑，起南迄北，横截湖面，夹道杂植花柳，中为六桥九亭。"并载六桥名称：映波、锁澜、望山、压堤、东浦、跨虹。此所谓外湖六桥。此外还有内湖六桥以及断桥等十数座桥。 ⑤"风帘"二句：谓杭州的繁华和人烟凑集。《西湖老人繁盛录》："回头看城内山上，人家层层叠叠，观宇楼台参差如花落仙宫。"风帘绣幕，极言奢华。十万人家，则谓其人口之稠密 ⑥堤沙：西湖有白堤、苏堤和小新堤。白堤为白居易为杭州刺史时所筑。小新堤又称赵公堤。 ⑦"怒涛"句：钱塘江位于浙江下游，江口呈喇叭状，海潮倒灌，形成著名的钱塘潮。《武林旧事》："浙江之潮，天下之伟观也。自既望以至十八日为盛。方其远出海门，仅如银线，既而渐近，则玉城雪岭，际天而来，大声如雷霆，震撼激射，吞天沃日，势极雄豪。"故观潮成为浙人之习俗，为一大盛事。唐罗隐《江潮》："怒声汹汹势悠悠，罗刹江边地欲浮。" ⑧天堑：天然形成的险阻。堑，陷坑。古代南方国家以长江为天堑，抵御北方敌国的侵扰。《南史·孔范传》："隋

师将济江，群官请为备防。……范奏曰：长江天堑，古来限隔，虏师岂能飞渡？”此借以形容钱塘江气势之雄伟与江面之宽阔。⑨重湖：宋时西湖已有里湖、外湖之别。叠巘(yǎn)，重叠之山峦。清嘉，清秀而美丽。 ⑩三秋：秋季三个月。七月为孟秋，八月为仲秋，九月为季秋，合为三秋。晋陶渊明《闲情赋》：“愿在莞而为席，安弱体于三秋。”桂子，即桂花。白居易《忆江南》：“山寺月中寻桂子，郡亭枕上看潮头。” ⑪十里荷花：白居易《余杭形胜》：“绕郭荷花三十里，拂城松树一千株。”这里的“十”为概数，极言其荷分布之广。 ⑫“羌管弄晴”三句：写杭人游西湖之盛况。羌管，即羌笛。笛声悠扬，丽日晴天，采菱人放声歌唱，伴随好天良夜。更有钓翁与采莲女嬉戏玩耍，笑语频传。 ⑬千骑拥高牙：谓地方官也游湖赏秋，与民同乐。千骑、高牙均指太守。汉乐府《陌上桑》：“东方千余骑，夫婿居上头。”千骑乃形容太守随从之众。高牙，军旗高耸。《封氏见闻录》：“近代通称府廷为公衙，即古之公朝也。字本作‘牙’。《诗》曰：‘祈父予王之爪牙。’祈父、司马掌武备，象猛兽，以爪牙为卫。故军前大旗谓之‘牙旗’，出师则有建牙、祃牙之事。”宋制大府太守往往兼军职，故云。 ⑭吟赏烟霞：观赏山水美景并赋诗纪游。烟霞，语含双关，既指烟云霞光，又暗指烟霞岭(亦称烟霞峤)。烟霞岭下又有烟霞洞、水乐洞。⑮图将：画就。 ⑯凤池：即凤凰池。禁苑中池沼。中书省所在地，故亦借指中书省。《晋书·荀勖传》：“勖久在中书，专管机事，及失之，甚罔罔怅怅。或有贺之者，勖曰：‘夺我凤凰池，诸君贺我也！’”此词据说是柳永写给当时杭州太守孙某的，这句显然是祝孙某归京后青云直上，位极人臣之首。唐代宰相称中书门下平章事，因又以凤凰池指宰相职位。刘禹锡《湖南观察使故相国袁公挽歌》："五驱龙虎节，一入凤凰池。"

【品评】

此为柳永词中杰构。一般都认为它是投献杭州太守孙何的。宋杨湜《古今词话》、罗大经《鹤林玉露》均持此说。唐圭璋《柳永事迹新论》中也认为此说可信。此外，胡云翼《宋词选》大体上也赞同此说。薛瑞生《乐章集校注》对此说提出了诸多疑异，并通过一番考索之后得出结论："然观此洞，确系为投献杭州太守者，而这位太守，曾有武职仕履，否则柳永不会说他'千骑拥高牙'。愚以为这位有武职仕履的太守不是别人，乃是孙沔。"薛先生还进一步认为此词与前《早梅芳·海霞红》为同一命意，当作于皇祐五年(1053)。然而，这首词主要还是写杭州西湖的美丽与城市的繁华。倘若我们忽略"千骑拥高牙"以下数句，它照样是一首好词。柳永写过了这首《望海潮》之后，后来者若再用词调形式写杭州西湖，怕是有如崔颢写了《黄鹤楼》后，连李太白也却笔罢手了。其实连它是不是一首投献词，都大可怀疑。"千骑拥高牙"就一定是太守出行吗？退一步说即便是太守出行，也未必就是全词写给太守的，不过是作者极写繁华的一笔罢了。"乘醉"以下数句，说是作者只写情怀也未为不可。倘若我们不将此词视为投献词，欣赏起来可能更有味道。关于这首词的精妙绝伦，人们已经说了很多。这里拈出两点略作赘议。其一，可概括为写意与工笔交互运用，用绘画术语说，是兼工带写，浑化无迹。劈头里着眼于大处，气势磅礴，用笔豪爽。"烟柳"以下笔致渐趋细腻，画面益愈具体。

可谓一句一画，幅幅精绝。其二，是它的用笔极饶层次感，内在伏脉隐而不露，老辣从容。沈祖棻看得细致入微，揭示得也清晰明畅。她说到换头处时有云："'重湖'，指西湖兼有里湖、外湖之胜，就湖说；'叠巘'，指绕湖重重叠叠的峰峦，就山说；而总以'清嘉'二字赞之。'三秋桂子'，写桂子飘香之久，又和'叠巘'相应；'十里荷花'，写荷花种植之广，又和'重湖'相应。湖和山、荷花和桂子、夏季和秋季，参错交织，极见匠心。"说来柳词中的佳句，"杨柳岸晓风残月"不论，"衣带渐宽终不悔"亦不论，仅有这"三秋桂子，十里荷花"就足以傲立词坛。或有人不解，这两句孤立地看，似也一般般嘛，不就是桂子飘香久，荷花处处见的意思嘛。殊不知诗词佳句非刻意可得，须发自性灵，出于寻常而超乎寻常，仿佛天成者。清人李渔对词学心有别裁，他说得好极了："所谓意新者，非于寻常闻见之外别有所闻见，而后谓之新也。即在饮食居处之内，布帛菽粟之间，尽有事之极奇，情之极艳，询诸耳目，则为习见习闻，考诸诗词，实为罕听罕睹。以此之新，方是词内之新。"(《窥词管见》)桂花、荷花在江南随处可见，却只有柳永于此习见习闻的事物中，创造了令人难以忘怀的美好意境。至于《鹤林玉露》中所言金主亮闻此二句，"遂起投鞭渡江之志"的说法，实不足为信，姑妄言之姑妄听之就是了。唐圭璋先生谓此说"恐不是无因的"，应当理解为二佳句流布广远，深为人们所喜爱，不免附会出耸人听闻的种种说法。从这个意义上看，柳词在当时影响之大，怕是罕有其匹的。

如鱼水

轻霭浮空，乱峰倒影，潋滟十里银塘。绕岸垂杨。红楼朱阁相望。芰荷香。[1]双双戏、鸂鶒鸳鸯。[2]乍雨过、兰芷汀洲，[3]望中依约似潇湘。[4]　　风淡淡，水茫茫。动一片晴光。画舫相将。[5]盈盈红粉清商。[6]紫薇郎。[7]修禊饮、[8]且乐仙乡。更归去、遍历銮坡凤沼，[9]此景也难忘。

【注释】

①芰荷：《楚辞·离骚》：制芰荷以为衣兮，集芙蓉以为裳。芰，即菱。四角为芰，两角为菱。　②鸂鶒（xī chì）：水鸟名，其形大于鸳鸯而多紫色，五色尾，夜宿如有敕令。喜双双并游，俗称紫鸳鸯。南朝宋谢灵运《鸂鶒赋》："览水禽之万类，信莫丽于鸂鶒。"　③兰芷汀洲：兰草与白芷皆为香草，古人往往以之为佩。唐沈佺期《别侍御严凝》："静言芟枳棘，慎勿伤兰芷。"汀洲，水中小洲。《楚辞·九歌·湘夫人》："搴汀洲兮杜若，将以遗兮远者。"　④潇湘：潇水与湘江的并称，多借指今湖南地区。杜甫《去蜀》："如何关塞阻，转作潇湘游？"　⑤相将：犹云相与、相共。　⑥盈盈红粉：指歌女。清商，乐府歌曲名，即清商曲。因其声调清越，故名。据宋郭茂倩《乐府诗集》，可知分为《吴声歌》、《神弦歌》、《西曲歌》、《江南弄》、《上云乐》、《雅歌》等六类。其中前三类保留了部分南朝民歌。这里不过是泛指歌曲。　⑦紫薇郎：本作紫微郎，

即中书侍郎。唐开元元年改中书省为紫微省，中书舍人称紫微舍人，亦称紫微郎，位在中书令下。白居易《紫薇花》："独坐黄昏谁是伴，紫薇花对紫微郎。" ⑧修禊饮：古俗农历三月三日作祓禊之游，沐浴并宴饮。 ⑨銮坡凤沼：指翰林院与中书省。唐德宗时，将学士院移于金銮殿旁的山坡上，称金銮坡，简称銮坡。宋王安石《送郓州知府宋谏议》："纶掖清光注，銮坡茂渥沾。"凤池，即凤凰池。

【品评】

这又是一首投献词。薛瑞生根据词中提到的"紫薇郎"以及"銮坡凤沼"，推断出赠主当是"既有翰林仕履又曾任中书侍郎者"，并进一步用排除法断定此人是于真宗朝入翰林、仁宗朝入相并加中书侍郎的吕夷简。同时推论出此词为柳永于宝元元年(1038)三月写于颍州(今安徽阜阳)。可备为一说。词的上片纯粹写景，用笔空灵雅致，挥洒自如。柳永是一位描春高手，此词上片可概见其手段。过处淡淡写来，有如中国画的"布白"，连着三句皆清空渺远，就中也可见出其心旷神怡，乐在山光水色之中。"紫薇郎"以下则为赠词赞语，意味不多了。

如鱼水

帝里疏散，[①] 数载酒萦花系，九陌狂游。[②] 良景对珍筵恼，佳人自有风流。[③] 劝琼瓯。[④] 绛唇启、歌发清幽。被举措、[5]艺足才高，在处别得艳姬留。　　浮名利，拟拚休。[6]是非莫挂心头。富贵岂由人，时会高志须酬。[7]莫闲愁。共绿蚁、红粉相尤。[8]向绣幄，[9]醉倚芳姿睡，算除此外何求。

【注释】

①帝里：京都。指汴京。参见前《风归云·恋帝里》注①。疏散，疏离分散。　②九陌：本指汉长安城中九条大道。此泛指京城中繁华之处。　③"良景"二句：谓有佳人在面前，对美景珍馐便觉淡泊了。恼，引逗，撩拨。这里的"恼"字，与苏轼《蝶恋花·春景》中的"多情却被无情恼"的"恼"字用法相同。　④琼瓯：玉杯。　⑤举措：这里是抬举、举奉之意。　⑥拚休：犹拚捐。是割舍的意思。　⑦时会：时运，际会。汉班彪《北征赋》："故时会之变化兮，非天命之靡常。"　⑧绿蚁：美酒。红粉，指美人。尤，恋昵。《诗词曲语辞汇释》："相尤，犹云相娱与相恋也。柳永《如鱼水》词：'莫闲愁，共绿蚁红粉相尤。'则纯为恋义。"　⑨绣幄：犹绣房。指女子华丽的闺房。

【品评】

帝里繁华，"九陌狂游"，笙歌宴筵，佳人风流。这是柳词一种惯常的情调。何以要反复写这种生活呢？沈祖棻曾分析过其中的原因："词从中晚唐以来，逐渐上升到文人手中以后，主要是当作流行的歌曲在酒筵中供妓女歌唱的。它与酒筵中行令有关。小词称为小令、令词，即表明其出于酒令。在那样一种场合里，安排了那样一种用途，就使它不适于容纳本来也未尝不可以容纳的更为广阔和较为严肃的题材，而常常局限于男女相悦之情、相逢之乐、相别之恨。”这其实骨子里仍然是李清照在《词论》中所说的“词以婉约为正宗”，只是切入的角度不同罢了。沈祖棻还进一步指出，柳永并非不能写其他样式和其他题材的作品，她引用了叶梦得的话：“永亦善为他文词，而偶先以是得名，始悔为已累。”(《避暑录话》)接着沈先生指出：“可见这位词人不但不止于工词，甚至还认为工于词对他并不是一件好事。这些事实告诉我们，作家们将某些思想感情，例如男女悲欢离合之感，写入词中，只是因为词更适合于表现这一类的生活，并不是除了这一类的思想感情之外，就再也没有被他们关心和注意的、更广泛的、更有社会意义的、愿意反映的生活了。”她还举了范仲淹的例子，说写下了“先天下之忧而忧，后天下之乐而乐”的政治家，写起词来，也只是表现“残灯明灭枕头欹，谙尽孤眠滋味”(《御街行》)和“酒入愁肠，化作相思泪”(《苏幕遮》)一类思想(《宋词赏析·柳永《望海潮》)。沈先生的这个观点，不仅仅是对欣赏柳永词，而是对阅读古代诗词曲具有总体上的启发意义。以这首词，下片颇值得引起我们特别的注意。它与一般上片写景下片抒情的格套完全不同。整个下片全是议论，孤立地看下片，与元人的曲子极为相似。是不是也可以说柳永也是以议论为词的始作俑者呢？可见，柳永即使唱着惯常的调调，但他每一首都试图有点新的东西，他至少在形式上一直是在图变求新。

玉蝴蝶

望处雨收云断，凭阑悄悄，目送秋光。晚景萧疏，堪动宋玉悲凉。水风轻、蘋花渐老，[①]月露冷、梧叶飘黄。遣情伤。[②]故人何在，烟水茫茫。　　难忘。文期酒会，[③]几孤风月，[④]屡变星霜。[⑤]海阔山遥，未知何处是潇湘。[⑥]念双燕、难凭远信，[⑦]指暮天、空识归航。[⑧]黯相望。断鸿声里，[⑨]立尽斜阳。

【注释】

①蘋花：白蘋，多年生草本植物，生浅水中，叶有长柄，柄端四片小叶长田字形，故又称田字草、四叶菜。夏秋开白色小花。因风起而蘋叶动，故以用为微风的代称。此"蘋花渐老"与前句"水风轻"呼应为文。　②遣：令、使。　③文期酒会：指文友相约于一定时日共同饮酒赋诗作文。亦简作文酒。宋司马光《和君贶宴张氏梅台》："淹留文酒乐，璧月上瑶台。"　④孤：别本或作"辜"，即辜负。李陵《答苏武书》："陵虽孤恩，汉亦负德。"孤负，今通作辜负。　⑤屡变星霜：即过了几年。星，指岁星，亦称木星、太岁。木星十二年绕日一周，故名以其经行方位纪年，其方位变则岁移。霜，指气候转凉，此以秋概四季。　⑥俞平伯先生云："这里写清幽的境界，抒望远之意，结合上文'蘋花渐老'句。柳宗元《得卢衡州书因以诗寄》：'非是白蘋洲畔客，还将远意向潇湘。'"柳词暗用此意。　⑦"念双燕"句：《开元天宝遗事》载，绍兰嫁与巨商任宗，任宗往湘中经商，多年未归，也无音书。忽有双燕戏于梁间，绍兰叹而与燕语，欲托燕投书与夫。燕飞落绍兰膝上，若有所知。绍兰遂吟诗一首，以小字写就系于燕足。诗曰："我婿去重湖，临窗泣血书。殷勤凭燕翼，寄与薄情夫。"燕飞去荆州，泊于任宗肩上。

任宗见妻所寄书信，感而泣下。 ⑧空识归航：谢朓《之宣城郡出新林浦向板桥》："天际识归舟，云中辨江树。"又刘采春《望夫歌》："朝朝江口望，错认几人船。"此化用之。航，用作名词。《方言》卷九："自关而东，舟或谓之航。" ⑨断鸿：孤雁。唐李峤《送光禄刘主簿之洛》："背枥嘶班马，分洲叫断鸿。"

【品评】

这是一首章法谨严、文心缜密的好词。在柳永羁旅行役词中堪称佳构。唐圭璋云："此首'望处'二字，统摄全篇。"纵观全词，望中有想，即不忘。望的是秋景，秋景中又含愁；难忘的是故人，念中饱含深情。故也可以说，这首词只写了四个字，即"望处"、"难忘"。这四个字又各居于上下片之首。结处"黯相望"三字，又将明暗两线绾起来，既与篇首呼应，又极写羁人黯然消魂，愁苦不堪。"水风轻、蘋花渐老，月露冷，梧叶飘黄。"信为佳句。蘋较萍稍大，亦浮萍也；梧叶飘落，犹断梗也。正应了飘萍断梗之喻。文心之巧密，能不令人击节！

玉蝴蝶

渐觉芳郊明媚，夜来膏雨，[①]一洒尘埃。满目浅桃深杏，露染风裁。银塘静、鱼鳞簟展，[②]烟岫翠、龟甲屏开。[③]殷晴雷。[④]云中鼓吹，游遍蓬莱。[⑤] 徘徊。隼旟前后，[⑥]三千珠履，十二金钗。[⑦]雅俗熙熙，下车成宴尽春台。[⑧]好雍容、东山妓女，[9]堪笑傲、北海尊罍。[10]且追陪。凤池归去，[11]那更重来。[12]

【注释】

①膏雨：犹甘霖。指及时之雨，贵如膏油。语本《诗经·下泉》："芃芃黍苗，阴雨膏之。"《左传·襄公二十九年》："小国之仰大国也，如百谷之仰膏雨焉。" ②鱼鳞簟展：水面波纹如鱼鳞席般展开。簟，席。 ③龟甲屏开：苍翠的山峦像龟甲屏风样排列。龟甲屏，玉制或玉饰的屏风。因其花纹似龟甲纹路，故称。李贺《蝴蝶舞》："杨花扑帐春云热，龟甲屏开醉眼缬。"王琦注："盖言其文似龟甲上纹路也。" ④殷晴雷：晴天的雷鸣。殷读去声。《诗经·殷其雷》："殷其雷，在南山之阳。"杜牧《怀钟陵旧游》四首之二："滕阁中春绮席开，柘枝蛮舞殷晴雷。" ⑤蓬莱：神话传说中海上三仙山之一。 ⑥隼旟(sǔn yú)：古代旗帜的一种，上画鸟隼，行军时所用。《周礼·春官·司常》："鸟隼为旟。"隼为一种猛禽，亦名鹘。其飞速而有力，善于袭击其他鸟类。 ⑦十二金钗：即金钗十二行，喻姬妾之众多。南朝梁武帝《河中之水歌》："头上金钗十二行，足下丝履五文章。"白居易《酬思黯戏赠》："钟乳三千两，金钗十二行。"自注云："思黯自夸前后服钟乳三千两，甚得力。而歌舞之妓颇多。" ⑧下车成宴：刚到任即设宴。《礼记·乐记》："武王克殷，反商，未及下车，而封黄帝之后于蓟。"后遂以初即位或到任为下车。《后汉书·儒林传序》："及光武中兴，未及下车，而先访儒雅。"春台，春日登眺览胜之处。《老子》："荒兮其未央，众人熙熙，如享太牢，如登春台。" ⑨东山妓女：东山位于今

浙江上虞县西南，为晋谢安之所居处。《晋书·谢安传》："安虽放情丘壑，然每游宴，必以妓女从。" ⑩北海尊罍(léi)：指孔融好客。罍，古器物名，用于盛酒或水。《尔雅·释器》："罍形似壶，大者受一斛。" ⑪凤池：即禁中凤凰池。 ⑫那：这里是何时之意。

【品评】

此与前《如鱼水·轻霭浮空》很可能写于同时，即一阕未足尽意，就换个调牌又另写一阕，亦即是投赠同一官员的。二词的内容差不多，一是"依约潇湘"，一是"游遍蓬莱"，皆为想象之词也。从此词下阕描写的排场来看，气势较《如鱼水》更大，或许宴饮与出行场面不同吧。若果是投献吕夷简的，两首可以对读发明。此词上片写景清丽流转，用笔颇为舒展。"银塘"以下数句，取比奇崛妥帖。将山比作屏者不乏其人，而将水比作席者，确乎罕见。

玉蝴蝶

是处小街斜巷，烂游花馆，[1] 连醉瑶卮。[2] 选得芳容端丽，冠绝吴姬。[3] 绛唇轻、笑歌尽雅，莲步稳、[4] 举措皆奇。出屏帏。倚风情态，约素腰肢。　　当时。绮罗丛里，知名虽久，识面何迟。见了千花万柳，比并不如伊。[5] 未同欢、寸心暗许，欲话别、纤手重携。结前期。[6] 美人才子，合是相知。[7]

【注释】

①烂游：漫游。宋范成大《次黄必先主簿同年赠别韵》："山郭官闲得烂游，弥年还往话绸缪。"花馆，指妓院。 ②瑶卮(zhī)：亦作"瑶巵"。玉制的酒器。亦用作酒器的美称。南朝齐王融《奉和代徐》之一："自君之出矣，芳苣绝瑶卮。" ③吴姬：吴地美女。唐王勃《采莲曲》："莲浦夜相逢，吴姬越女何丰茸。" ④莲步：此指舞步。 ⑤伊：你。 ⑥前期：指事前或过去的约定。白居易《游仙》："前期过已久，鸾鹤无来声。" ⑦合是：应是。合，该。

【品评】

寻芳访翠，烂游秦楼，常为柳永津津乐道，且乐此不疲。此首值得注意的是首句的"小街斜巷"。小者，非繁华街市比较豪奢的去处；斜者，狭斜也，亦作狎邪。可知他不避偏远，不论大小，花街柳巷寻游遍。有趣的是，"小街斜巷"也不乏"冠绝吴姬"者。"美人才子，合是相知"，表达的是柳永的一种理想，与"天下有情的都成了眷属"意思相近。就中留露出一种朦胧的叛逆意识，是对假道学绝对理念的猛烈冲击。此词不写景，只是言情，对元明两代俗文学的影响不可低估。

玉蝴蝶

误入平康小巷，[1]画檐深处，珠箔微褰。[2]罗绮丛中，偶认旧识婵娟。[3]翠眉开、娇横远岫，[4]绿鬓軃、浓染春烟。[5]忆情牵。粉墙曾恁，窥宋三年。[6]　　迁延。珊瑚筵上，[7]亲持犀管，[8]旋叠香笺。[9]要索新词，殢人含笑立尊前。[10]按新声、珠喉渐稳，[11]想旧意、波脸增妍。[12]苦留连。凤衾鸳枕，忍负良天。[13]

【注释】

①平康：即平康北里，指妓女聚集之处。　②"画檐"二句：有画饰的屋檐。唐郑嵎《津阳门》："象床尘凝罨飒被，画檐虫网颇梨碑。"珠箔微褰，珠帘半开。箔，帘子。白居易《长恨歌》："珠箔银屏迤逦开。"褰，揭起。《诗经·褰裳》："子惠思我，褰裳涉溱。"　③婵娟：指美人。唐方干《赠赵崇侍御》："却教鹦鹉呼桃叶，便遣婵娟唱《竹枝》。"　④娇横远岫：谓眉之娇美如远山般秀丽。　⑤浓染春烟：头发乌黑有如春树般浓密。　⑥"粉墙"二句：宋玉《登徒子好色赋》："臣里之美者，莫如臣东家之子。然此女登墙窥臣三年矣，臣未之许也。"粉墙，涂成白色的墙。方干《新月》："隐隐临珠箔，微微上粉墙。"曾恁，曾是那样。　⑦珊瑚筵：筵席之美称。　⑧犀管：犀牛角制成笔杆的笔，多用作笔的美称。王勃《七夕赋》："握犀管，展鱼笺。"　⑨香笺：精美的纸张曰笺。前加香字，多指女子所用笺。　⑩殢人：犹恋人。殢，恋与昵之意。　⑪珠喉：形容嗓音珠圆玉润。白居易《寄明州于驸马三绝句》其三："何郎小妓歌喉好，严老呼为一串珠。"　⑫波脸：形容脸之美丽。杜牧《自宣州赴官入京路逢裴坦判官归宣州因题赠》："云罍看人捧，波脸任他横。"　⑬忍负良天：怎忍辜负好天良夜。

【品评】

此词有一点特别值得引起我们的注意，即下片“亲持犀管”以下数句。柳永当场为歌女写歌词，且当场演练。“索新词”，“按新声”，这使我们对柳词的创作情况，有了直观的了解，并进而理解了何以他的词题材局限性较大。写完了就拿去唱，被之于管弦声歌。若离了男欢女爱，离愁别绪，去表现社会生活的重大题材，这新歌怕是听者无几，会弄得门庭冷落了。明乎此，庶几可读柳词。对其内容上的重复，有时未免凑泊，也就不会过于苛求了。

玉蝴蝶

重　阳

淡荡素商行暮，[①] 远空雨歇，平野烟收。满目江山，堪助楚客冥搜。[②] 素光动、云涛涨晚，紫翠冷、霜巘横秋。景清幽。渚兰香榭，汀树红愁。　　良俦。[③] 西风吹帽，[④] 东篱携酒，[⑤] 共结欢游。浅酌低吟，坐中俱是饮家流。对残晖、登临休叹，赏令节、酩酊方酬。[⑥] 且相留。眼前尤物，[⑦] 盏里忘忧。

【注释】

①素商：指秋天。《礼记·月令》：孟、仲、季三秋皆云“其音商”。又五行以金配秋，其色尚白故曰素秋。《初学记》卷三引梁元帝《纂要》：“秋曰白藏，亦曰收成，亦曰三秋、九秋、素秋、素商、

高商。”唐员半千《仪坤庙乐章》：“云感玄羽，风凄素商。” ②楚客：泛指客居他乡的旅人。冥收，远眺，极望。冥，高远、苍茫。③良俦：好友。 ④西风吹帽：用孟嘉落帽事。 ⑤东篱携酒：东篱指陶渊明，因其《饮酒》诗中有“采菊东篱下，悠然见南山”句。陶渊明九月九日于宅边东篱采菊盈把，未几，江州刺史王弘命白衣人送酒，即便就酌，酒酣而归。事详南朝宋檀道鸾《续晋阳秋》。后遂将东篱携酒用为重阳饮酒的典故。 ⑥酩酊：指饮酒过量而大醉。本作“茗艼”，后通作“酩酊”。《晋书·山简传》：“时有童儿歌曰：‘山公出何许，往至高阳池。日夕倒载归，茗艼无所知。’” ⑦尤物：指绝色美女，多含贬意。《左传·昭公二十八年》：“夫有尤物，足以移人；苟非德义，则必有祸。”陈鸿《长恨歌传》：“意者不但感其事，亦欲惩尤物，窒乱阶，垂于将来者也。”

【品评】

词的上片写秋景，气势雄阔，一片苍茫。“渚兰香榭（疑为“谢”，与下文“愁”相对），汀树红愁”，意凄语婉，堪为佳句。下片写俦侣重阳登临豪饮，意气风发，旷放不羁，为柳词所少见。即是说，此词豪放有余，婉约不足。可见柳词非只能浅斟低唱，有时也会豪放一把，来一回大江东去的。

满江红

暮雨初收，长川静、征帆夜落。临岛屿、蓼烟疏淡，[①] 苇风萧索。几许渔人飞短艇,[2]尽载灯火归村落。遣行客、当此念回程,伤飘泊。　　桐江好,[3]烟漠漠。波似染,山如削。绕严陵滩畔,[4]鹭飞鱼跃。游宦区区成底事,[5]平生况有云泉约。[6]归去来、[7]一曲仲宣吟,从军乐。[8]

【注释】

①蓼(liǎo)烟:即蓼风。亦即秋风。因与下句“苇风”对,故易“风”作“烟”。《初学记》卷三引蔡邕《月令·章句》:“仲秋白露节,盲风至,秦人谓蓼风为盲风。”蓼,水草名。一年生或多年生草本植物,有水蓼、红蓼、刺蓼等,种类很多。　②短艇:小船。　③桐江:指富春江的上游,即钱塘江流经桐庐县境内的一段。唐陆龟蒙《钓车》:“洛客见诗如有问,辗烟冲雨过桐江。”　④严陵滩:又称严陵濑,位于浙江桐庐境内。《水经注》:“自桐庐至于潜,凡十有六濑,第二是严陵濑。濑带山,山下有石室,严子陵所居也,山及濑皆以此名。”严子陵,即严光,汉代有名的隐士。《后汉书·严光传》:“严光字子陵,一名遵,会稽余姚人也。……除为谏议大夫,不屈,乃耕于富春山,后人名其钓处为严陵濑焉。”　⑤区区:小,少。底事,犹何事。　⑥云泉约:犹林泉约,即归隐之约。⑦归去来:陶渊明《归去来兮辞》:“归去来兮,田园将芜,胡不归。”⑧“一曲”二句:一曲,指王粲的《从军诗》。王粲字仲宣,为“建安七子”之一。其《从军诗》之一云:“从军有苦乐,但问所从谁。所以神且武,焉得久劳师。相公征关右,赫怒震天威。”

【品评】

好词！上片写秋景，萧疏淡荡，水墨淋漓，可谓一句一景，一景一画。至上片煞处，乃点出行客飘泊，销黯伤怀。下片写桐江景致，语短情长，连着四个三字句，出语惊人。下片后半，因严陵滩而勾起云泉之志，吐露出归隐之想。严光与王粲，是元曲家们反复咏叹的隐居乐道之楷模，不能不说他们是受了柳永的影响。此词或被称为"祀神词"。宋释文莹《湘山野录》中说："范文正公谪睦州，过严陵祠下，会吴俗岁祀，里巫迎神，但歌《满江红》，有'桐江好，烟漠漠，波似染，山如削。绕严陵滩畔，鹭飞鱼跃'之句。公曰：'吾不善音律，撰一绝送神，曰：汉包六合网英豪，一个冥鸿惜羽毛。世祖功臣三十六，云台争似钓台高。'"唐圭璋以为此说可信，罗忼烈则认为此说不足为凭。唐先生说"范仲淹谪睦州时，已有柳永的《满江红》流传民间"(《柳永事迹新证》)，罗先生说"柳永为睦州推官在范离睦州任后"(《话柳永》)。双方却又似乎都有根据，究竟孰是孰非，有待于进一步考证，或发现新的线索、材料。一般说来，词话类著作附会的多，信实的少。《湘山野录》所记类于轶事，故罗说可能可靠些，因其证据来源于方志。就这首词而论，似不大像祀神词，因其中所关心的都是人间事。严子陵也好，王粲也罢，都是有棱有角的人物，且芒刺颇锐。柳永拈出此二家，自有自己的一段心曲。特别是王粲，一肚皮牢骚，他的《登楼赋》中有云："虽信美而非吾土兮，何曾足以少留。"正应了柳永厌倦羁旅漂流的思想感情，尤其应了后世元曲家的思想感情。于是，杂剧作家、散曲家多写王粲事，实则是借王粲说自己的话。柳永此词中涉及的三个历史人物陶渊明、严子陵、王仲宣，皆是元曲家反复吟诵的人物。宋代词人中对元曲家影响最大的，非柳永莫属。

满江红

访雨寻云，[1]无非是、奇容艳色。就中有、天真妖丽，自然标格。[2]恶发姿颜欢喜面，细追想处皆可惜。[3]自别后、幽怨与闲愁，成堆积。　　鳞鸿阻，[4]无信息。梦魂断，难寻觅。尽思量，休又怎生休得。谁恁多情凭向道，[5]纵来相见且相忆。便不成、常遣似如今，[6]轻抛掷。

【注释】

①访雨寻云：犹访翠寻芳，暗用巫山云雨事。　②自然标格：天性姿态，谓不造作。标格，犹言楷模、风范。杜甫《唐故万年县君京兆杜氏墓碑》："立德不孤，扬名归实，可望发皇内则，标格女史，窃见于万年君得之矣。"　③恶发姿颜：指浓妆打扮。《诗词曲语辞汇释》："恶，甚辞；……柳永《满江红》词：'恶发姿颜欢喜面，细追想处皆堪惜。'发即发妆之发，恶发姿颜，即浓妆之意。"然王锳《诗词曲语辞例释》解释"恶发"与张相不同，以为"恶发"是"发恶"之倒文，亦即发怒。所举例句即有柳词此句。如此，"恶发"二句意即不论发怒还是欢喜，回想起来都一样讨人喜欢。可惜，可爱。惜为怜惜之义。　④鳞鸿阻：不通音信。　⑤向道：爱说。《诗词曲语辞汇释》："向，犹爱也。陆游《朝中措》词：'总是向人深处，当时枉道无情。'向人，爱人也，意则云爱我也。"这句的意思

是：那有相爱的光凭嘴上说。 ⑥便不成：犹言难道说，难道就。遣：休弃。古诗《为焦仲卿妻作》："便可速遣之，遣之慎莫留。"

【品评】

一朝别离，梦绕魂牵。休又休不得，见又见不得，两难之中，终是无可奈何。上片写女子天生丽质，自然气格，连发怒动气都可爱无比，笔调甚是别致。下片妙在"纵来相见且相忆"句。宦途飘零，行踪无定，便是相逢亦是短暂的，免不了还要分离，就又会转入新一轮加倍的痛苦。这种两难的心理感受被揭示得淋漓尽致。结二句大有捶胸顿足、呼天问地的意趣，仿佛闻见浩叹之声。虽非高格，却活脱写出浪子心曲也。

满江红

万恨千愁，将少年、衷肠牵系。残梦断、酒醒孤馆，夜长无味。可惜许枕前多少意，到如今两总无终始。独自个、赢得不成眠，① 成憔悴。 添伤感，将何计。空只恁，② 厌厌地。③ 无人处思量，几度垂泪。不会得都来些子事，④ 甚恁底死难拚弃。⑤ 待到头、终久问伊着，⑥ 如何是。

【注释】

①赢得：犹落得。赢，担负。 ②只恁：犹只么，《诗词曲语辞汇释》："只么，犹云只此或只如此也。" ③厌厌：精神不振有如病

了似的。　④不会得:不理解,搞不清楚。都来:《诗词曲语辞汇释》:"都来,犹云统统也;不过也;算来也。"这里是不过的意思。些子事,小事,不重要的事。些子,亦作些子儿、些仔。谓少或小也。李白《清平乐》:"花貌些子时光,抛入远泛潇湘。"　⑤甚恁底:如何这样的。拚弃,犹拚舍,舍弃。　⑥伊:你。着,语气词。置于动词或祈使句末,表示强调、催促、商量以及请求等语气。

【品评】

此词写的是感情纠葛以及产生矛盾后的内心独白。柳永极擅写这种内心独白。里尔克说得好:"可以这样解释艺术品:它假扮成以某个记忆、经历或事件为托词而发出的内心深处的自白。可以脱离开它的创造者独立存在。"这样看来,柳词中大量的情词,绝大多数写的都不是实际的经历,而是一种虚拟的代言,否则它就很难允称为艺术品了。也正是从这样的意义上说,考证某词是写给某人的(这种情况存在)对研究者是有用的,而对艺术欣赏来说,意义相对就不大了。

满江红

匹马驱驱,①摇征辔、溪边谷畔。望斜日西照,渐沉山半。两两栖禽归去急,对人相并声相唤。似笑我、独自向长途,离魂乱。　　中心事,②多伤感。人是宿,③前村馆。想鸳衾今夜,共他谁暖。④惟有枕前相思泪,背灯弹了依前满。怎忘得、香阁共伊时，⑤嫌更短。

【注释】

①驱驱：策马奔驰。《韩诗外传》卷九：“孔子行，闻哭声甚悲，孔子曰：‘驱驱，前有贤者。’”宋范成大《次韵汪仲嘉尚书喜雨》之一：“吏役驱驱骑马滑，何如倚枕闭门中。” ②中心事：即心中事。③人是宿：人虽只身投宿。《诗词曲语辞汇释》：“是犹虽也。柳永《满江红》词……言人虽独宿孤馆，而心中犹想念鸳衾也。” ④共他谁暖：即谁共他暖。 ⑤香阁：犹香闺、香巢，指青年女子的卧室。李白《菩萨蛮》：“泣归香阁恨，和泪淹红粉。”伊，你。

【品评】

或谓柳词不是羁旅行役，便在旗亭北里，多有鄙俗气。然又不能不承认其“为词家正体之一，又为金元以还乐语所自出”（况周颐《蕙风词话》卷三）。以此词而论，写孤凄恋阙，不堪独眠，直是家常语，愁眉泪眼，长吁短叹，全不顾男儿有泪不轻弹的古训。足见柳词是歌唱的，阅读已落入了第二义。很难想象檀板一响，绛口一开，全是硬梆梆的词语。故不能剥离了歌唱只就文字读柳词。结句的“嫌更短”，到了元曲家那里，就变化成“四更过情未足，情未足夜如梭。天哪，更闰一更妨什么”！故谓“柳耆卿词隐约曲意”（清张德瀛《词征》卷一），不为枉也。是成是败，见仁见智。败坏了假道学与头巾气，成就了俗文学之新声，不亦快哉！

洞仙歌

乘兴，闲泛兰舟，[1]渺渺烟波东去。淑气散幽香，[2]满蕙兰汀渚。[3]绿芜平畹，[4]和风轻暖，曲岸垂杨，隐隐隔、桃花圃。芳树外，闪闪酒旗遥举。　　羁旅。渐入三吴风景，水村渔市。闲思更远神京，[5]抛掷幽会小欢何处。不堪独倚危樯，[6]凝情西望日边，繁华地、归程阻。空自叹当时，言约无据。伤心最苦。伫立对、碧云将暮。关河远，[7]怎奈向、[8]此时情绪。

【注释】

①兰舟：船的美称。　②淑气：温和之气。唐柳道伦《赋得春风扇微和》："青阳初入律，淑气应春风。"　③满蕙兰汀渚：即蕙兰满汀渚。　④绿芜平畹(wǎn)：春草萌生，平芜尽染绿色。绿芜，丛生的草。白居易《东南行一百韵》："孤城覆绿芜。"畹，古代地积单位。或以三十亩为一畹，或以十二亩为一畹，说法不一。《楚辞·离骚》："余既滋兰之九畹兮，又树蕙之百亩。"王逸注："十二亩为畹。"　⑤神京：即京城，这里指汴京。　⑥危樯：高大的桅杆。　⑦关河：泛指关山河川。《后汉书·荀彧传》："此实天下之要地，而将军之河关也。"　⑧怎奈向：向为语尾助词，无实义。《诗词曲语辞汇释》："向，语助词，专用于'怎奈'、'如何'一类之语，加强其语气而为其语尾。"

【品评】

上片写江南春色，画面感极强，色彩浓郁，情调清新明快。下片写羁旅愁绪，思念所爱；伤心伫立，望中叹惋。烂漫的春光与“不堪独倚危檣”间，形成一种强烈的反衬，大有“良辰美景奈何天，赏心乐事谁家院”的怨怅与无奈之意。

引驾行

红尘紫陌，[①]斜阳暮草长安道，是离人、断魂处，迢迢匹马西征。新晴。韶光明媚，轻烟淡薄和气暖，望花村、路隐映，摇鞭时过长亭。愁生。伤凤城仙子，[②]别来千里重行行。[③]又记得临歧，泪眼湿、莲脸盈盈。[④]　　消凝。[⑤]花朝月夕，最苦冷落银屏。[⑥]想媚容、耿耿无眠，屈指已算回程。相萦。[⑦]空万般思忆，争如归去睹倾城。向绣帏、深处并枕，说如此牵情。

【注释】

①红尘紫陌：即紫陌红尘。指京郊道路上之烟尘。刘禹锡《元和十一年自朗州召至京戏赠看花诸君子》：“紫陌红尘拂面来，无人不道看花回。”　②凤城仙子：凤城，京都的美称。杜甫《夜》：“步檐倚杖看牛斗，银汉遥应接凤城。”仇兆鳌注引赵次公曰：“秦穆公女吹箫，凤降其城，因号丹凤城。其后言京城曰凤城。”凤城仙子本指秦穆公女弄玉，这里借以代指所眷恋的歌妓。　③千里

重行行：化用《古诗十九首》中“行行重行行，与君生别离”句意。④莲脸：美如荷花的容颜。隋薛道衡《昭君辞》：“自知莲脸歇，羞看菱镜明。”盈盈，泪流满面的样子，所谓盈盈粉泪。 ⑤消凝：亦作“销凝”，“销魂凝魄”之约词，为不堪愁苦之意。 ⑥冷落银屏：即银屏冷落。是说冷落了闺中人。银屏，镶银的屏风。白居易《长恨歌》：“揽衣推枕起徘徊，珠箔银屏迤逦开。”这里银屏代指人。 ⑦相萦：互相牵挂、惦念。

【品评】

起写匹马西征，“斜阳暮草长安道”，点出离人断肠。继写春光正好，烟淡风和，花村、长亭，于反衬中牵引出愁绪。“伤凤城仙子”以下数句是回忆，惜别之情记忆犹新。下片则分两层：过处是想象意中人独处之冷落，余皆行人所感。厌宦游，思所恋，情不能已。柳词好处，往往在篇章结构，布局精严，层层透入。结处则多以直白语束起，然直白得天真烂漫，仿佛顺口随心，一吐为快，得自然之趣。情欲是鄙陋和卑微的吗？怕是没那么简单。柳永敢于直白地去表现它，自有其合理的内核。因为他总是将人的自然情欲与仕宦奔竞对立起来，这无疑开了元明以情抗理思潮之渐，他的价值观之深层意义值得人们认真思考。

望远行

长空降瑞，[1]寒风翦，淅淅瑶花初下。[2]乱飘僧舍，密洒歌楼，迤逦渐迷鸳瓦。[3]好是渔人，[4]披得一蓑归去，江上晚来堪画。[5]满长安，高却旗亭酒价。[6] 幽雅。乘兴最宜访戴，[7]泛小棹、越溪潇洒。[8]皓鹤夺鲜，白鹇失素，[9]千里广铺寒野。须信幽兰歌断，彤云收尽，[10]别有瑶台琼榭。[11]放一轮明月，[12]交光清夜。[13]

【注释】

①瑞：祥瑞、吉兆。此指冬雪。雪能杀虫保温，融后滋润土地，被视为丰年的瑞兆。 ②"寒风"二句：谓寒风凛冽有如刀剪，雪花仿佛是被剪出来的。翦，同剪。瑶花，亦作瑶华。本指玉之美者，亦喻指雪花。唐张九龄《立春晨起对雪》："忽对林庭雪，瑶华处处开。" ③迤逦：此处为渐次、逐渐之意。鸳瓦，即鸳鸯瓦。④好是：依旧、照例。 ⑤"江上"句：柳永此词从"乱飘僧舍"至"江上晚来堪画"，乃隐括唐人郑谷诗《雪中偶题》意。郑诗曰："乱飘僧舍茶烟湿，密洒酒楼酒力微。江上晚来堪画处，渔人披得一蓑归。" ⑥这句是说由于下雪天寒而酒价见涨。 ⑦"乘兴"句：《晋书·王徽之传》："(徽之)尝居山阴，雪夜初霁，月色清朗，四望皓然，独酌酒咏左思《招隐》诗，忽忆戴逵。逵在剡溪，便夜乘小船诣之，经宿方至，造门不前而反。人问其故，徽之答曰：'本乘兴而行，兴尽而反，何必见安道耶。'"安道为戴逵字。 ⑧小棹：小船。越溪，此指剡溪，即戴逵居处。 ⑨"皓鹤"二句：谓雪色之白使鹤与鹇为之黯然失色。夺鲜，其鲜被夺。鹇(xián)，鹇属各种的通称，古籍中通指白鹇。其雄者背部白色，有黑纹，腹部蓝黑色；雌者全身棕绿色，主要分布在我国南部。南朝宋谢惠连《雪赋》："庭

鹤夺鲜，白鹇失素。” ⑩“须信”二句：幽兰为古琴曲名。宋玉《讽赋》：“臣援琴而鼓之，为《幽兰》、《白雪》之曲。”谢惠连《雪赋》：“《曹风》以麻衣比色，楚谣以《幽兰》俪曲。”这里是说《幽兰》曲终(声断)，只剩《白雪》之声了。彤云，指下雪前密布的浓云。雪下过了，浓云自然是“收尽”了。 ⑪瑶台琼榭：谢惠连《雪赋》：“庭列瑶阶，林挺琼树。” ⑫放：犹升起。 ⑬交光：指雪光与月色交相辉映。

【品评】

这是一首咏雪词。上片写雪淅淅飘落，顷刻间便是一个银白的世界。其中巧妙隐括郑谷雪诗，竟浑然而令人不觉。“满长安”二句以酒价涨高写气候之严寒，也新奇别致。下片则以雪夜访戴以及几篇名赋中的意象，进一步描摹冰雕玉琢的琼瑶景象。结处推出一轮明月，令雪光月色交相辉映，营造出童话般的银白世界。全词句句写雪，却始终未出现一个“雪”字，正是所谓“白战体”。白战，指徒手作战，不用任何兵器。用于作诗，则是禁用某些常用字眼，又称“禁体诗”。如欧阳修为颍州太守时，与客会饮，相约用白战体作咏雪诗，规定禁用玉、月、梨、梅、练、絮、白、舞、鹅、鹤、银等字。后来苏轼继任太守，适逢下雪，也如欧阳修一样邀客作咏雪禁体诗。苏诗末句是：“当时号令君听取，白战不许持寸铁。”以严格的禁字标准来衡量，柳永这里的“鹤”、“月”未曾规避，有些犯忌。假如这首词结末处没有月光，将减色不少。其实柳永完全可以蟾、兔等字取代“月”字，但他没有那样做。这大约就称不上纯粹的“白战”了。细究起来，所谓“白战”、“禁体”，近于文字游戏，只能偶一为之，弄得多了就会落入魔道。柳永这里仅避“雪”字，已属变通作法了。

八声甘州

对潇潇、暮雨洒江天，一番洗清秋。[①]渐霜风凄紧，关河冷落，[②]残照当楼。是处红衰翠减，[③]苒苒物华休。[④]惟有长江水，无语东流。　　不忍登高临远，[⑤]望故乡渺邈，归思难收。叹年来踪迹，何事苦淹留。[⑥]想佳人，妆楼颙望，[⑦]误几回、天际识归舟。[⑧]争知我、[⑨]倚阑干处，正恁凝愁。[⑩]

【注释】

①“一番”句：经历一场风雨的洗涤，清冷的秋天来临。②关河：泛指关山、河流。　③是处：处处、到处。红衰翠减，谓花木凋零。李商隐《赠荷花》：“此荷此叶长相映，翠减红衰愁煞人。”④苒苒：通作“冉冉”。指时光悄悄流逝。意与渐渐相近。物华休，言景物渐凋蔽，岁华已移时。　⑤“不忍”三句：是说登高眺望，故乡遥远，思归之情难以遏制。宋玉《九辩》：“登山临水兮送将归。”王粲《登楼赋》：“虽信美非吾土兮，曾何足以少留。”　⑥淹留：滞留异乡。　⑦妆楼：指女子的居所。沈佺期《侍宴安乐公主新宅应制》：“妆楼翠幌教春住，舞阁金铺借日悬。”　⑧“误几回”句：不知多少次将远方归来的船只误当作心上人之归舟。　⑨争知：怎知。　⑩正恁凝愁：竟是这样愁绪郁结不开。恁，如此，

这样。

【品评】

此亦柳词名篇。据说连不大看得起柳词的苏东坡,也对此首赞叹不已,称“渐霜风”以下三句“不减唐人高处”(见赵令畤《侯鲭录》卷七)。赵令畤为东坡好友,所言当不会是空穴来风。清代词论家更是众口一词,争说此词佳处。刘体仁甚至认为“关河冷落,残照当楼”二句,“即《敕勒之歌》也。”(《七颂堂词绎》)。言外之意,此等语非由人力可及,殆乎天成者也。细味“渐霜风”三句,确非雕镂可得,乃不欲惊人而自是惊人之笔也。正如沈祥龙所言:“词韶丽处,不在涂脂抹粉也。……悲慨处不在叹逝伤离也,诵耆卿‘渐霜风凄紧,关河冷落,残照当楼’句,自觉神魂欲断。盖皆在神不在迹也。”(《论词随笔·词之妙在神不在迹》)在神,说到底还是“自然”二字,一经扭捏造作,神即丧失,迹便显露。故沈氏又说:“词以自然为尚,自然者,不雕琢、不假借、不著色相、不落言诠也。”(同上《词宜自然》)此词章法亦佳。上片一路写景,不著一句情语,而情在其中。换头悄然转换为即景生情。俞平伯谓:换头“将上文一结,引起下文。已登高临远了,却偏说‘不忍’。……引下‘归思难收’意”(《唐宋词选释》)。意思是说,下片起三句内在理路极清晰,虽非刻意而为,却应了自然而然、水到渠成之势。用唐圭璋的话说,是“‘不忍’句与‘望故乡’两句,自为呼应”(《唐宋词简释》)。以下“叹年来”两句,自叹自问,苦且无奈,情状活脱生动。“想佳人”句直至结末,笔作两面写,佳人一面,全是设想;行客一面,直抒胸臆。这便是梁启超《饮冰室评词》中所说的,此词境界颇似温飞卿“照花前后镜，花面交相映”。即笔写两面之意也。至于化用小谢“天际识归舟”，而冠以“误几回”，使其更加灵动有趣，已落入词语层面，非此词大巧之处。其大巧处乃在得其天纵，即是说它不是作出来的，而是自然从心底流出来的。总之，此词堪为柳词压卷之作。

临江仙

梦觉小庭院，冷风淅淅，疏雨潇潇。绮窗外，①秋声败叶狂飘。心摇。奈寒漏永，孤帏悄，泪烛空烧。②无端处，③是绣衾鸳枕，闲过清宵。　　萧条。牵情系恨，争向年少偏饶。④觉新来、憔悴旧日风标。⑤魂消。⑥念欢娱事，烟波阻，后约方遥。⑦还经岁，问怎生禁得，⑧如许无聊。

【注释】

①绮窗：雕刻或绘饰得很精美的窗户。左思《蜀都赋》：“开高轩以临山，列绮窗而瞰江。”李商隐《瑶池》：“瑶池阿母绮窗开，《黄竹》歌声动地哀。”　②泪烛：即蜡烛。李商隐《无题》：“春蚕到死丝方尽，蜡炬成灰泪始干。”　③无端：无故，无缘由。李商隐《锦瑟》：“锦瑟无端五十弦，一弦一柱思华年。”　④争向：怎奈，奈何。饶，多。　⑤风标：风度、标格。　⑥魂消：犹消魂。形容极其哀伤。　⑦后约：犹前期。谓日后的约会。　⑧怎生：《诗词曲语辞

汇释》:“怎生,务须设法之义。与普通作怎样解者异。”禁得,犹禁当、禁持,是受或耐的意思。

【品评】

词写秋夜独处,万般无聊,少年心性,心旌摇动。细腻真切之中,含无尽怨怅。而后约尚遥,期望渺杳,更增烦闷。上片写秋景,萧疏凄冷,为人之魂消张本。层层铺叙,伤感渐稠。章法、句法、字法皆无可挑剔,唯写卧中,又局于小小庭院,不若前《八声甘州》那般高视阔出,气势宏大也。

竹马子

登孤垒荒凉,危亭旷望,静临烟渚。对雌霓挂雨,① 雄风拂槛,② 微收烦暑。渐觉一叶惊秋,③ 残蝉噪晚,素商时序。④ 览景想前欢,指神京,⑤ 非雾非烟深处。⑥　　向此成追感,新愁易积,故人难聚。凭高尽日凝伫。赢得消魂无语。极目霁霭霏微,⑦ 暝鸦零乱,萧索江城暮。南楼画角,又送残阳去。

【注释】

①雌霓:亦作“雌蜺”。为彩虹的一种,亦称副虹。《尔雅》:“蜺为挈贰。”郭璞注:“雌虹也。”雨后天空中出现的彩虹,内环色彩鲜艳,为雄,称为虹或正虹;外环颜色较淡,称为霓,亦称副虹、

雌虹或挈貳。《楚辞·九章·悲回风》:"上高岩之峭岸兮,处雌蜺之标颠。" ②雄风:强劲的风。宋玉《风赋》:"清清泠泠,愈病析酲,发明耳目,宁体便人,此所谓大王之雄风也。" ③一叶惊秋:《淮南子·说山训》:"以小明大,见一叶落而知岁之将暮,睹瓶中之冰而知天下之寒。"宋陈元靓《岁时广记》卷三引唐人诗曰:"山僧不解数甲子,一叶落知天下秋。" ④素商:指秋天。⑤神京:帝都。此指汴京。 ⑥非雾非烟:谓迷蒙渺邈,相隔遥遥。《史记·天官书》:"若烟非烟,若云非云,郁郁纷纷,萧索轮囷,是谓卿云。卿云见,喜气也。若雾非雾,衣冠而不濡,见则其域被甲而趋。"唐唐彦谦《贺李昌时禁苑新命》:"万户千门迷步武,非烟非雾隔仪形。" ⑦霁霭霏微:雨停之后云气迷蒙。霏微,迷蒙。南唐李煜《采桑子》:"庭前春逐红英尽,舞态徘徊,细雨霏微。"

【品评】

亦羁旅怀人之词。好在此首所怀并不具体,剔除了"凤衾鸳枕"之陈词滥调,不即不离中反更动人。上片写夏末秋初雨后景致,颇为传神。于迷离苍茫中见出峭丽。"雌霓挂雨,雄风拂槛"的意象亦雅洁多姿,令人神往。过处的"非雾非烟深处",状景色之雄奇,思绪之迷离,可谓体物入微又超乎物外也。与"霜风凄紧,关河冷落"相较,又别是一种笔墨。下片"新愁易积,故人难聚"亦是佳句。思故旧,添新愁,寥落之情至于此极。最是"极目"三句,情景无间,意境幽渺,翛然物外,可称"霜风"三句嗣响,而韵味又迥然不同。未知词论家何以不拈出此三句,视为柳词惊人之笔的双美。想来是因为“霁霭霏微”四字稍嫌偏僻，加之读音皆欠爽亢吧。但“暝鸦零乱，萧索江城暮”两句，却不能偏废，诚为难得之佳句。“零乱”二字大妙，写出了暮鸦天黑之前急于归巢之神韵。这是“特写”。而“萧索江城暮”则是开阔的“空镜头”。组合起来，感觉上真的是令人“神魂欲断”了。

小镇西犯

水乡初禁火，[1]青春未老。芳菲满、柳汀烟岛。波际红帏飘渺。[2]尽杯盘小。歌祓禊，声声谐楚调。[3]　　路缭绕。野桥新市里，花秾妓好。[4]引游人、竞来喧笑。酩酊谁家年少。[5]信玉山倒。[6]家何处，落日眠芳草。

【注释】

①初禁火：指寒食节。在清明前一日或二日。相传是为纪念刚正耿直的介子推。介子推为春秋时晋文公的功臣，文公有负于他，遂愤而隐居于绵山。后文公悔，命放火烧山逼令介子推出仕，结果介拒不出山，抱树焚死。人们同情介子推的遭遇，相约于其忌日禁火寒食，以为悼念。事详晋陆翙《邺中记》等。按禁火实为周代之旧制，《周礼·司烜氏》：“仲春以木铎修火禁于国中。”汉刘向《别录》中有“寒食踏蹴”的记载，未及于介子推事。可知介子推与寒食节之传说，是汉以后附会的。　②红帏：此指游船上的红色帏屏。　③楚调：属乐府《相和歌》，有《白头吟》、《东武吟》、《梁

甫吟》、《怨诗行》等。常与吴弦、燕歌对举，白居易《醉别程秀才》："吴弦楚调潇湘弄，为我殷勤送一杯。" ④秾：指花木繁盛。唐罗隐《牡丹花》："可怜韩令功成后，辜负秾华（花）过此身。" ⑤酩酊：指饮酒过量而大醉。 ⑥玉山倒：醉倒。

【品评】

写水乡春色，非亲身经历而不能为之。"柳汀烟岛"，"野桥新市"，风俗如画，古风宛然。状少年心性，放浪恣肆，亦仿佛如见。

迷神引

一叶扁舟轻帆卷。暂泊楚江南岸。[①]孤城暮角，[②]引胡笳怨。[③]水茫茫，平沙雁、旋惊散。烟敛寒林簇，画屏展。天际遥山小，黛眉浅。[④] 旧赏轻抛，到此成游宦。觉客程劳，年光晚。异乡风物，忍萧索、当愁眼。[⑤]帝城赊，[⑥]秦楼阻，旅魂乱。芳草连空阔，残照满。佳人无消息，断云远。

【注释】

①楚江：泛指楚地的江河。李白《望天门山》："天门中断楚江开，碧水东流至北回。" ②暮角：傍晚时的画角声。 ③胡笳：古代北方少数民族的管乐器，传为汉张骞从西域带入，汉魏鼓吹乐中常用之。汉蔡琰《悲愤诗》："胡笳动兮边马鸣，孤雁归兮声嘤嘤。"一说胡人卷芦叶而吹者谓之胡笳。魏武帝曹操遣使接蔡文

姬归汉，胡人思念文姬，乃卷芦叶为吹笳，其声哀怨。见唐刘商《胡笳曲序》。 ④黛眉：本指女子用青黑色颜料所画眉。古代诗词中又以远山喻指女子黛眉。这里反其义而用之，以黛眉喻远山。承上句“遥山小”，对以“黛眉浅”，谓山遥而隐约可见。⑤当：对。 ⑥赊：长、远。唐李中《旅夜闻笛》：“长笛起谁家，秋凉夜漏赊。”

【品评】

这一首写只身宦游，面对异乡风物，乡关之情愈益浓重，念旧赏，想佳人，情不能已。上片写景极有特色。扁舟轻帆，暂泊江边；画角胡笛，声传哀怨。“水茫茫”以下数句，展开画屏，江南景色漫卷而出，水墨淋漓，渺远萧疏。上片末二句尤妙，一反以远山喻眉的惯例，以黛眉喻远山。“小”字下得极妥贴。因“遥”而显得小，因小而似眉；因“遥”而变得模糊，故又曰“浅”。文心之体贴入微，不能不令人赞叹再三。

促拍满路花

香靥融春雪，[1]翠鬓亸秋烟。[2]楚腰纤细正笄年。凤帏夜短，偏爱日高眠。起来贪颠耍，只恁残却黛眉，[3]不整花钿。[4] 有时携手闲坐，偎倚绿窗前。温柔情态尽人怜。画堂春过，[5]悄悄落花天。最是娇痴处，尤殢檀郎，[6]未敢拆了秋千。

【注释】

①靥：面颊上的微涡，俗称酒涡。春雪，喻白晰的面容。 ②亸：垂下。秋烟，与前春雪相对举，喻鬓发之美。 ③黛眉：用青黑色颜料所画之眉。温庭筠《春日》："草色将林彩，相添入黛眉。" ④花钿：用金翠珠宝制成的花形首饰。白居易《长恨歌》："花钿委地无人收，翠翘金雀玉搔头。" ⑤画堂：泛指华丽的堂舍。崔颢《王家少妇》："十五嫁王昌，盈盈入画堂。" ⑥尤殢：恋昵、纠缠。檀郎，指美男子。

【品评】

小词描写人物，用白描法，活脱如见。贪睡、颠耍，还有不画黛眉、不整花钿，缠着不许拆秋千等一系列细节，将一个俏皮娇憨的少年女子刻画得栩栩如生，如在目前。于短幅中能得如此将人物写得鲜活生动，诚为不易。谓其开闺情类作品之别一生面，当不为过之。

六么令

淡烟残照，摇曳溪光碧。溪边浅桃深杏，迤逦染春色。[①]昨夜扁舟泊处，枕底当滩碛。[②]波声渔笛。惊回好梦，梦里欲归归不得。　　展转翻成无寐，因此伤行役。[③]思念多媚多娇，咫尺千山隔。都为深情密爱，不忍轻离拆。好天良夕。鸳帏寂寞，算得也应暗相忆。[④]

【注释】

①迤逦：曲折连绵。江淹《哀千里赋》："崭岩生岸，迤逦成迹。" ②当：正对。碛（qì），浅水中的沙石。 ③行役：行旅。此指宦游。 ④算得：想来。

【品评】

上片写春色，清丽流转，色调明快。"波声"句折入惊梦思归，句法章法一丝不乱。换头既承又转，梦醒无寐，思念多娇，感伤行役。"咫尺千山隔"一句，言好梦里已回温柔乡中，乃是"咫尺"；惊醒之后又回到飘泊的冷酷现实，故又是"千山隔"。这句将上下片贯穿起来，意匠在有意无意之间。结二句是悬想揣度，意味悠长，凄寂之中倍觉魂魄销黯。

剔银灯

何事春工用意。[①]绣画出、万红千翠。艳杏夭桃，[②]垂杨芳草，各斗雨膏烟腻。[③]如斯佳致。[④]早晚是、读书天气。

渐渐园林明媚。便好安排欢计。论槛买花，盈车载酒，百琲千金邀妓。[⑤]何妨沉醉。有人伴、日高春睡。

【注释】

①春工用意：指大自然化物之工使大地回暖，春意盎然。②夭桃：《诗经·桃夭》："桃之夭夭，灼灼其华。"夭夭，形容茂盛而

艳丽。华，同花。 ③“各斗”句：谓各种作物争相汲取雨露滋养。雨膏，即膏雨。烟腻，与上文“雨膏”对举，指雾气烟露等湿润之物。 ④佳致：美好的景致。 ⑤百琲：千贯珍珠。

【品评】

上片写春意盎然，浓墨重彩，亦见特色。过处继写春光明媚，“便好”句突转，由大好春光而思欢娱。看上去有些突兀，实则春思秋感自有其内在逻辑。春思之情在中国古典文学中有古老的传统。只是这里的“安排欢计”、“百琲千金邀妓”显得过于直白了，少了些含蓄与蕴藉。然而，或许这才是真正的柳永。读柳词，总觉得其中有一个情结，即对过去了的美好时光的依恋与追忆，这构成了他创作的一种异常的驱动力。倘若他在羁旅中先却了这种驱动力，他的许多词可能就不复存在了。这不禁使人想起普鲁斯特的说法：“惟一幸福的岁月是失去的岁月，惟一真实的乐园是失去的乐园。”(《追忆似水年华》)柳永的失乐园，正是他疏离仕宦的时候，放浪形骸的时候。这很有趣，也很值得深思。这首词还有一点特别值得注意，即春天的早晚，又是读书的好时光，不过这样的读书，显然是与仕途毫不相干的读书，称其自娱式读书或修养型读书可也。若无这样的读书，柳永何以能有那么多美妙的词章传世？

红窗听

如削肌肤红玉莹。[1]举措有、许多端正。[2]二年三岁同鸳寝，③表温柔心性。　　别后无非良夜永。如何向、④名牵利役，归期未定。算伊心里，⑤却冤成薄幸。⑥

【注释】

①如削：犹瘦削。谓体态妖佻。红玉，本指红色宝石。诗家却常以之喻美人肌色。《西京杂记》卷一："赵后体轻腰弱，善行步进退，女弟昭仪，不能及也。但昭仪弱骨丰肌，尤工笑语，二人并色如红玉。"庾肩吾《夜宴曲》："被郎嗔罚琉璃盏，酒入四肢红玉软。" ②举措：举止神态。端正，端庄美丽。 ③二年三岁：犹两三年间。 ④如何向：《诗词曲语辞汇释》："凡曰如何向，犹云如之何也。" ⑤算：估摸，猜测。伊，你。 ⑥冤成薄幸：（将我）冤屈成薄情郎。薄幸，犹言薄情、负心。

【品评】

小词写名牵利役所带来的有情人离别，以及宦游人细微的心理情态。简洁明快却能生动传神。结末二句写尽无如之何的两难心境，朴拙有味。"成"字尤佳，意说薄幸罪名已成定宪，想翻案都难。别本"成"或作"人"，味便淡矣。

临江仙

鸣珂碎撼都门晓，①旌幢拥下天人。②马摇金辔破香尘。壶浆迎路，③欢动一城春。　　扬州曾是追游地，酒台花径仍存。[4]凤箫依旧月中闻。[5]荆王魂梦，[6]应认岭头云。

【注释】

①鸣珂：显贵所乘之马以玉为饰，行则作响，因称。　②旌幢(chuàng)：古代官员出行时用为仪仗的旗帜。天人，这里指有贤德与政声的官员。按，这是一首投赠词，所赠官员或谓刘敞。此乃以"天人"盛赞之。　③壶浆迎路：形容百姓以茶水和酒浆欢迎，慰问自己拥护的军队或官员。《孟子·梁惠王下》："箪食壶浆，以迎王师。"苏轼《新渠诗·序》："予方为旅人，不得亲执壶浆箪食，以与侯劝逆四方之来者。"　④"扬州"二句：是说这位官员曾在扬州为官，那里还留有其游踪行迹。　⑤凤箫：用弄玉吹箫事。这里承上文，是说扬州仿佛还可以听到当时官员在时的声歌鼓乐。　⑥荆王：指汉高祖刘邦从父兄荆王刘贾。《汉书·刘贾传》："汉王败成皋，北度河，得张耳、韩信军。军修武，深沟高垒，使贾将二万人，骑数百，击楚，度白马津入楚地，烧其积聚，以破其业，无以给项王军食。"陆机《汉高祖功臣颂》："肃肃荆王，董我三军。"此以荆王之勋业，比诸受赠官员。

【品评】

据薛瑞生考据，此词是投献给曾于嘉祐元年知扬州的刘敞(字原父)。或是。至少可备此一说。然刘敞在知扬州与知郓州间赴京候阙，当在嘉祐三年(1058)之春夏间，这与唐圭璋先生断柳永卒年为皇祐五年(1053)大为龃龉。薛先生于是怀疑唐先生推断有误。究竟谁是谁非，还有待于进一步考索。柳永写这类投赠词很有一套，可谓得心应手。只是，有时未免肉麻，追捧太过。以这首为例，用“天人”以喻之，便不那么贴切。天人者，无非指喻三种人：神仙、先知先觉的哲人、天子。最多再加上绝色的美女或美男子。对一个有政声的官员以“天人”喻之，怕是罕见甚或绝无而仅有的。想柳永取意在“神仙”层面，否则天子若看了这首词，岂不是要龙颜大怒吗？倘若所赠官员果是刘敞，还真的有点神仙味道。《宋史·刘敞传》中说，其断狱“相传以为神明”。又，“敞学问渊博，自佛老、卜筮、天文、方药、山经、地志，皆究知大略”。连大名鼎鼎的欧阳修也不时请益于敞。“欧阳修每于书有疑，折简来问，对其使挥笔，答之不停手，修服其博。”如此看来这刘敞果是了得，称其“天人”倒也说得过去。至于以荆王比之，除了都姓刘，余却不似。刘敞除了出使契丹有功外，未闻武功著籍。这就又有些令人疑惑了。

凤归云

向深秋，雨余爽气肃西郊。陌上夜阑，①襟袖起凉飙。②天末残星，流电未灭，闪闪隔林梢。又是晓鸡声断，阳乌光动，③渐分山路迢迢。④　　驱驱行役，苒苒光阴，⑤蝇头利禄，蜗角功名，⑥毕竟成何事，漫相高。⑦抛掷云泉，狎玩尘土，⑧壮节等闲消。⑨幸有五湖烟浪，一船风月，会须归去老渔樵。⑩

【注释】

①夜阑:夜尽,天将明。 ②凉飙:凉风。飙,疾风。 ③阳乌:指太阳。神话传说太阳中有三足乌。左思《蜀都赋》:“羲和假道于峻岐,阳乌回翼乎高标。”李善注:“《春秋元命包》曰:‘阳成于三,故日中有三足乌,乌者,阳精。’”李白《上云乐》:“阳乌未出谷,顾兔半藏身。” ④分:显现、显露。 ⑤“驱驱”二句:驱驱,奔波劳碌。参见前《定风波·伫立长堤》注③。行役,犹宦游。苒苒,指时光悄悄流逝。 ⑥蝇头利禄:绳头,喻微小。宋苏轼《满庭芳》:“蜗角虚名,蝇头微利,算来着甚干忙。”蜗角,亦言小而微不足道。《庄子·则阳》:“有国于蜗之左角者曰触氏,国于蜗之右角者曰蛮氏,争地之战,伏尸数万。”二句意在蔑视功名利禄,谓其不足以孜孜以求也。 ⑦漫相高:休将功名利禄看得太高。漫,莫、休。杜甫《一百五日夜对月》:“牛女漫愁思,秋期犹渡河。” ⑧“抛掷”二句:谓未能归隐,仍耽留于红尘。云泉,犹林泉,指隐居之处。尘土,即尘世、红尘。 ⑨壮节:豪情壮志,情怀节操。等闲消,平白消磨掉。等闲,无端、轻易。 ⑩“幸有”三句:所幸有范蠡泛舟五湖的榜样,应驾一叶扁舟,载一船风月,归隐去作个老渔翁、樵夫。五湖烟浪,用范蠡携西施泛舟五湖事。会须,应当。

【品评】

柳永仕途多舛,怀才不遇的牢骚肯定是少不了的。在这首词中,他明确地流露出归隐之志。但这说起来容易做起来难,要作隐士怕也是“老渔樵”了。况且,他耽于花酒,留恋帝京繁华,要真的走向山水林泉，怕是较一般的失意士大夫要难得多，甚至是不可能的。请注意，他用“狎玩尘土”来形容自己的生存状态，这很值得仔细玩味。远离了声歌管弦，告别了绮宴红粉，那还是柳永吗？泛舟五湖，“一船风月”，仿佛很潇洒。但此“风月”非彼“风月”，柳永也只是想想说说而已吧。

女冠子

淡烟飘薄，① 莺花谢、清和院落。② 树阴翠、密叶成幄。③ 麦秋霁景，④ 夏云忽变奇峰、⑤ 倚寥廓。波暖银塘，涨新萍绿鱼跃。⑥ 想端忧多暇，陈王是日，嫩苔生阁。⑦　　正铄石天高，⑧ 流金昼永，楚榭光风转蕙，⑨ 披襟处、波翻翠幕。以文会友，沈李浮瓜忍轻诺。⑩ 别馆清闲，避炎蒸，岂须河朔。⑪ 但尊前随分，⑫ 雅歌艳舞，尽成欢乐。

【注释】

①飘薄：为薄飘之倒置。　②莺花谢：谓春天已经过去。莺花，莺啼花开，泛指春景。杜甫《陪李梓州等四使君登惠义寺》：“莺花随世界，楼阁依山巅。”清和，俗指农历四月。　③幄：篷帐。④麦秋：通指农历四五月间。麦以此时成熟，故称。《礼记·月令》：“（孟夏之月）靡草死，麦秋至。”陈澔集说：“秋者，百谷成熟之期。此于时虽夏，于麦则秋，故云麦秋。”唐戴叔伦《酬袁太祝长卿小湖村山居书怀见寄》：“麦秋桑叶大，梅雨稻田新。”　⑤“夏云”

句:夏天云的形状变化无穷,有时似奇异的峰峦。晋顾恺之《四时诗》:“春水满四泽,夏云多奇峰;秋月扬明辉,冬岭秀孤松。” ⑥“涨新萍绿”句:新萍,始生之萍。南朝齐王融《三月三日曲水诗序》:“新萍泛沚,华桐发岫。”李善注:“《礼记·月令》曰:‘季春之月,桐始华,萍始生。’”许浑《陪王尚书泛舟莲池》:“水暖鱼频跃,烟秋雁早鸣。” ⑦“想端忧”三句:谓陈思王曹植连续失去文友后,无人聚会游娱,遂使阁榭苔生尘凝。南朝宋谢庄《月赋》:“陈王初丧应、刘,端忧多暇,绿苔生阁,芳尘凝榭。”李善注:“假设陈王、应、刘,以起赋端也。陈王,曹植也,应、刘,应玚、刘桢也。魏文帝书曰:‘徐、陈、应、刘,一时俱逝。’孙卿子曰:‘其为人也多暇日者。’言无复娱游,故绿苔生而芳尘凝也。” ⑧“正铄石”二句:极言天气酷热。《楚辞·招魂》:“十日代出,流金铄石些。”王逸注:“铄,销也。言东方有扶桑之木,十日并在其上,以次更行,其热酷烈,金石坚刚,皆为消释也。”《淮南子·诠言训》:“大热铄石流金,火弗为益其烈。”前蜀杜光庭《皇太子为皇帝修金箓斋词》:“虽流金铄石,汤德弥光,怀山襄陵,尧风日扇。” ⑨光风转蕙:雨后晴风摇动蕙草,令其孳勃而芬芳。《楚辞·招魂》:“光风转蕙,泛崇兰些。”王逸注:“言天霁日明,微内奋发,摇动草木,皆令有光,充实蕙兰,使之芬芳而益畅。”宋叶适《潘广度》:“光风自泛灵草碧,朗月岂受顽云吞。”泛,犹转也,亦即摇动也。 ⑩沉李浮瓜:暑天将瓜果浸于冷水中,令其清凉可口。曹丕《与朝歌令吴质书》:“浮甘瓜于清泉,沉朱李于寒水。”朱李,熟透的李子。忍,怎忍。轻诺,这里是失信、爽约之意。 ⑪河朔:古代泛指黄河以北地区。《初学记》卷三引曹丕《典论》:“大驾都许,使光禄大夫刘松北镇袁绍军，与绍子弟日共宴饮，常以三伏之际，昼夜酣饮，极醉，至于无知。云以避一时之暑，故河朔有避暑饮。”后因以“河朔饮”指夏日避暑之饮或酣饮。南朝梁何逊《苦热》：“实无河朔饮，空有临淄汗。” ⑫随分：任情、随意。李清照《鹧鸪天》：“不如随分尊前醉，莫负东篱菊蕊黄。”

【品评】

此词用典太密集，今人读起来不甚顺畅。怕是歌女们唱起来也会懵懵懂懂，难以了然于心。不过，所用典实虽略嫌偏僻，却妥贴而恰切，大可使言柳永无学问的人噤声。柳永不止能俗，雅起来亦出手不凡。上片写初夏景象，简洁隽秀，且层层演进，时序悄悄推移，至过片处，已入三伏盛夏，暑气逼人。“楚榭”两句，写“光风”，描“波翻”，暂来一阵清凉。“以文会友”两句，与前“想端忧”三句构成一种反衬式的呼应，盖见章法之妙，文心之巧。“避炎蒸、岂须河朔”，则反用“河朔饮”之事，流露出一种娱悦的心境。看来柳永对河朔避暑饮法并不赞同。醉得人事不省以忘炎热，毕竟有些笨。不若有好的心情随分而饮，再伴以管弦歌舞，来得高雅且心旷神怡。柳词写春景的篇什不少，摹秋色的篇什更多；前已有一首写雪景的《望远行·长空降瑞》，这一首写炎暑盛夏。四时景致，备现于柳词中。可于其中尽赏柳词写景之高浑秀润，奇崛雄肆。

玉山枕

骤雨新霁。荡原野，清如洗。断霞散彩，[1]残阳倒影，天外云峰，数朵相倚。露荷烟芰满池塘，[2]见次第、[3]几番红翠。当是时，河朔飞觞，避炎蒸，想风流堪继。[4]　　晚来高树清风起。动帘幕、生秋气。画楼昼寂，[5]兰台夜继，[6]舞艳歌姝，[7]渐任罗绮。[8]讼闲时泰足风情，[9]便争奈、雅歌都废。[10]省教成、[11]几阕清歌，尽新声，好尊前重理。

【注释】

①断霞：片段的云霞。唐张说《巴丘春作》："日出洞庭水，春山挂断霞。"　②露荷烟芰：带露的荷花与雾霭笼罩的荷叶。芰，此指荷叶。　③次第：转眼间。《诗词曲语辞汇释》："次第，进展之词，犹云接着也，转眼也。"　④风流堪继：谓河朔避暑之饮，未尝不是风流豪举，可效法一醉。　⑤画楼：指彩绘华丽的楼宇。⑥兰台：本为台名，在湖北钟祥县东，为宋玉、景差侍楚襄王游赏处，张九龄《登古阳云台》："楚国兹故都，兰台有余址。"此与"画楼"对举，当为泛指游赏处。　⑦歌姝：歌妓。姝，美女。古乐府《陌上桑》："使君遣吏往，问是谁家姝。"　⑧渐任罗绮：据下文可知，是担当歌妓们教习之意。罗绮，盛装女子，此指歌妓。　⑨讼闲时泰：谓讼事闲则安逸。讼事，泛指署衙公事。泰，安也。⑩便争奈：何以竟无奈（至此）。《诗词曲语辞汇释》："便，犹岂也。"　⑪省（xǐng）教：省察、教授。省，审视、察看。

【品评】

与前面一首《女冠子》相仿佛，此亦写夏景之词。上片写雨后黄昏景色，意境很美：原野如洗，断霞残阳；云似奇峰，芰荷红翠。

当此良宵清嘉，岂能无酒盈樽？“当是时”以下，又用河朔避暑之饮事，意欲一醉酩酊。换头写清风乍起，略有秋意。继写雅欢盛况，夜静而歌舞正酣。特别值得注意的是，词人亲自教习，新声清歌，正好佐觞。这又与“河朔飞觞”相呼应，形成章法上的错落有致。柳永的教习歌妓，直接影响了宋元“书会才人”。譬如关汉卿的“偶倡优而不辞”，“面敷粉墨，躬践排场”，都可以说是继承了柳永的衣钵。柳永对当时和后世俗文学的影响，是深刻而久远的，其卓而不凡的个性精神，以及他对词学变革的特殊贡献，值得深入探讨与研究。

减字木兰花

花心柳眼。郎似游丝常惹绊。①独为谁怜。绣线金针不喜穿。②　　深房密宴。争向好天多聚散。③绿锁窗前。几日春愁废管弦。

【注释】

①游丝：即晴丝。指冬眠类动物春天甦醒时所吐出的飘荡于空中的丝，在晴天里依稀可见。一说指柳絮，丝，谐音思。南朝梁沈约《八咏诗·会圃临春风》：“游丝暖如网，落花雰似雾。”惹绊，牵惹，挂念。　②“绣线”句：谓无心于针织女红。③争向：怎奈，奈何。

【品评】

小词写一多情女子的神态举止与心理活动，寥寥数语，淡淡写来，却神情毕肖，灵动鲜活。劈头里一句“花心柳眼”，便从内到外活脱画出小儿女春思之情状。且语含双关，与下文游丝针脚相连。花心，可以是自然界的花蕊，也可以是人的春心荡漾；柳眼，可以是初生的柳叶如人的睡眼乍开，也可以是美人的愁眼微眯。元稹有诗云：“何处生春早，春生柳眼中。”（《生春》之九）这说的是前者。柳词细微处亦每每见匠心，词语研炼有味。“游丝常惹绊”句也是俊语，可与后世汤显祖《牡丹亭·惊梦》中的“袅晴丝吹来闲庭院”对读，想来汤显祖是读过柳词的吧。

木兰花令

有个人人真攀羡。[1]问着洋洋回却面。[2]你要无意向他人，为甚梦中频相见。　　不如闻早还却愿。[3]免使牵人虚魂乱。风流肠肚不坚牢，只恐被伊牵引断。

【注释】

①人人：对所昵爱者之称，多为男称女。②回却面：转过脸。却为语助词，常用于动词之后，无实义。下文“还却愿”之“却”用法与此同。　③闻早：犹言趁早。《诗词曲语辞汇释》：“闻，犹趁也，乘也……闻早，犹赶早或趁早也。”

【品评】

此首含浓重谐谑色彩。与词之正宗疏离，向曲之正宗靠拢。无怪人谓柳词“靡曼近俗”，或以为柳词此等已是“俳调”。“近俗”、“俳调”已开曲之渐。细味此令词，确乎别是一格，有“打诨”意味，须观之以别一副手眼。

甘州令

冻云深，[①]淑气浅，[②]寒欺绿野。轻雪伴、早梅飘谢。艳阳天，正明媚，却成潇洒。[③]玉人歌，画楼酒，对此景、骤增高价。　卖花巷陌，放灯台榭。好时节、怎生轻舍。赖和风，荡霁霭，[④]廓清良夜。玉尘铺，桂华满，[⑤]素光里、[⑥]更堪游冶。

【注释】

①冻云：寒冷的阴云。唐方干《冬日》：“冻云愁暮色，寒日淡斜晖。” ②淑气：温和之气。晋陆机《悲哉行》：“蕙草饶淑气，时鸟多好音。” ③却成：恰是。《诗词曲语辞汇释》：“却，犹正也，于语气加紧时用之。” ④霁霭：正在消散的云雾。 ⑤桂华：指月。神话传说月中有桂树，因称。韩愈《明水赋》：“桂华吐耀，兔影腾精。”⑥素光：此指月光。晋左思《杂诗》：“明月出云崖，皦皦流素光。”

【品评】

此写元夕风物。上片写暖微寒重，轻雪梅谢。雪霁天晴，正好游冶。一时旗亭歌楼人群凑集。换头点出元夕气象，好天良夜，皓月当空，较白昼更堪纵游。小词格调清新，写月色别出机杼。“赖和风”以下，诗心幽渺，天开画图，可味清空之美。

西 施

苎萝妖艳世难偕。①善媚悦君怀。②后庭恃宠，尽使绝嫌猜。③正恁朝欢暮宴，情未足，早江上兵来。④　　捧心调态军前死，罗绮旋变尘埃。⑤至今想，怨魂无主尚徘徊。⑥夜夜姑苏城外，⑦当时月，但空照荒台。⑧

【注释】

①“苎(zhù)萝”句：谓西施绝色，举世罕有与其比并者。苎萝，山名。在今浙江诸暨南，相传西施为此山鬻薪者之女。后亦用为西施之代称。　②“善媚”句：汉赵晔《吴越春秋》载，越王勾践与大夫文种议破吴，“乃使相者国中，得苎萝山鬻薪者之女曰西施、郑旦，饰以罗縠，教以容步，习于土城，临于都巷，三年学服而献于吴”。吴王夫差大悦，对西施宠爱有加。　③“后庭”二句：言西施既受宠，便用心使吴王弃绝对越国的猜忌。西施入吴，伍子胥曾谏曰：“不可，王勿受也。”然“吴王不听，遂受其女”。　④“正恁”三句：谓越王勾践十年生息，聚积力量，时机一到，发兵袭吴。

而吴王仍沉醉于朝欢暮乐之中，顷刻即为越所灭。 ⑤“捧心”二句：是说西施为越复国而捐躯。捧心调态，言西施抚胸的病态之美。《庄子·天运》：“故西施病心而颦其里，其里之丑人，见而美之，归亦捧心而颦其里。”军前死，《吴越春秋》中称吴亡，沉西施于江。而汉袁康、吴平《越绝书》却谓吴亡后西施与范蠡泛舟五湖而去。此词取《吴越春秋》说。罗绮，这里指西施。 ⑥“怨魂”句：谓西施的游魂因怨尤未消，仿佛还在吴地徘徊。 ⑦姑苏：亦作“姑胥”。本为山名，在苏州吴县西南。亦为苏州吴县的别称，乃以山名城。 ⑧荒台：指姑苏台。《史记·吴太伯世家》：“越因伐吴，败之姑苏。”司马贞索隐：“姑苏，台名，在吴县西三十里。”

【品评】

这是一首非严格意义上的咏史词。词的调牌与词的内容是统一的。描写西施故事的文学作品历代不乏，在民间也广为流传。词家可能到了苏州，游览姑苏台，遂取人们熟悉的西施事，发摅思古之情怀。从结局取西施死于吴，而不取与范蠡泛舟五湖来看，词家的心境是悲凉的，结二句也是凄怆的。对于吴王夫差的淫逸失国，不少的文学作品均有揭示，此词在这一点上无甚新意。细细品味，倒是对西施颇有微词。一是“捧心调态军前死”句，“调态”二字令人联想到造作与扭捏，且直用“死”字，连个“殒”字都不肯用，大有隐曲在其中。“怨魂”之“怨”，也很乍眼。西施为复越国当是无怨无悔的，有些文学作品也是这样描写的。“怨”由何来，有些令人费解。特别是“无主”二字，更是明言其游魂既不属吴，又不归越，成了孤魂野鬼。柳永何以要这样写？仅仅是为了独出心裁与众不同吗？恐怕没那么简单。那就是有所寄托了？譬如一个女子曾脚踏两只船，后归于其中之一，弄得两面都无颜面，终于是两船俱失，跌入水中。而且柳永便是当事者之一，遂借西施事以泄其愤亦未可知。自然这种揣测毫无根据，也只是漫想而已。但这首词有所寄托却是肯定的。

西　施

柳街灯市好花多。[1]尽让美琼娥。[2]万娇千媚，的的在层波。[3]取次梳妆，[4]自有天然态，爱浅画双蛾。[5]　　断肠最是金闺客，[6]空怜爱、奈伊何。[7]洞房咫尺，无计枉朝珂。[8]有意怜才，每遇行云处，[9]幸时恁相过。

【注释】

①柳街：柳巷花街之省文，指妓女聚居处。好花，指美色。②琼娥：即嫦娥。相传月中有琼楼玉宇，故称。亦借指美女。晋陆机《九愍·感逝》："琼娥起而清啸，神风穆其来应。"　③的的：光亮、鲜明。唐陈子昂《宿空舲峡青树村浦》："的的明月水，啾啾寒夜猿。"层波，喻目光澄澈、明亮，有如层层波光。　④取次：犹草草，随便。　⑤双蛾：双眉。蛾，即蛾眉。　⑥金闺客：指香闺中的客人，即狎客之美称。金闺，犹香闺，即闺阁。唐赵嘏《长垂双玉啼》："向洒垂玉枕，对月洒金闺。"　⑦奈伊何：即奈何伊。伊，你。　⑧"无计"句：意为没有办法不为朝廷做事。朝珂，指大

臣上朝所乘之马。珂，马笼头上的玉饰。李商隐《镜槛》："岂能抛断梦，听鼓事朝珂。"枉，弯曲。引申为违背、不走正道之意。
⑨行云：用楚怀王巫山云雨事。

【品评】

这一首值得注意的是，柳永便是在放浪形骸之时，内心也相当矛盾。他踯躅顾盼，"回首望天朝"，还是放不下他愤懑时斥之为"蜗角虚名、蝇头微利"的仕途。"无计枉朝珂"，一副万般无奈的神情。与李商隐的那首《镜槛》比起来，判然有别。义山宁可不事朝珂，也不愿好梦断残。《镜槛》诗仿佛写与女冠游，诗中"仙眉琼为叶，佛髻钿为螺"二句可证。冯浩笺谓"梯稳从攀桂，弓调任射莎"二句定指女冠。这和柳永与妓游有所不同。义山大约是真动了感情，而柳永则多少有些逢场作戏的味道。"岂能抛断梦，听鼓事朝珂"，是《镜槛》诗的结二句。冯浩笺曰："细为剖晰，姿态全呈：昼则羡其嬉游，晚而想其欢会，身属旁观，馋涎难禁。意谶语僻，易使人迷耳。玩结句，当作于为校书郎时，其后虽频在京，无此欢悰矣。"可知《镜槛》所写重于精神层面，冯浩"馋涎难禁"的话太过刻露，然也是实情。柳永则是"每遇行云处，幸时恁相过"，尚未脱离自然情欲的层面。这是否是他们对所谓"朝珂"态度不同的本质原因呢？

西　施

自从回步百花桥。[①]便独处清宵。凤衾鸳枕，何事等闲抛。[2]纵有余香，也似郎恩爱，向日夜潜消。[3]　　恐伊不信芳容改，将憔翠、写霜绡。[4]更凭锦字，[5]字字说情憀。[6]要识愁肠，但看丁香树，渐结尽春梢。[7]

【注释】

①百花桥：本为仙人幻化之桥，此代指美人闺中。《续仙传》载，元彻与柳实二子于元和初往浙右省亲，遭遇海上风暴而漂至一孤岛上，遇南溟夫人者，求归。"夫人命侍女紫衣凤冠者曰：'可送客去。而所乘者何？'侍女曰：'有百花桥可驭二子。'二子感谢拜别。夫人赠以玉壶一枚，高尺余。夫人命笔题《玉壶诗》赠曰：'来从一叶舟中来，去向百花桥上去。若到人间扣玉壶，鸳鸯自解分明语。'俄有桥长数百步，栏槛之上，皆有异花。"　②等闲：《诗词曲语辞汇释》："等闲，犹云平常也；随便也；无端也。"　③潜消：悄悄独自消受。　④霜绡：用作绘画和书写的白绢。绡，用生丝织成的薄绸。　⑤锦字：亦作锦书，即织锦回文书。　⑥情憀(liáo)：悲苦之情。陆龟蒙《自遣诗》之十四："谁使寒鸦意绪娇，云晴山晚动情憀。"　⑦"但看"二句：丁香结，指丁香花蕾，诗家往往以之喻固结不解之愁绪。李商隐《代赠二首》其一："芭蕉不展丁香结，同向春风各自愁。"

【品评】

假女子内心独白，极写闺情愁苦。下片尤为声吻毕现，神韵悠然。"要识愁肠"至结末，化用李商隐诗而竿头更进，兼以词句四五五的错落，似更显灵动。而上片"纵有余香"三句，虽体贴幽微，感受独特，然格调却不高。体香至于此乎？堪为一谑。

河　传

翠深红浅。愁蛾黛蹙，[1]娇波刀翦。[2]奇容妙妓，争逞舞裀歌扇。[3]妆光生粉面。　坐中醉客风流惯。尊前见，特地惊狂眼。不似少年时节，千金争选。相逢何太晚。

【注释】

①愁蛾黛蹙：犹言愁眉妆凝。蛾，即蛾眉。黛，一种画眉的青黑色颜料。　②娇波刀翦：喻眼光灵动有神，锐利如剪。翦，同剪。宋晏殊《更漏子》："蕣华浓，翠山浅，一寸秋波如翦。"　③舞裀：供歌舞用的地毯。裀，通"茵"。

【品评】

与前《传花枝·平生自负》较读，词人以浪子自任的锐气在此词中似乎锐减了。"坐中醉客"毕竟不似当年，尽管眼狂心荡，倘若以千金买笑，却又以相见恨晚作为托词了。此词亦有俳谐意味，饶别趣在其中矣。上片写美人笔调也很别致。"翠深红浅"乍看像是景语，细味乃知"翠深"是形容发髻，"红浅"则是描状容颜。"娇波刀翦"亦生新鲜活。锤炼之功又可见一斑。

河　传

淮岸。向晚。[①]圆荷向背，芙蓉深浅。[②]仙娥画舸，露渍红芳交乱。难分花与面。[③]　　采多渐觉轻船满。[④]呼归伴。急桨烟村远。隐隐棹歌，[⑤]渐被蒹葭遮断。[⑥]曲终人不见。[⑦]

【注释】

①向晚：犹傍晚。　②“圆荷”二句：谓圆的荷叶正反面在夕阳辉映下姿态、色彩均不同；而荷花红深白浅亦各逞其美。南唐徐铉《舟中望蒋山》：“溪路向还背，前山高复重。”芙蓉，荷花的别称。　③“仙娥”三句：谓美女画船与带露的荷花交相错落，分不清荷花与人面。仙娥，喻美女。画舸，犹画舫，指装饰华美的游船。　④采：指采莲或采菱。　⑤棹歌：渔歌。汉武帝《秋风辞》：“横中流兮扬素波，箫鼓鸣兮发棹歌。”李善注：“棹歌，引棹而歌。”⑥蒹葭：泛指芦苇。《诗经·蒹葭》：“蒹葭苍苍，白露为霜。”⑦“曲终”句：唐钱起《省试湘灵鼓瑟》：“曲终人不见，江上数峰青。”

【品评】

的的好词！上片尤佳。且不说前四字押韵之工稳和谐，笔调之简捷明快，但看“圆荷”以下，意境何等风致绰约，墨彩淋漓！夕阳中荷叶之向背，色彩是格外分明的，晚风吹来，更是摇曳多姿。

荷花的颜色以红白为主，故言深浅。柳永这里写出了荷之神韵。至此已足令人目迷神摇。而接下来又推出美女画舫，谓芙蕖花团带露，与美人粉面“交乱”，人面荷花“难分难解”，直是神来之笔！“交乱”够妙，“难分”更巧。整个上片构图严谨，色彩明丽，描写细腻，文字精粹，一字也难以更易。下片妙在远处“烟村”的迷蒙，将画面拉开。这一“切换”，既开阔了视野，又调剂了冷热。最是“呼归伴”的呼声，与悠悠渔歌的荡漾，以及歌声的渐远，终为芦苇丛所“遮断”，将人带入诗意水乡的无限遐想。如果说上片是在“色”上着笔，下片则主要是突出“声”。声色俱佳中，以一句钱起诗收束，干净利落，亦更易不得。宋词中整句“拿来”的用例不乏，这里却真的是非此句不可。想柳永也是费了不少揣摩的吧？

郭郎儿近

帝里。①闲居小曲深坊，②庭院沉沉朱户闭。新霁。畏景天气。③薰风帘幕无人，④永昼厌厌如度岁。⑤　愁悴。枕簟微凉，⑥睡久辗转慵起。砚席尘生，⑦新诗小阕，等闲都尽废。⑧这些儿、⑨寂寞情怀，何事新来常恁地。⑩

【注释】

①帝里：帝都，此指汴京。　②小曲深坊：指娼妓居处。宋晁端礼《满庭芳》：“好是飞泉漱玉，回环遍、小曲深坊。”　③畏景：夏天的太阳。指夏日炎热可畏。　④薰风：和暖的风，指夏日的东

南风。《吕氏春秋·有始》:“东南曰薰风。”白居易《首夏南池独酌》:“薰风自南至,吹我池上林。” ⑤厌厌:委靡不振,打不起精神的样子。 ⑥枕簟:泛指夏日用卧具。簟,供坐卧用的竹席。韩愈《新亭》:“水纹浮枕簟,瓦影阴龟鱼。” ⑦砚席:砚台与坐席,借指读书写作处所。唐刘得仁《答韦先辈春雨后见寄》:“轩窗初透日,砚席绝纤尘。” ⑧等闲:轻易、随便。 ⑨些儿:亦作些些,些子儿。犹言这些个,这点儿。参见前《满江红·万恨千愁》注④。 ⑩新来:犹近来。恁地,如此,这等。

【品评】

夏日闲居,百无聊赖,“辗转慵起”,“寂寞情怀”。写的是一时间的心境。人有时会陷入一种莫可名状的忧愁与焦虑旋涡。究其原因,往往并不清楚。即与具体某件事并无逻辑上的关系。但它一定与这个人总体的生活经历以及遭际、运命有着千丝万缕的内心联系。叶维廉在谈到杜甫诗的好处时说:杜甫的诗“未将切身的经验、内心的挣扎摒弃,是双重境界,即纯与超然一极共内心挣扎一极双重融合。而王维却只有前者”(《中国诗学·中国古典诗的传释活动》)。即杜甫诗的所谓“沉郁顿挫”,或言“厚重”,正是两极融合的结果。甚至可以说杜诗内心挣扎一极表现得更为强烈些。柳永词也往往使我们能感觉到其痛苦的内心挣扎。其纯与超然一极多表现为天真地自说自话,或如有些词论家所说的“只是直说”;而其内心挣扎的一面往往呈现为一种遮蔽性。仔细品味这首词,或能依稀捕捉到这种特殊的感受。身在“小曲深坊”,却并不快乐。就里原因,值得深味。

透碧霄

月华边。万年芳树起祥烟。[1]帝居壮丽，皇家熙盛，宝运当千。[2]端门清昼，[3]觚棱照日，[4]双阙中天。[5]太平时、朝野多欢。遍锦街香陌，[6]钧天歌吹，[7]阆苑神仙。[8]　　昔观光得意，[9]狂游风景，再睹更精妍。傍柳阴，寻花径，空恁亸辔垂鞭。[10]乐游雅戏，[11]平康艳质，[12]应也依然。仗何人、多谢婵娟。[13]道宦途踪迹，歌酒情怀，不似当年。

【注释】

①“万年”句：万年芳树，指柏树。祥烟，祥瑞的烟气。《旧唐书·礼仪志五》：“皇帝初至桥陵，质明，柏树甘瑞降，曙后祥烟遍空。”　②宝运：国运；皇业。南朝梁沈约《武帝集序》：“夫成天地之大功，膺乐推之宝运，未或不文武兼资，能事斯毕者也。”　③端门：大殿之正门。　④觚（gū）棱：亦作柧棱。宫阙上转角处的瓦脊。因其成方角菱瓣之形，故称。班固《西都赋》：“设壁门之凤阙，上觚棱而栖金爵。”吕向注：“觚棱，阙角也。”杜牧《长安杂题长句》之一：“觚棱金碧照山高，万国珪璋捧觌袍。”　⑤双阙中天：建二台于门外，造观于其上，中央阙而为道。阙，门观。《古诗十九首·青青陵上柏》：“两宫遥相望，双阙百余尺。”《三国志·陈思王植传》注引曹植《铜爵台赋》：“建高门之嵯峨兮，浮双阙乎太清。立中天之华观兮，连飞阁乎西城。”　⑥锦街香陌：华丽的街市和

秀美的郊野。 ⑦钧天："钧天广乐"的略语。本指天上的音乐，亦作音乐鼓吹之美称。刘勰《文心雕龙·乐府》："钧天九奏，既其上帝。" ⑧阆苑：神话传说中的神仙居所。王勃《梓州郪县灵瑞寺浮图碑》："玉楼星峙，稽阆苑之全模；金阙霞飞，得瀛洲之故事。" ⑨观光：观览国之盛德辉光。语出《易·观》："观国之光，利用宾于王。"后称观赏风光曰观光，语本此。鲍照《解褐谢侍郎表》："观光幽节，闻道朝年。" ⑩亸辔垂鞭：指驻马下榻。亸，垂下。 ⑪乐游：即乐游原。亦作乐游苑、乐游园。故址在今陕西西安南郊。本为秦宜春苑，汉宣帝时改造后名游乐苑，为唐代长安士女游赏名胜。李白《忆秦娥》："乐游原上清秋节，咸阳古道音尘绝。" ⑫平康：唐代长安妓女聚居处。 ⑬婵娟：指美人。

【品评】

这首词当作于词人的晚年。理由是到了花柳之地垂鞭驻马之后，不似当年那般狂荡，而只是寻旧游，怀当年，甚至还要谢昔日婵娟。有几分悲凉，亦杂几分惆怅，更怀有无尽的沧桑之感。"空恁"二字不能轻易放过，词人到了灯红酒绿的处所，大约只是看看它是否"依然"而已，自然情欲已然淡去，怀旧之情油然而生，这是人老了的突出表现。故"依然"二字，也不能轻易放过。当然，结句说得更清楚："不似当年。"细细咀嚼此词，再与那些写得狂游纵乐的作品较读，才能真正体会到此词的韵味。

木兰花慢

倚危楼伫立，① 乍萧索、晚晴初。② 渐素景衰残，③ 风砧韵响，[4]霜树红疏。云衢。[5]见新雁过，奈佳人自别阻音书。空遣悲秋念远，寸肠万恨萦纡。　　皇都。暗想欢游，成往事，动欷歔。[6]念对酒当歌，[7]低帏并枕，翻恁轻孤。[8]归途。纵凝望处，但斜阳暮霭满平芜。[9]赢得无言悄悄，凭阑尽日踟蹰。[10]

【注释】

①危楼：高楼。唐李端《度关山》："危楼缘广漠，古窦傍长城。"　②晚晴：指傍晚晴朗的天空。南朝梁何逊《春暮喜晴酬袁户曹苦雨》："振衣喜初霁，褰裳对晚晴。"　③素景：即秋景。④风砧韵响：谓风中传来捣衣声。砧，捣衣石。　⑤云衢：云中的道路。《乐府诗集·相和歌辞·艳歌》："今日乐上乐，相从步云衢。天公出美酒，河伯出鲤鱼。"　⑥欷歔：亦作唏吁。抽泣声；叹息声。此指叹息声。曹植《卞太后诔》："百姓欷歔，婴儿号慕。"⑦对酒当歌：曹操《短歌行》："对酒当歌，人生几何。"　⑧翻：用作副词，犹反而。恁轻孤，犹言就那么轻易分别，孤独自处。　⑨平芜：广阔平坦的原野。欧阳修《踏莎行》："平芜尽处是春山，行人更在春山外。"　⑩踟蹰：徘徊犹豫。《诗经·静女》："爱而不见，搔首踟蹰。"

【品评】

与上首《透碧霄·月华边》异曲而同工。上片倚楼伫立对晚晴，悲秋情怀不能遏制，念远怀人之情更是萦纡不散。然而一切都成往事，下片集中写旧欢已矣，空自欷歔感叹。"纵凝望处"以下，满目衰飒中怆然而立的词人形象极为鲜明，宛然画意。

木兰花慢

拆桐花烂漫，[①]乍疏雨、洗清明。正艳杏烧林，[②]缃桃绣野，[③]芳景如屏。[④]倾城。尽寻胜去，骤雕鞍绀幰出郊坰。[⑤]风暖繁弦脆管，万家竞奏新声。[⑥]　　盈盈。[⑦]斗草踏青。人艳冶、递逢迎。[⑧]向路旁往往，遗簪堕珥，珠翠纵横。[⑨]欢情。对佳丽地，任金罍罄竭玉山倾。[⑩]拚却明朝永日，[⑪]画堂一枕春酲。[⑫]

【注释】

①拆桐花：即桐花拆，亦即桐花开。拆，绽开。前《轮台子·雾敛澄江》中“花开柳拆”之“拆”字，用法与此相同。　②艳杏烧林，谓杏花开得正盛，如炽焰般一片红艳。　③缃桃：一种结浅红色果实的桃树，亦指其花与果实。北魏贾思勰《齐民要术·种桃柰》：“《西京杂记》曰：‘核桃、樱桃、缃桃。’”宋陈允平《恋绣衾》：“缃桃红浅柳褪黄。燕初来、宫漏长。”缃，指浅黄色，为缃桃花之颜色。　④屏：指屏风上的彩绘图画，即屏画。　⑤“骤雕鞍”句：绀幰(gàn xiǎn)：天青色车幔。亦指有绀幰之车驾。宋王安石《赠王贞素先生》：“班春回绀幰，问俗卷彤襜。”此指车驾。《东京梦华录·清明节》：“节日，亦禁中出车马诣奉先寺、道者院，祀诸宫人墳。莫非金装绀幰，锦额珠帘，绣扇、双遮纱笼前导，士庶阗

塞诸门。”坰(jiōng),郊野。 ⑥“万家”句:《东京梦华录·清明节》:“四野如市,往往就芳树之下,或园囿之间,罗列杯盘,互相劝酬。都之歌儿舞女,遍满园亭,抵暮而归。” ⑦盈盈:指清明郊游踏青女子的美好姿态。 ⑧“人艳冶”句:谓美丽的女子于路上频频与人们打招呼。 ⑨“向路旁”三句:极言贵族妇女之奢华。《新唐书·杨贵妃传》:“每十月,帝幸华清宫,五宅车骑皆从,家别为队,队一色,俄五家队合,烂若万花,川谷成锦绣,国忠道以剑南旌节。遗钿堕舄,瑟瑟玑琲,狼藉于道,香闻数十里。”此用其事。 ⑩金罍:酒器的美称。沈约《正阳堂宴劳凯旋》:“浩荡金罍溢,周流玉觞传。”玉山倾,指醉倒。 ⑪永日:谓一整天。 ⑫春酲:春睡。酲,酒醒后所感觉的困倦与疲惫。

【品评】

这是一首为词论家交口称赞的词作。清人周济甚至以为其“大胜‘忍把浮名,换了浅斟低唱。’”(《宋四家词选·眉批》)元人吴师道则曰:“《木兰花慢》,柳耆卿清明词,得音调之正。盖倾城、盈盈、欢情,于第二字中有韵。……”(《吴礼部词话》)然各家只是叫好,好在何处,则语焉不详。此词好处有三。其一,写出了北宋汴京清明节风物之盛,民俗民风如诗如画,读之令人目醉神迷,心向往之。清明乃我国传统节日中一大盛日。清明者,清和明丽也。是时春回大地,万物复苏,大自然显现出勃勃生机,人们在经历了严冬之后,将投入到一个新的播种希望的季节。这是一个播种理想、播种爱情、播种幸福的季节。在农业社会,对清明节的重视,是可以想见的。此外,就是祭祀活动,始是祭祀天地,带有明显的感恩意识，人类感谢大自然的赐与。后来又与祭祀祖先活动结合起来，就是《东京梦华录》上所说的“土仪”，“自此三日，皆出城上坟，但一百五日最盛”。陈元靓《岁时广记》谓：“清明前二日为寒食节，前后各三日。凡假七日。……北人皆以此日祭扫先茔，经月不绝。”柳永所写清明风物气象，可使我们获得一个突出印象，即古人对农业社会大节气清明节的重视。其二，是此词的意境之美。试想，“艳杏烧林，缃桃绣野”，是何等美丽。你看他用“绣”字而不用“秀”字，分明是将郊野视为画幅，故下句谓“芳景如屏”。屏有四扇、六扇与八扇，类于长卷，足可媲美《清明上河图》了。谓此词有风俗画之意蕴，不为过矣。“尽寻胜去”以下写人的活动，与景致之美相得益彰，丰富了风俗画的表现力。张择端用画笔，柳永用词笔，都为我们展现了十一世纪汴京城的繁荣昌盛。其三，才是韵律之美。倾城、盈盈、欢情，有些像后世曲中的“六字三韶语”，《西厢记》中的“忽听一声猛惊”、《汉宫秋》中的“大王不当(恋)王嫱”是也。周德清谓六字三韵语难，难就难在它必须自然。倘若凑泊、刻意，便了无意趣。观柳永此词，不仅“倾城”、“盈盈”、“欢情”自然贴切，通体韵律也无懈可击。高声读此词，不难体味到其和谐与妥溜，若从歌女口中唱出，当更是美不胜收了。词论家们盛赞此词，非为溢美，它足以为倚声家所企羡，堪称词史上之杰作。

木兰花慢

古繁华茂苑，是当日、帝王州。① 咏人物鲜明，风土细腻，曾美诗流。[②]寻幽。近香径处，[③]聚莲娃钓叟簇汀洲。晴景吴波练静，[④]万家绿水朱楼。　　凝旒。乃眷东南，思共理、命贤侯。[⑤]继梦得文章，[⑥]乐天惠爱，[⑦]布政优优。鳌头。[⑧]况虚位久，遇名都胜景阻淹留。赢得兰堂酝酒，[⑨]画船携妓欢游。

【注释】

①"古繁华"二句：茂苑，古苑名，又称长洲苑。故址在今江苏苏州吴县西南，后亦作苏州的代称。晋左思《吴都赋》："造姑苏之高台，临四远而特建。带朝夕之濬池，佩长洲之茂苑。"帝王州，春秋时吴国曾建都于苏州，故云。　②"咏人物"三句：谓苏州人文荟萃，风土人情宛美精细，诗人辈出。鲜明，指人物出色、精明干练。《汉书·马官传》："下君章有司，皆以为四辅之职为国维纲，三公之任鼎足承君，不以鲜明固守，无以居位。"《资治通鉴·汉平帝元始五年》引上文，胡三省注云："鲜明，犹言精明也。"诗流，指诗人。杜甫《送长孙九侍御赴武威判官》："樽前失诗流，塞上得国宝。"　③香径：苏州胜迹采香径的简称。采香径为香山旁的小溪，吴王夫差曾种香于香山，使美人泛舟小溪去采香。白居易《题灵严寺》："娃官屐廊寻已倾，砚池香径又欲平。"　④吴波练静：吴地多河流，故言。练，白绸。谢朓《晚登三山还望京》："余霞散成绮，澄江静如练。"　⑤"凝旒(liú)"三句：凝旒，谓冕旒静止不动，形容帝王态度肃穆专注。亦代指帝王。旒，同"鎏"，冕冠前后垂悬的玉串。《礼记·玉藻》："天子玉藻，十有二旒。"眷，恩遇，恩宠。东南，此指苏州。共理，共同治理政事。白居易《贺平淄青

表》："臣名参共理，职忝分忧，抃舞欢呼，倍万常品。"贤侯，对有德位者的尊称。权德舆《武公神道碑铭》："中朝名卿大夫，四方贤侯通人，多与公为道义之交。"这三句是说，天子眷顾苏州，思命一位能为朝廷分忧的贤德官员去治理这东南形胜之地。 ⑥梦得：中唐著名诗人刘禹锡字梦得。他为德宗九年(793)进士，登博学宏词科。初为太子校书，累迁监察御史。晚年官至检校礼部尚书兼太子宾客，故后世人称刘宾客。其文于"韩柳"之外，别开一蹊径，与柳宗元并称"刘柳"；其诗与白居易并称"刘白"。刘禹锡曾出为苏州刺史，故言。 ⑦乐天：中唐大诗人白居易字乐天，贞元十六年(800)进士，元和初授翰林学士，任左拾遗。他曾出任杭州刺史、苏州刺史。在任上兴修水利，关心民瘼，颇受当时人民爱戴。故这里言"惠爱"。 ⑧鳌头：唐宋时翰林学士、承旨等官朝见皇帝时立于镌有巨鳌的殿陛石正中，因称入翰林院为上鳌头。五代李翰《留题座主和凝旧阁》："座主登庸归凤阙，门生批诏立鳌头。"又，科举时代中状元俗亦称占鳌头。清洪亮吉《北江诗话》三："俗语谓状元独占鳌头，语非尽无稽。胪传毕，赞礼官引东班状元、西班榜眼二人，前趋至殿陛下，迎殿试榜。抵陛，则状元稍前，进立中陛石上。石正中镌升龙及巨鳌，盖警跸出入所由，即古所谓螭头矣。俗语所本以此。" ⑨兰堂：厅堂之美称。张衡《南都赋》："揖让而升，宴于兰堂。"吕延济注："兰者，取其芬芳也。"醞酒，酿成之酒。隋孙万寿《远戍江南寄京邑亲友》："宜城醞始熟，阳翟曲新调。"

【品评】

这又是一首投赠词。根据词中所写苏州风物以及“鳌头”等线索，或以为是赠苏太守吕溱的。写作的时间当为庆历三年(1043)，即吕溱初到苏州任时。详见薛瑞生《乐章集校注》。词的上片写苏州胜迹之美，以及人文景观和自然景观之丰富，虽是举其要者，却能一以当十独得其神髓。“晴景吴波练静，万家绿水朱楼”二句，就抓住了苏州水流如织，人家枕河而居的特点。下片称颂帝王英明，眷顾、恩宠江南水乡之形胜，特遣贤者共理，就势也颂扬苏州新守令，说他既有宾客、白傅之文采风流，又具能臣之政德。下片后半则言自己候选日久，又留恋姑苏名山秀水，淹留虽久却乐在其中。观此词，可知投赠词自有其难处。要贴切但又不能太粘着；赞颂某人，又不能太露骨，要使其熨贴而不能太过。柳永于词调娴熟，为倚声家巨将，故每每有可观之处。即令将此词当作咏苏州的一般词作来读，亦可谓佳处自在，不可偏废者也。

临江仙引

渡口，向晚，①乘瘦马、陟平岗。西郊又送秋光。对暮山横翠，衬残叶飘黄。凭高念远，素景楚天，②无处不凄凉。

香闺别来无信息，云愁雨恨难忘。③指帝城归路，但烟水茫茫。凝情望断泪眼，尽日独立斜阳。

【注释】

①向晚：傍晚。 ②素景：素秋之景，即秋景。楚天，犹南天。③云愁雨恨：指不得两情欢好的愁与恨。

【品评】

上片写萧索秋景，为柳永所独擅。秋风古道，夕阳西下，瘦马孤零，情境类于元人马致远的《天净沙·秋思》。"对暮山横翠，衬残叶飘黄"二句，渺漠空寂，苍莽寥廓。景物之凄凉与人物之悲辛融为一体，且以平实之笔出之，为下片怀人念远造足了蓄势。下片沉郁悲戚，于惘然独立中见出怨深愁重来。结末二句回应篇首，可概见柳词章法之精。此词通篇不用典实，不施涂泽，清畅如话，弥见其天真率意也。

临江仙引

上国。[1]去客。停飞盖、[2]促离筵。长安古道绵绵。见岸花啼露，对堤柳愁烟。物情人意，向此触目，无处不凄然。　　醉拥征骖犹伫立，[3]盈盈泪眼相看。[4]况绣帏人静，更山馆春寒。今宵怎向漏永，顿成两处孤眠。

【注释】

①上国：指宋朝，乃相对于附属国而言。此处又代指汴京。②停飞盖：即停下车马。飞盖，本指高高的车篷，亦借指车驾。曹

植《公宴》:“清夜游西园,飞盖相追随。”徐铉《和太常萧少卿近郊马上偶吟》:“田园经雨绿分畦,飞盖间行九里堤。” ③征骖:驾车远行之马。这里只是指马匹坐骑。骖,旁驾之马。王勃《钱韦兵曹》:“征骖临野次,别袂惨江垂。” ④盈盈:充积,溢满。

【品评】

去客将行,暂停车马,离别的筵宴显得匆促而短暂。行至长安古道,顿觉眼前一片凄凉。“岸花啼露”与“盈盈泪眼”呼应,“堤柳愁烟”与“山馆春寒”映带,而暂“停飞盖”的一瞬,又与“两处孤眠”的永夜反衬。可谓喧寂迥殊,皆见于笔底也。

临江仙引

画舸,[1]荡桨,随浪箭、[2]隔岸虹。[3]□荷占断秋容。疑水仙游泳,[4]向别浦相逢。鲛丝雾吐渐收,[5]细腰无力转娇慵。　　罗袜凌波成旧恨,[6]有谁更赋惊鸿。[7]想媚魂香信,[8]算密锁瑶宫。[9]游人漫劳倦□,奈何不逐东风。[10]

【注释】

①画舸:华美的游船。　②浪箭:当是暗用吴越王钱镠射潮筑塘事。谓水面平静,船行通畅。相传浙江潮怒涛汹涌,版筑不成,钱镠命水犀军驾强弩五百以射潮,迫使潮头趋向西陵,遂奠基而成塘。事详《宋史·河渠志七》及孙光宪《北梦琐言》。　③岸

虹:未详。或指虹形桥梁。宋王辟之《渑水燕谈录·事志》:“陈希亮守宿,以汴桥坏,率尝损官舟害人,乃命法青州以作飞桥,至今沿汴皆飞桥,为往来之利,俗曰虹桥。” ④水仙:传说中的水中神仙。唐司马承顺《天隐子·神解八》:“在水曰水仙,能变通之曰神仙。”王安石《小姑》:“初学水仙骑赤鲤,竟寻山鬼从文狸。” ⑤鲛丝雾吐:梁任昉《述异记》卷上:“南海出鲛绡纱,泉室(即鲛人)潜织,一名龙纱。其价百余金。以为服,入水不濡。”此将鲛绡想象成薄雾般丝状物,为水仙增加了神秘色彩。 ⑥罗袜凌波:曹植《洛神赋》:“凌波微步,罗袜生尘。”后用以形容女子步履轻盈飘逸。 ⑦惊鸿:曹植《洛神赋》:“翩若惊鸿,婉若游龙。” ⑧媚魂香信:摄人魂魄的女子的香笺。 ⑨瑶宫:传说中用美玉砌成的仙宫。《宋史·乐志十五》:“驾斑龙,忽催金册,转仙杖,去瑶宫。” ⑩逐东风:这里是追逐仙人之意。《楚辞·九歌·山鬼》:“东风飘兮神灵雨,留灵修兮憺忘归。”

【品评】

这一首写得迷离惝恍,仿佛是写水仙女神,实则仍是曲折表现人世间的情感。“疑水仙游泳”的“疑”字已然透露出作者的用意。上片由泛舟水上引出联想,极写水中女仙的妩媚与娇慵,为全词蒙上一层神秘的色彩。下片连续用《洛神赋》的意象,隐约透出思念所爱的心曲。这可以看作是词人对游仙诗和步虚词的一种有意识的改造与创新。

瑞鹧鸪

宝髻瑶簪，[1]严妆巧，[2]天然绿媚红深。[3]绮罗丛里，独逞讴吟。[4]一曲阳春定价，何啻值千金。[5]倾听处，王孙帝子，鹤盖成阴。[6]　　凝态掩霞襟。[7]动象板声声，[8]怨思难任。[9]嘹亮处，迥压弦管低沉。[10]时恁回眸敛黛，空役五陵心。[11]须信道，缘情寄意，别有知音。

【注释】

①宝髻：饰以珠宝的发髻。瑶簪，玉簪。　②严妆：整妆打扮。《古诗为焦仲卿妻作》："鸡鸣外欲晓，新妇起严妆。"　③绿媚红深：犹言绿鬓红颜。　④"罗绮"二句：谓于众多的歌妓中，她的歌唱吟咏出类拔萃。　⑤"一曲"二句：阳春，即《阳春白雪》，这里泛指高雅的歌曲。宋玉《对楚王问》："其为《阳春白雪》，国中属和者不过数十人……是其曲弥高，其和弥寡。"二句是说其唱一曲雅歌，价值何止千金。　⑥"王孙"二句：言贵族子弟来倾听她演唱者门庭若市。帝子，帝王之子。唐吕岩《敲爻歌》："且饶帝子共王孙，须去繁华锉锐分。"唐吴兢《贞观政要・尊敬师傅》："太宗谓尚书左仆射房玄龄曰：'古来帝子，生于深宫，乃其成人，无不骄逸。'"鹤盖，指形如飞鹤的车盖，亦代指权贵的车驾。语本汉刘桢《鲁都赋》："盖如飞鹤，马如游鱼。"南朝梁刘孝标《广绝交论》："鸡人始唱，鹤盖成阴。"　⑦霞襟：本指道士或隐士的衣服，亦指鲜艳

美丽的服装。 ⑧象板：象牙制成的拍板。 ⑨怨思难任：是说歌曲的哀怨之情令听者难以控制自己的感情。任，担荷，承受。⑩“迥压”句：谓歌声的高亢、激越远远压过了伴奏的器乐声。迥，远。 ⑪“时恁”二句：言不时那么转眼收眉，凭空便使王孙公子们心旌摇动。五陵，即五陵年少。

【品评】

写歌者善讴在柳词中并非鲜见，但每一首都有不同的表现形式。此首主要是采取“以客行主”的写法，即以听者的感受反衬出歌者技能之高超。先是写歌者在罗绮丛中的出人头地，继写其缠头之高，一曲不啻千金；再写王孙帝子观听者之众。终于，歌者敛衽登场，象板声动。待绛口一开，哀怨凄婉，以至令观听者无由自任，为之动心动容。接着又写五陵年少们的表现，他们的心已被歌声深深打动，难以自控了。役者，驱使也。正面写歌唱的只有“嘹亮处，迥压弦管低沉”一句而已。这种写法，值得仔细玩味。结末处则弦外有音。所谓“缘情寄意，别有知音”，当然不是指普通观听者，更不是指五陵年少们。而是指词家自己。行家看门道，戾家看热闹。词人是倚声大家，不仅着眼于演唱技巧，更注重情感的传达，意趣的处理等等综合表现力。不消说，词人是知音中的知音，行家中的行家，是真正意义上的大师。

忆帝京

薄衾小枕良天气。乍觉别离滋味。展转数更寒，[1]起了还重睡。毕竟不成眠，一夜长如岁。　　也拟待、却回征辔。[2]又争奈、[3]已成行计。万种思量，多方开解，[4]只恁寂寞厌厌地。[5]系我一生心，负你千行泪。

【注释】

①展转：亦作辗转。形容内心焦虑，卧不安枕的样子。《诗经·泽陂》："寤寐无为，辗转伏枕。" ②征辔：出行的车马。辔，驾驭牲口的缰绳。 ③争奈：怎奈。 ④开解：指自己安慰自己，为宦游寻找各种理由。 ⑤厌厌：委靡不振的样子。《世说新语·品藻》："曹蜍、李志虽见在，厌厌如九泉下人。"

【品评】

小词明白如话，甚有味。上片极写离别后独眠孤馆，寤寐难成眠的黯淡与寂寥。"展转"以下四句，如弹丸脱手，掉臂而出。仿佛家常语，却层层递进，情真意切，有说不尽的动人处。征人思妇之苦，前人已道尽。若后来居上，出人头地，返回古朴不失为一途。柳永这里大得古诗与汉乐府之神韵，四个五字句，只是直说，胜于雕章琢句者多多。须反复玩味，才能体会到其妙处。下片则不同。一是句式的参差错落，二是内心活动的深入开掘，均使文势跌宕起伏，摇曳生姿。换头陡转，意欲笼缰折回，转念行计已成，无端打道回府说不过去。于是千方百计自我安慰，然无论如何也挣扎不出内心矛盾的旋涡。真可谓一句一转，愈转愈深；一字不闲，语语关愁。妙更在上下片的浑成无迹，斗榫相接，不见一丝缝隙。结二句经意中不见用力，平白中语却惊人，可谓大妙之语也。

塞孤

一声鸡，又报残更歇。①秣马巾车催发。②草草主人灯下别。山路险，新霜滑。瑶珂响、③起栖乌。金镫冷、④敲残月。渐西风紧，襟袖凄裂。⑤　　遥指白玉京，望断黄金阙。⑥远道何时行彻。算得佳人凝恨切。应念念，归时节。相见了、执柔荑，⑦幽会处、偎香雪。⑧免鸳衾、两恁虚设。⑨

【注释】

①残更歇：谓数尽了更次，天已破晓。更为古代夜间计时单位，一夜分为五更，每更约今两小时。第五更时称残更。唐沈传师《寄大府兄侍史》："积雪山阴马过难，残更深夜铁衣寒。" ②秣马巾车：喂马装车。秣，牲口饲料。用作动词是喂养之意。《左传·僖公三十三年》："郑穆公使视客馆，则束载厉兵秣马矣。"巾，用作动词，指给车子装上帷幕。晋潘尼《赠陆机出为吴王郎中令》："我车既巾，我马既秣，星陈夙驾，载脂载辖。" ③瑶珂：马笼头上的玉饰。 ④金镫：马镫的美称。镫，马鞍两旁的踏脚。⑤襟袖凄裂：言凄风贯入衣袖，仿佛欲撕裂之。 ⑥"遥指"二句：白玉京，神话传说中指天帝所居之处。李白《经乱离后天恩流夜郎忆旧游书怀》："天上白玉京，十二楼五城。"这里借指汴京。黄金阙，喻指月宫。欧阳修《内直对月寄子华舍人持国廷评》："水精

宫锁黄金阙，故比人间分外寒。”这里借指所爱之居所。 ⑦柔荑：喻指美人之手。荑，茅草的嫩芽，柔且白。《诗经·硕人》：“手如柔荑，肤如凝脂。” ⑧香雪：喻指美人肌肤。韦庄《闺怨》：“啼妆晓不干，素面凝香雪。” ⑨两恁虚设：对两个人而言，都是那么空放着。

【品评】

写这类羁旅情愁，柳永自是得心应手。上片写羁人寒起，大约是受了温庭筠《商山早行》诗的启发，大有“鸡声茅店月，人迹板桥霜”的味道。“瑶珂响、起栖乌，金镫冷、敲残月”，意境凄清且美，字句研炼精到。换头转入思帝京、怀佳人。“远道”二句两面写离恨，两处相思，一样闲愁。“应念念”后为遥想之辞，不写相思，乃写相见，是反过来写。水月镜花，空无杳昧，就更衬出苦苦相思之深切入骨。结句“虚设”是点破，是梦断，也是怨尤与恨极。通篇情景真切如见，单句收笔，干净利落。

瑞鹧鸪

天将奇艳与寒梅。乍惊繁杏腊前开。暗想花神、巧作江南信，[①]解染燕脂细翦裁。[②]　　寿阳妆罢无端饮，[③]凌晨酒入香腮。[④]恨听烟坞深中，谁恁吹羌管逐风来。绛雪纷纷落翠苔。[⑤]

【注释】

①“暗想”句：花神，掌管花的女神。宋张君房《云笈七籤》卷一一三：窥见女子红裳艳丽，游于树下，有辄探花折枝者，必为所祟，俗传女子花神也。陆龟蒙《和袭美扬州看辛夷花次韵》：“柳疏梅堕少春丛，天遣花神别致功。”巧作江南信，用陆凯遣驿使寄梅花与范晔事。　②燕脂：亦作燕支，今通作胭脂。晋崔豹《古今注》：“燕支，西方土人以染红，中国人谓之红兰，以染粉为妇人面色，名燕支粉，亦作焉支。”　③寿阳妆：即梅花妆。相传为南朝宋武帝女寿阳公主首创，故名。寿阳公主卧于含章殿下，有梅花落其额上，拂之不去，皇后留之，宫女多效之，于眉心画梅为饰，自后有梅花妆。事见《太平御览》卷九七〇引《宋书》。　④酒入香腮：谓两颊红润。香腮女子面颊的美称。温庭筠《菩萨蛮》：“小山重叠金明灭，鬓云欲度香腮雪。”　⑤绛雪：炼丹家丹药名。《汉武帝内传》：“其次药有丸丹、金液……元霜、绛雪。”孟郊《送萧炼师入四明山》：“绛雪为我饭，白云为我田。”这里取其绛红色，指飘落的梅花瓣。

【品评】

写梅花的诗词曲不胜其数，名作佳篇亦夥。此词以梅花天生奇艳入手，谓其腊前即开，令人惊为鲜艳的杏花。继以驿寄梅花事点出其报春信使之身份，又以胭脂色、细剪裁状其五出形象之美。上片乃写其初开。下片用寿阳公主梅花妆事，既扣紧梅花，又巧妙转入写人。“无端饮”颇为奇妙。饮酒之端无非有二：一是喜酒，二是愁酒。闺中独酌显然是端在后者。有端而言无端，可见其情绪之复杂。伤春、怀人实为其端绪。“恨听”二句要义在写风。风传羌笛声，可谓愁上添愁，哀怨之上更增幽恨也。而且这风也为末句张目。梅花飘落苍苔，催人断肠；即物兴怀，乐府之遗响。洵为才人之雅致，词家之巧思妙构。

瑞鹧鸪

全吴嘉会古风流。[①]渭南往岁忆来游。[②]西子方来、越相功成去，[③]千里沧江一叶舟。[④]　至今无限盈盈者，尽来拾翠芳洲。[⑤]最是簇簇寒村，遥认南朝路、[⑥]晚烟收。三两人家古渡头。

【注释】

①全吴嘉会：指苏州。唐以后俗称平江府为吴会。清赵翼《陔余丛考·吴会》：“西汉时会稽郡治本在吴县，时俗以郡县连称，故云吴会。”　②渭南：泛指渭水之南。词人曾至陕、甘，到过长安，故云。　③“西子”二句：西子即西施，越相指范蠡。相传范蠡助越王勾践灭吴后，功成身退，携西施泛舟五湖而去。　④沧江：即沧浪，古水名。诸说不一。《尚书·禹贡》：“嶓冢导漾，东流为汉，又东为沧浪之水。”这里当是泛指太湖水域。南朝梁任昉《赠郭桐庐》：“沧江路穷此，湍险方自兹。”　⑤盈盈者：指风姿绰约的嬉游女子。《古诗十九首·青青河畔草》：“盈盈楼上女，皎皎当窗牖。”拾翠芳洲，化用曹植《洛神赋》中“命俦啸侣，或戏清流，

或翔神渚，或采明珠，或拾翠羽”之意。　⑥南朝路：指南北朝时期江南古道。南朝，南北朝时期据有江南地区宋、齐、梁、陈四朝的总称。

【品评】

此写苏州风物。作者忆起陕、甘之游，面对江南古都，顿觉风景人情迥异，不由想起陶朱公来，流露出扁舟一叶，野鹤闲云之想。下片充满画意，拾翠倩女，盈盈含笑；江南小村，古道晚烟；古津渡口，寥落人家。所有这一切，皆入画屏之中，真真好丹青手也。别本“寒村”或作“寒竹”，“南朝路”或作“南朝画”，明确点出了画境，反显直露，不若作“村”作“路”，意境含蕴，想象余地更大。路，特别是古道，有一种继往开来的神秘感，特别有诗意。列维坦的《符拉基米尔大道》、东山魁夷的《路》，总是能给人以无穷无尽的遐想。柳永这里的“南朝路”前面缀以“遥认”，就更有意思了。依稀可辨的古道，经历了多少沧桑啊！“遥认”二字必细味深含。

安公子

远岸收残雨。雨残稍觉江天暮。拾翠汀洲人寂静，[①]立双双鸥鹭。望几点、渔灯隐映蒹葭浦。[②]停画桡、[③]两两舟人语。道去程今夜，遥指前村烟树。　　游宦成羁旅。[④]短樯吟倚闲凝伫。[⑤]万水千山迷远近，想乡关何处。自别后、风亭月榭孤欢聚。刚断肠、惹得离情苦。听杜宇声声，劝人不如归去。

【注释】

①拾翠汀洲：化用曹植《洛神赋》中“或拾翠羽”句意。 ②蒹葭浦：长满芦苇的水滨。 ③画桡（ráo）：船桨的美称。方干《采莲》：“指剥春葱腕似雪，画桡轻拨蒲根月。” ④游宦：指离家在外做官。杜牧《柳长句》：“灞上汉南千万树，几人游宦别离中。”羁旅，指客居异乡的人。《周礼·地官·遗人》：“野鄙之委积，以待羁旅。”郑玄注：“羁旅，过行寄止者。”可知游宦（宦游）与羁旅有所不同。颜之推《颜氏家训》：“江南朝士，因晋中兴，南渡江，卒为羁旅。” ⑤短樯：小船之帆。凝伫，伫立凝视。

【品评】

此首写羁旅愁苦，思念乡关，情真意切，非有实际体会与感受，绝难写出。“道去程今夜，遥指前村烟树”二句，尤似羁人声吻。去程遥遥，今夜暂且寄宿荒村，其中滋味，非亲身体验者，绝难道出。风雨兼程，行役中有许多不能预测的因素，荒村淹留不知何时再上征程。下片气息尤好。“万水千山”以下数句，韵味淳厚，满纸呜咽。细绎之，动人处不在字面，而在于上阕之内在联系，无前面的铺张写景制造蓄势，便无后面的动人心弦。正所谓大开大合，写酒香而不废描摹巷深者也。

长寿乐

繁红嫩翠。艳阳景，妆点神州明媚。①是处楼台，②朱门院落，弦管新声腾沸。恣游人、无限驰骤，娇马车如水。[3]竟寻芳选胜，归来向晚，[4]起通衢近远，香尘细细。[5]　　太平世。少年时，忍把韶光轻弃。况有红妆，楚腰越艳，[6]一笑千金何啻。向尊前、舞袖飘雪，[7]歌响行云止。[8]愿长绳、且把飞乌系。[9]任好从容痛饮，谁能惜醉。

【注释】

①神州：指京城。此指汴京。与训为中国者不同。左思《咏史》："皓天舒白日，灵景耀神州。"吕向注："神州，京都也。"王勃《秋晚入洛于毕公宅别道王宴序》："山人卖药，忽至神州，惊帝室之威灵，伟皇居之壮丽。"　②是处：到处，处处。　③车如水，谓车马络绎不绝。《后汉书·马后记》："前过濯龙门上，见外家问起居者，车如流水，马如游龙。"　④向晚：傍晚。　⑤"起通衢"二句：通衢，四通八达的路。汉班昭《东征赋》："遵通衢之大道兮，求捷径欲从谁。"香尘，芳香之尘。多指因女子之步履而起者。⑥楚腰越艳：泛指美女。楚腰，参见前《斗百花·满搦宫腰纤细》注①。越艳，指越地美女。　⑦舞袖飘雪：暗用《洛神赋》中"飘飘乎若流风之回雪"句意，形容舞姿之美。　⑧"歌响"句：用秦青善讴，响遏行云事。　⑨飞乌：指太阳。传说日中有三足乌。

【品评】

写京都繁华，声歌旖旎的词，柳永写了不少。这一首铺排更甚。先是写春光烂漫，弦管声沸；继写游人恣情纵游，车水马龙，上片结在访翠寻芳，傍晚临街衢，香风阵阵。大处是艳阳高照，红肥绿瘦，汴京城一派盎然春色；细处是迤逦行来，晚风送来缕缕幽香。层层晕染，细致勾勒，柳永是风俗画的斫轮高手。下片写行乐须及时的适意情怀，舞袖歌筵，千金买笑，韶光岂可轻负。其中“愿长绳，且把飞乌系”句，当是《西厢记·长亭》中“恨不倩疏林挂住斜晖”的粉本。长绳系日，奇想也！柳永文思，岂可控揣！

倾　杯

水乡天气，洒蒹葭、[①]露结寒生早。客馆更堪秋杪。[②]空阶下、木叶飘零，飒飒声干，[③]狂风乱扫。当无绪、人静酒初醒，天外征鸿，知送谁家归信，穿云悲叫。[④]　　蛩响幽窗，鼠窥寒砚，一点银釭闲照。[⑤]梦枕频惊，秋衾半拥，万里归心悄悄。往事追思多少。赢得空使方寸挠。[⑥]断不成眠，此夜厌厌，[⑦]就中难晓。

【注释】

①蒹葭：泛指芦苇，已多见前注。　②秋杪：暮秋，秋末。唐唐彦谦《初秋到慈州冬首换绛牧》：“秋杪方攀玉树枝，隔年无计待春晖。”　③飒飒声干：秋末气候干燥，落叶干枯，风吹时发出簌簌声响。　④“天外”三句：征鸿，即征雁。雁为候鸟，换季远飞，故称。江淹《赤亭渚》：“远心何所类，云边有征鸿。”传说雁能传书，故云。　⑤“蛩响”三句：蛩响，即蟋蟀鸣叫。鼠窥寒砚，谓墨有香气，饥鼠窥探之。银釭，银白色的灯盏、烛台。这三句即物以衬托

人的孤寂。 ⑥方寸挠：心乱。挠，扰乱，搅乱。 ⑦厌厌：绵长。南唐冯延巳《长相思》："红满枝，绿满枝，宿雨厌厌睡起迟。"

【品评】

旅中逢秋，万木萧疏；凉夜无眠，辗转伤情。这首总算避开了鸳帐红衾，云情雨况，只言"归心悄悄"。故不失其雅致。过处三句渲染孤寂凄凉氛围，甚妙。"鼠窥寒砚"尤为有趣。它是一个匠心独运的"特写镜头"，一经与"蛩响"、"一点银缸"组合起来，便构成了对旅人心境的强烈衬托。这三句给人的印象极深。"蛩响"与"一点银缸"已然被用滥，"鼠窥寒砚"加了进去，就大不同了。事实上不宜简单将其视为增加了一个意象，这是一种奇妙的重组与创造。上片写落叶飘零，谓"飒飒声干"，亦妙。声音缘何还有干湿？是不是可以将其看作是"通感"呢？

倾　杯

金风淡荡，[1]渐秋光老、清宵永。小院新晴天气，轻烟乍敛，皓月当轩练静。[2]对千里寒光，念幽期阻、当残景。早是多愁多病。那堪细把，旧欢前约重省。　　最苦碧云信断，仙乡路杳，归雁难倩。[3]每高歌、强遣离怀，奈惨咽、翻成心耿耿。[4]漏残露冷。[5]空赢得、悄悄无言，愁绪终难整。又是立尽，梧桐碎影。[6]

【注释】

①金风：指秋风。晋张协《杂诗》："金风扇素节，丹霞启阴期。"李善注："西方为秋而主金，故秋风曰金风也。" ②练静：形容月光如白色薄绸般静谧。 ③"最苦"三句：碧云，即碧空中的云。江淹《杂体诗·效惠休"别怨"》："日暮碧云合，佳人殊未来。"惠休原诗题为《怨别》，故后世多用碧云喻离别或失约。宋刘克庄《沁园春》："怅佳人未来，碧云冉冉。"仙乡，喻所爱之居所。韦庄《怨王孙》："不知今夜，何处深锁兰房，隔仙乡。"倩，请。这三句言与所爱相隔遥遥，音信阻断，无以通情愫。 ④耿耿：形容心中纷乱，无法宁贴。《诗经·柏舟》："耿耿不寐，如有隐忧。" ⑤漏残：犹更尽。漏，即银箭、漏箭，古代计时器具。 ⑥碎影：月光透过树叶缝隙撒在地上的斑驳光影。

【品评】

关于这首词，还有一桩"公案"。宋胡仔《苕溪渔隐丛话》后集卷三十八《回仙》有云："回仙于京师景德寺僧房壁上题诗云：'明月斜，秋风冷，今夜故人来不来，教人立尽梧桐影。'相传此词国初时即有之。柳耆卿词云：'愁绪终难罄（宋本、明钞本"罄"作"整"），人立尽，梧桐碎影。'用回仙语也。《古今词话》云：'耆卿作《倾杯·秋景》一阕，忽梦一妇人云："妾非今世人，曾作前诗，数百年无人称道，公能用之。"梦觉说其事，世传乃鬼谣也。'此语怪诞，无可考据，盖不曾见回仙留题，遂妄言耳。"所谓"回仙"者，《苕溪渔隐丛话》后集卷三十八有《回仙自作传》，可知其为一道士，京兆人，唐末累试不第，游华山遇仙人点化，遂得道成仙。柳永这几句词经这无稽之谈的附会，被弄得鬼里鬼气的。细细玩味，这几句所以为人们所注目，是因为前面铺垫已充分，读至此，确觉其魅力无穷，与仙、鬼恐怕毫无瓜葛。但这妄传中有一点值得深思，即那所谓前诗，设其为确有，何以"数百年无人称道"，而经柳永用了之后，它就风传开来？答案就是柳词是一个整体，铺张扬厉之后才推出这几句。换言之，孤立看这几句，与放在词的最后，韵味是大不相同的。即这首词的好处，不仅仅在结末数句。且看上片写景，清空灵透，秀润如画，非止于文字表面，乃借景寓怀，不着色相，一身寂寥惆怅，尽在其中矣。下片"每高歌"以下，更是绝妙之笔。俗语谓男愁唱，女愁哭。你看，词人写羁愁行苦，以高唱而遣愁绪。谁知愈唱愈悲，适得其反，"奈惨咽、翻成心耿耿"，由唱而哭，痛极之语也。至于"悄悄无言，愁绪终难整。又是立尽，梧桐碎影"云云，则已是痛定之后的无痛，佛家所谓的"无住"之境。便历尽千万劫，此词不废。

倾　杯

鹜落霜洲，[①] 雁横烟渚，[②] 分明画出秋色。暮雨乍歇。小楫夜泊，[③] 宿苇村山驿。[④] 何人月下临风处，起一声羌笛。离愁万绪，闻岸草、切切蛩吟如织。[⑤]　　为忆。芳容别后，水遥山远，何计凭鳞翼。[⑥] 想绣阁深沉，[⑦] 争知憔悴损、天涯行客。楚峡云归，高阳人散，[⑧] 寂寞狂踪迹。望京国。[⑨] 空目断、远峰凝碧。

【注释】

①鹜(wù):水鸭。《禽经》:"水鹜泽则群,扰则逐。"张华注:"鹜,野鸭也。"王勃《滕王阁序》:"落霞与孤鹜齐飞,秋水共长天一色。" ②烟渚:雾气笼罩着的洲渚。孟浩然《宿建德江》:"移舟泊烟渚,日暮客愁新。" ③小楫:小船。楫,短桨,亦代指船。杜甫《江涨》:"渔人萦小楫,容易拨船头。" ④山驿:山中驿站。李商隐《梦令狐学士》:"山驿荒凉白竹扉,残灯向晓梦清晖。" ⑤蛩吟如织:蟋蟀鸣叫声错综交织。 ⑥何计凭鳞翼:是说无法通书信。鳞翼,指鱼和雁。古时传说鲤鱼、雁足能传书。 ⑦绣阁:犹闺阁。此指所爱之居室。后蜀欧阳炯《菩萨蛮》之四:"画屏绣阁三秋雨,香唇腻脸偎人语。" ⑧"楚峡"二句:意谓所爱与朋友都离散了。楚峡,用宋玉《高唐赋》中楚王梦神女事。高阳,本指高阳酒徒,这里指期会文友。 ⑨京国:京都。此指汴京。韩愈《孟生》:"骑驴到京国,欲知薰风琴。"

【品评】

这是柳永一首名作,向为人们所称道。谭献称其为"耆卿正锋,以当杜诗"(《复堂词话》)。唐圭璋则谓其"脉胳甚明,哀感甚深"(《唐宋词简释》)。上片写景,由秋色而秋声,肃杀萧瑟,令人不忍见闻。虽有"画出"二字,然此画苍茫萧疏,色调灰暗,大有"念天地之悠悠,独怆然而涕下"之气韵。最是远处一声羌笛幽怨,近处几多秋虫悲鸣,更是令人不堪。于此正可见出柳词写景的高处来。其意境恐为画工展齿所不能到,非化工所难以企及也。下片抒情,妙在先忆芳容,继写书信难凭;接下来由芳容而及于绣阁，料想她不会想到我这个天涯客憔悴的程度。这很微妙。现实生活中，一个人思念一个人，总是先想起她或他的容颜，而后是两个人都熟悉的环境，最后才是她（他）现在如何？她（他）知道我眼下的处境吗？故唐圭璋先生说："'想绣阁'三句，就对方设想，念人在外边之苦，语极凄恻。"为什么会读至此感到凄恻动人呢？因为从换头开始，词人是有意无意按心理学的情感逻辑来描写的，它触到了人的心灵深处。结二句以景语收，实质上仍是情语，它为全词统一了情调，而不是色调。与绘画一样，情调大于色调，诗词中的佳句往往是情景难分的，所谓一切景语皆情语是也。结二句似受李太白"不觉碧山暮，秋云暗几重"（《听蜀僧濬弹琴》）的启发，然却更精粹、更含蕴。石涛和尚论画有云："呕血十斗，不如啮雪一团。"所言指的是绘画不在技巧，亦不在知识，而在于精神与智慧。必须超越技巧（始必有技巧），由技而进于道。《文心雕龙》中所言之藻雪精神，与此相通。此词胜处，全在气骨。所以为正锋，可当杜甫。柳词二百首，逸品不过十数首，此首可当之。

鹤冲天

黄金榜上。[①] 偶失龙头望。[②] 明代暂遗贤，如何向。[③] 未遂风云便，[④] 争不恣狂荡。何须论得丧。[⑤] 才子词人，自是白衣卿相。[⑥]　　烟花巷陌，[⑦] 依约丹青屏障。幸有意中人，堪寻访。且恁偎红翠，风流事、平生畅。青春都一晌。[⑧] 忍把浮名，换了浅斟低唱。

【注释】

①黄金榜：即黄榜。因其用黄纸书写，故名。指科举时代于殿试之后，由朝廷发布的中试者名单。唐何扶《寄旧同年》：“金榜题名墨尚新，今年依旧去年春。” ②偶失龙头望：指没有考中状元。龙头，状元的俗称。唐黄滔《辄吟七言四韵攀寄翁文尧拾遗》：“龙头龙尾前年梦，今日须怜应若神。”辛弃疾《满江红·贺王帅宣子平湖南寇》：“三万卷，龙头客，浑未得，文章力，把诗书马上，笑驱锋镝。”邓广铭笺注：“王宣子于绍兴十八年戊辰举进士第一。” ③明代：政治清明的时代。唐马戴《怀故山寄贾岛》：“心偶羡明代，学诗观国风。”遗贤，指未被朝廷所用的贤才。《尚书·大禹谟》：“野无遗贤，万邦咸宁。”唐张九龄《奉和圣制早发三乡山行》：“遗贤一一皆羁致，犹欲高深访隐沦。”如何向，犹云怎么办？即以后选择走什么样的道路。向，语气助词，无实义。 ④风云便：指好的机遇。《易经·乾卦一》：“云从龙，风从虎，圣人作而万物睹。”后因以风云喻遇合、际遇。王勃《上明员外启》：“神交可托，风云于杵臼之间。” ⑤得丧：得失。 ⑥白衣卿相：唐人极重进士，宰相多是进士出身，称进士为白衣卿相，言身虽为白衣之士，而有卿相之资。五代王定保《唐摭言·散序进士》：“进士科始于隋大业中，不由进士者，终不为美。以至岁贡常不减八九百人，其推重谓之‘白衣公卿’，又曰：‘一品白衫’。”诗家则多作“白衣卿相。” ⑦烟花巷陌：犹烟花柳巷，指妓女聚居之处。 ⑧一晌：犹言片刻。冯延巳《鹊踏枝》：“一晌凭阑人不见，鲛绡掩泪思量遍。”

【品评】

这首词极为有名。特别是它的结句“忍把浮名，换了浅斟低唱”，更是布在人口，流传广远，几乎人人耳熟能详。这是一首发牢骚的词作，它一定是在落榜后写的。故一些词话所言此词写于试前或候榜之时，均不可靠。未知结果就发牢骚于理说不通。至于宋仁宗读了此词曰：“且去浅斟低唱，何要浮名”的传说，多半也是后人附会杜撰，难以当作信史来看待。这首词的放荡不羁以及它对科考的不无戏谑，极见词人个性，其广泛流传，为人们所津津乐道的深层原因在此。柳永颇为自负，他认为自己落第是“偶失”，是风云不际。但他不认为当时社会制度不好，或是人主昏庸。他甚至称当朝是“明代”，即政治清明的时期。而且遗弃了他这样的“贤才”只是暂时的。因而那些认为此词对科举制度不满，并由此得出柳永在此词中表现出叛逆精神来云云，是没有根据的。柳永后来不是进士及第了吗？不错，柳永的确有叛逆意识，但那是从其一生思想与经历的总体上来说的，而不是就其对科举制度的态度而言的。就这首词而言，其对科举制度的冲击极为有限，且并非创作这首词的初衷。柳永这个人最可爱处在于他的率真。你看他考场失意了，自己安慰自己说，我情场是得意的：“幸有意中人，堪寻芳。且恁偎红翠，风流事、平生畅。”一般人可能这样想，不会这么说，更不会白纸黑字将这想法写出来。你说他可爱不可爱！这就是柳永。说起来这首词在柳词中算不上出类拔萃的作品。其最能引起人们兴趣的无非是“何需论得丧。才子词人，自是白衣卿相。”还有“忍把浮名，换了浅斟低唱”。人都有失意的时候，这时读此词，它就有一种奇妙的镇痛作用。只要能镇痛,哪管它消极还是积极。文学作品的传与不传,因素太复杂。此词恐怕口口相传的机率不逊于“杨柳岸晓风残月”吧。

木兰花

杏花

翦裁用尽春工意。[1]浅蘸朝霞千万蕊。天然淡泞好精神,[2]洗尽严妆方见媚。[3]　　风亭月榭闲相倚。紫玉枝梢红蜡蒂。[4]假饶花落未消愁,煮酒杯盘催结子。[5]

【注释】

①春工:指大自然的化育之工。　②淡泞:澄深,迥远。这里是澄澈、淡雅之意。　③严妆:整妆、打扮。此指正式场合的精心妆扮。　④“紫玉”句:谓杏树的枝干呈深棕偏紫色,而杏花的蒂则是红色,故以紫玉与红蜡为喻。　⑤“假饶”二句:倘杏花落尽而春愁未消,就煮酒浇愁盼尽快结杏子。《诗词曲语辞汇释》:“饶,犹任也;尽也。假定之辞。凡文笔作开合之势者,往往用饶字为曲笔以垫起之。”又云:“有作假饶者。……加一假字,假定之意更明显。”

【品评】

唐宋人爱杏花,随手便有许多诗句可证。如杜牧《杏园》诗云:“莫怪杏园憔悴去,满城多少插花人。”唐宋人插花头上,并不只限于女性。王季思先生曾在一篇短文中提到，唐宋的状元进士在琼林宴上簪花饮酒，要将鲜花插在官帽上。还提到“张孝祥在长沙宴客，点歌女唱陈济翁的《暮山溪》词，在听到‘金杯酒，官王劝，头上宫花颤’时，情不自禁地摇头晃脑起来”(见《能改斋漫录》)。其实，王定保《唐摭言》中所言“唐进士杏花园初会，谓之搽花宴”，这“搽”当通于“插”，因将杏花搽于脸上是说不通的。何况后文还说“择少俊二人为搽花使”，显然是专有人将杏花插于状元进士们的帽子上。此外，陆游的“小楼一夜听春雨，深巷明朝卖杏花”(《临安春雨初霁》)的名句，就更是为人们所耳熟能详了。柳永的这首小词写杏花多用绘画法，色鲜明丽，嫣红姹紫。且语言研炼精工，传达出了杏花的神韵仙姿。“浅蘸”句以朝霞为色，一个“蘸”字，令霞色具有了湿度，奇想惊人。“紫玉”句则有潇洒出尘之致，虽是以物喻物，却能传神于弦外。结二句令人想起杜牧之名句“狂风落尽深红色，绿叶成阴子满之”(《怅诗》)。由花落而联想到结实，惆怅之中含有慰藉，柳永这里用意仿佛小杜。柳词专写花者并不多，这首《杏花》，不可谓不别具手眼。

木兰花

海　棠

东风催露千娇面。欲绽红深开处浅。[①] 日高梳洗甚是忺，[②] 点滴燕脂匀未遍。[③]　　霏微雨罢残阳院。[④] 洗出都城新锦段。[⑤] 美人纤手摘芳枝，插在钗头和凤颤。[⑥]

【注释】

①“欲绽”句：海棠绽苞时呈深红色，花开后则为浅红色，故言。五代刘兼《海棠花》：“淡淡微红色不深，依依偏得是春心。” ②忺(xiān)：高兴，欢喜。韦应物《寄二严》：“丝竹久已懒，今日遇君忺。” ③“点滴”：仍是说海棠淡红，有如施少许胭脂。陈与义《春寒》：“海棠不解胭脂色，独立蒙蒙细雨中。”燕脂，即胭脂。 ④霏微：雨后迷蒙的天色。 ⑤锦段：即锦缎。段，通“缎”。张衡《四愁》：“侧身北望泪沾巾，美人赠我锦绣段。” ⑥钗头：钗的首端，亦代指钗。一般钗头或做成燕状，或制为凤形。这里指后者。王建《留别田尚书》：“不看匣里钗头古，犹恋机中锦样新。”这句是说美人插海棠花于头上，花与钗头的凤形一起颤动。

【品评】

海棠暮春开花，海棠过后春即逝去。加之海棠美而不艳，淡雅可人，故颇为诗家所青睐。苏轼的“只恐夜深花睡去，故烧高烛照红妆”(《海棠》)二句，向为人们所熟知。柳永此词，采用拟人手法，将海棠人格化了。“日高”二句明显将海棠喻为美人，说它日高梳洗，甚是欢快。而且它不喜浓脂，只是淡淡一点涂饰就很美了，自然高雅，卓而不群。苏轼写的是海棠花未眠，柳永则写海棠醒来迟。各得其时，各逞其美。下片写残阳似锦，海棠锦上添花。夕阳辉映下的海棠花显得格外俏丽。美人不禁摘下一朵，插在云鬓之上。于是美人鲜花，钗头凤饰，定格为夕阳中一个娇艳妍美的大特写。小词虽寥寥数语，却美不胜收。

木兰花

柳枝

黄金万缕风牵细。[1]寒食初头春有味。[2]殢烟尤雨索春饶，[3]一日三眠夸得意。[4]　　章街隋岸欢游地。[5]高拂楼台低映水。楚王空待学风流，饿损宫腰终不似。[6]

【注释】

①"黄金"句：柳叶初绽时呈鹅色，故有"金丝"、"金柳"之称。唐姚合《杨柳枝词》："黄金丝挂粉墙头，动似颠狂静似愁。"唐李绅《柳》之二："千条垂柳拂金丝，日暖牵风叶学眉。"　②寒食：节气名，在清明前一或二日。　③殢烟尤雨：谓依恋雾霭雨露。殢、尤均为恋辞。《诗词曲语辞汇释》训为恋昵、纠缠。索春饶，即向春天争得阳光雨露。饶，额外添加。唐崔道融《杨柳枝词》："雾拈烟搓一索春，年年长似染来新。"　④"一日三眠"句：指柽柳（即人柳）的柔弱枝条在风中时时伏倒。柽树又称观音柳、西河柳、三春柳及红柳等。《三辅故事》："汉苑中有柳状如人形，号曰人柳，一日三眠三起。故柽柳又称三眠柳。"宋韩琦《狮子柳》："三眠汉宫树，人状可同褒。"　⑤章台隋岸：指章台街与隋堤，都与植柳有关。隋岸，即隋堤。隋炀帝大业元年开通济渠，自西苑引谷水、洛水入黄河；自板渚引黄河入汴水，经泗水入淮河；又开邗沟，自山阳至扬子入长江，渠广四十步，植杨柳于御河边，后人谓之隋堤。

白居易《隋堤柳》："隋堤柳，岁久年深尽衰朽，……大业年中炀天子，种柳成行夹流水，西至黄河东至淮，绿影一千三百里。"

⑥"楚王"二句：意为楚宫细腰也不及柳的风姿袅娜。

【品评】

写柳的古代诗词绝对不比写各种花的少，名篇佳句也比比皆是。柳永此词并未能提供什么新鲜的东西，所用典实亦均常见。唯"一日三眠"稍为有意味，用者亦稀。但"三眠柳"指的是柽柳，亦即红柳，属灌木种科，多生长于西北高原和沿海滩涂，与一般意义上的杨柳、垂柳不是一回事。柳永到过西北，大约见过红柳，故将其揽入咏柳词中，略见新鲜意味。红柳之所以又称为"人柳"，与其长不高有关。纪晓岚到新疆，写过《乌鲁木奇杂诗》，其中写到红柳，径称其为"红柳娃"。因红柳大者亦不过较人体略高罢了。

倾杯乐

楼锁轻烟，水横斜照，遥山半隐愁碧。片帆岸远，行客路杳，簇一天寒色。楚梅映雪数枝艳，①报青春消息。②年华梦促，音信断、声远飞鸿南北。　　算伊别来无绪，翠消红减，双带常抛掷。③但泪眼沉迷，看朱成碧。④惹闲愁堆积。雨意云情，酒心花态，孤负高阳客。⑤梦难极。⑥和梦也、多时间隔。

【注释】

①楚梅:泛指楚地之梅花。宋梅尧臣《读吴正仲重台梅花诗》:"楚梅何多叶,缥蒂攒琼瑰。" ②青春:指春天。春来草木返青,故称。《楚辞·大招》:"青春受谢,白日昭只。"王逸注:"青,东方春位,其色青也。"杜甫《闻官军收河南河北》:"白日放歌须纵酒,青春作伴好还乡。" ③伊,你。无绪:指情绪低落。翠消红减:指人消瘦、憔悴了。双带:当指连理带、同心结之类的定情信物。汉辛延年《羽林郎》:"长裾连理带,广袖合欢襦。"宋林逋《相思令》:"君泪盈,妾泪盈,罗带同心结未成,江边潮已平。" ④看朱成碧:形容眼花不辨五色,将红的看成绿的。唐武则天《如意娘》:"看朱成碧思纷纷,憔悴支离为忆君。" ⑤"雨意"三句:谓于花于酒均疏远了。雨意云情,用楚王巫山楚神女事。高阳客,指文期酒会之友朋。⑥梦难极:是说好梦难终。极,穷尽。

【品评】

为柳词常见的羁旅怀人题材。佳处在上片写早春景象。起三句烟锁水横,远山隐隐,是从大处落墨;而"行客路杳"、楚梅映雪,则写细部。层层写来,浓淡相间,画意悠然,春愁意绪自然流出。"年华梦促"以下,转入怀想,却抽笔写雁,仿佛在有意无意之间,实则人与雁同写,一般寂寥,同样思归也。下片笔作两面,写佳人用设想之曲笔,写行客则多用直笔。终以梦残而不得其极,以至梦中欢会亦所期不易作结。可谓惆怅无尽,深情徒萦梦想耳。

祭天神

忆绣衾相向轻轻语。屏山掩、[1]红蜡长明，金兽盛熏兰炷。[2]何期到此，酒态花情顿孤负。[3]柔肠断、还是黄昏，那更满庭风雨。　　听空阶和漏，碎声斗滴愁眉聚。[4]算伊还共谁人，争知此冤苦。念千里烟波，迢迢前约，旧欢慵省，[5]一向心无绪。

【注释】

①屏山：即屏风。温庭筠《南歌子》：“扑蕊添黄子，呵花满翠鬟，鸳枕映屏山。” ②金兽：指兽形香炉。宋张耒《秋蕊香》：“帘幕疏疏风透，一线香飘金兽。”兰炷，线香的美称。欧阳修《洛阳春》：“红纱未晓黄鹂语，蕙炉销兰炷。” ③孤负：今通作辜负。 ④“听空阶”二句：是说雨滴空阶的声音与漏箭声相和交响，声声催人烦愁。斗滴，指两种滴水声交相作响。 ⑤慵省：犹言懒于去回想。

【品评】

黄昏、风雨、客舍、断肠，上片所描写的这些意象，为回忆昔日幽欢造足了蓄势。而屏山、红蜡、熏笼兰炷的温情脉脉又与下片的空阶和漏、碎声斗滴形成了强烈的反衬。“算伊”以下是孤独自处不堪回首的内心活动。妙在“旧欢慵省”四字。这是反过来说，明明是在想着“前约”，念着“绣衾”，偏偏又说“慵省”。“省”而说不愿

“省”，就更加强化了“省”的挥之不去。盖见怨之深，愁之重也。

鹧鸪天

吹破残烟入夜风。一轩明月上帘栊。因惊路远人还远，纵得心同寝未同。　　情脉脉，[①] 意忡忡。[②] 碧云归去认无踪。[③] 只应曾向前生里，爱把鸳鸯两处笼。[④]

【注释】

①情脉脉：《古诗十九首·迢迢牵牛星》：“盈盈一水间，脉脉不得语。”脉脉，情意绵绵，凝视不语的样子。　②忡忡：忧虑不安。《诗经·草虫》：“未见君子，忧心忡忡。”　③“碧云”句：谓即使归去也很难寻得旧欢。碧云，碧空中的云，喻指远方或天边，多用来形容离愁别绪。　④“只应”二句：是说男女情事须有缘分，前世有缘今世才能相厮相守。前生，佛教认为人有三生，即前生、今生、来生。生，亦作“世”。前生即前一辈子，对今生而言。唐寒山《诗》之四十一：“今日如许贫，总是前生作。”

【品评】

词精粹警拔，甘之如饴。上片四句，前两句写景，后两句抒情。写景清冷空寂，抒情韵悠意远。“路远人还远”前冠“因惊”，遂得精警拔俗之妙。所谓“人还远”，即人更远也，即心远也。与欧阳修“平芜尽处是春山，行人更在春山外”用意相埒。只是欧词是从闺妇感受言之，柳词则以行人心会出之。俱可称俊语。下片妙在后两句，前生有缘爱自可相期，是自慰语，也是祝祷语，更是期待语，与“愿天下有情的都成了眷属”词异意同，它使全词拔高了一个音阶，可堪细味。《全宋词》此词调名下唐圭璋先生括注一行小字曰：“案此首调名原作《瑞鹧鸪》，非，今按律改。”

归去来

一夜狂风雨，花英坠、[①]碎红无数。垂杨漫结黄金缕。[②]尽春残、萦不住。[③]　　蝶稀蜂散知何处。殢尊酒、[④]转添愁绪。多情不惯相思苦，休惆怅、好归去。

【注释】

①英：花。《诗经·有女同车》：“颜如舜英。”陶渊明《桃花源记》：“芳草鲜美，落英缤纷。”　②漫结：犹遍生。黄金缕，柳叶初生色嫩黄。缕，指柳的枝条。　③萦：本义为牵挂、缠绕，引申为挽留之义。　④殢尊酒：即殢酒，指沉湎于酒，困于酒。宋刘过《贺新郎》：“人道愁来须殢酒，无奈愁深酒浅。”

【品评】

极力写惜春、伤春以及春残将逝欲留无计，其弦外之音是好景不长，人生苦短。此词以此为归去张本。“多情不惯”以下，看上去词坚意肯，决计归去，骨子里仍是矛盾痛苦。若不然，何以殢酒转更添愁呢？人生贵适意，当率性时说便行，这对于柳永来说太难了。这也正是他的词不厌其烦，反反复复写羁怨情愁的原因。果真能将浮名彻底抛弃他便不成其柳永了。即使到了后来的元代，断绝了士人的进身之阶，士人们仍然挣扎于无尽的痛苦之中。这种由名利与适意之间所构成的两难情结，成了封建时代知识分子共同的心病，故也就成了诗词曲永恒的主题之一。

梁州令

梦觉纱窗晓。残灯掩然空照。因思人事苦萦牵，[①]离愁别恨，无限何时了。　怜深定是心肠小。[②]往往成烦恼。一生惆怅情多少。月不长圆，春色易为老。

【注释】

①人事：宋元俗语，指男女情欲之事。《永乐大典戏文三种》之《张协状元》第十出：“净：‘教他与贫女睡，极弗稳便。’末：‘也骨自晓人事。’”又元杨文奎《儿女团圆》杂剧第二折：“如今长成十三岁，也晓的人事。”　②“怜深”句：“谓爱极必然心胸狭窄，时时思念而放不下。”

【品评】

小词写为情欲所苦，直白真率，别是一番韵味。“人事”在这里虽显然是指男女情欲之事，小说戏曲中并不罕见。但这两个字又实在有多种义项。最常见的是它有时也指仕途。如《陶渊明归去来兮辞·序》有云："尝从人事，皆口腹自役。"王瑶注："人事，指仕途。"又《南史·臧焘传》："顷之去官，以父母老家贫，与弟熹俱弃人事，躬耕自业。"此词中的"人事"若训为仕途，似亦可通，即因了仕途奔波而造成了羁旅行役，离愁别绪也因此而生。或许词人有意运用双关，谓萦牵于头脑中的苦事，无非奔竞与怀人两端而已，亦即二者不可两全。这样理解可能更有味道。

燕归梁

轻蹑罗鞋掩绛绡。[①]传音耗、苦相招。语声犹颤不成娇。乍见得、两魂消。[②]　　匆匆草草难留恋、还归去、又无聊。若谐雨夕与云朝。[③]得是个、有嚣嚣。[④]

【注释】

①罗鞋：丝罗缝制的绣鞋。绛绡，红色薄纱。此指帏帐。②两魂消：即双双消魂。消魂，同"销魂"。形容极其欢乐。宋秦观《满庭芳》："消魂，当此际，香囊暗解，罗带轻分。"　③"若谐"句：用宋玉《高唐赋序》楚王梦巫山神女事，指男女欢合。　④"得是个"句：谓定会引起谗毁四起，一片指斥声。个，犹家，价，为估量某种光景之辞。嚣嚣，众口毁议的情景。《诗经·十月之交》："无罪无辜，谗口嚣嚣。"高亨注："嚣嚣，众口谗毁貌。"

【品评】

此首在柳词中有点特殊。即柳永也有顾忌，于风情事，亦畏人言，怕人家谗毁与非议。小词上片写两情相悦，已通情愫；下片突转，言匆匆离去，知止便止。原因很简单：怕众口非议，谗毁纷至。大约这女子太过引人注目，或是还有什么背后的隐曲。总之是他克制了自己，停留在了一见消魂的地步，未曾再做进一步的于飞之梦。何以如此？却不得而知。也没准它纯是虚构，词人只是写了人生中可能发生的某种恋情心理体验。这样一来，它便与那些倍受人们指责，写得过于刻露的作品划开了界限，得含蓄蕴藉之美。因为有了一个谜点，咀嚼起来便更有味。

夜半乐

艳阳天气，烟细风暖，芳郊澄朗闲凝伫。渐妆点亭台，参差佳树。舞腰困力，垂杨绿映，①浅桃秾李夭夭，②嫩红无数。度绮燕、流莺斗双语。③　　翠娥南陌簇簇，④蹑影红阴，缓移娇步。抬粉面、韶容花光相妒。绛绡袖举。⑤云鬟风颤，半遮檀口含羞，⑥背人偷顾。竞斗草、⑦金钗笑争赌。　　对此嘉景，顿觉消凝，⑧惹成愁绪。念解佩、轻盈在何处。⑨忍良时、孤负少年等闲度。⑩空望极、回首斜阳暮。叹浪萍风梗知何去。⑪

【注释】

①“舞腰”二句：形容柳枝轻轻摇曳，因“烟细风暖”而未能充分舞起来。 ②夭夭：形容茂盛而又艳丽。《诗经·桃夭》：“桃之夭夭，灼灼其华。” ③“度绮燕”句：度，通“渡”。这里是飞过的意思。绮燕，美丽的燕子。斗双语，谓燕子与黄莺相对鸣叫。《诗词曲语辞汇释》：“斗，犹对也。苏轼《记梦》：‘红焙浅瓯新火活，龙团小碾斗晴窗。’言对晴窗也。” ④翠娥：指美女。宋梅尧臣《谢永叔答述旧之作和禹玉》：“金带击袍回禁署，翠娥持烛侍吟窗。”南陌，南面的路，多指郊外。沈约《鼓吹曲同诸公赋·临高台》：“所思竟何在，洛阳南陌头。” ⑤绛绡：红色的薄绸纱。绡，生丝织成的薄纱、细绢。晋郭璞《游仙诗》之十：“振发晞翠霞，解褐被绛绡。” ⑥“云鬟”二句：云鬟，高耸的环形发鬟。李白《久别离》：“至此肠断彼心绝，云鬟绿鬓罢梳结。”檀口，犹朱唇。 ⑦斗草：古代妇女的一种岁时游戏。 ⑧消凝：亦作“销凝”，为消魂凝魄之省文。《诗词曲语辞汇释》：“柳永《夜半乐》词：‘对此嘉景，顿觉消凝，惹成愁绪。’此犹云顿觉消魂。” ⑨“念解佩”句：刘向《列仙传·江妃二女》：“江妃二女者，不知何所人也，出游于江汉之湄，逢郑交甫，见而悦之，不知其神人也，谓其仆曰：‘我欲下请其佩。’……遂手解佩与交甫。”曹植《洛神赋》：“愿诚素之先达兮，解玉佩以要之。……感交甫之弃言兮，怅犹豫而狐疑。”李善注：“《神仙传》：切仙一出游于江滨，逢郑交甫，交甫不知何人也，目而挑之，女遂解佩与之。交甫行数步，空怀无佩，女亦不见。”后遂以解佩代指结神仙之侣，亦喻指艳遇逢美。这里指后者。轻盈，形容女子姿态轻快飘逸。李白《相逢行》：“下车何轻盈，飘然似落梅。”此处则是以轻盈代指美人。

⑩“忍良时”句：谓岂能虚度了青春好时光。忍，怎忍，不忍。孤负，即辜负。 ⑪浪萍风梗：喻飘泊不定的游子。

【品评】

这又是一首三叠的慢词。结构层次非常清晰：上片纯是写景；中片意在刻画美人群像；下片则直摅胸臆。从“忍良时、孤负少年等闲度”句来看，它很可能是词人早年的作品。上片描春景，从伫立春光中凝眄入手，佳树斗艳，莺燕争鸣，色彩浓丽，景物鲜活。且语言流便明畅，研炼而不事雕琢。中片写人物，以反描勾勒见长，笔简而意繁，将几组人物置于融融春意之中，摹影传神，画意浓重。一组在花丛中留连，“缓移娇步”；一组容颜与花光争艳，举红袖，发髻摇，含羞笑，悄然顾盼；一组在偷闲斗草，“争赌”二字，令人仿佛看到她们大呼小叫，笑语声喧的热闹场面。下片陡转，面对嘉景良辰，于赏心悦目中，却又惹起春愁。这里是将大自然的春天与人的青春生命有机联系在一起，情形颇似《牡丹亭·惊梦》中杜丽娘的青春觉醒。只是这里伤春的是少年男子。“念解佩”句明确道出了未知所爱在何处的怨怅。而“忍良时”句也与“锦屏人忒看的这韶光贱”异曲同工。故不妨将此词看作是“男游园惊梦”。“空望极”以下亦有似“便赏遍了十二亭台是枉然，到不如兴尽回家闲过遣”。调子是凄伤的。细味此词，“念解佩、轻盈在何处”句乃一篇之要义。它写出了青春期那种微妙的心理骚动，即所谓“虫儿般蠢动把风情扇”；或所谓“没乱里春情难遣，蓦地里怀人幽怨”。故言其为词人早年作品并非完全是无根之论。

迷神引

红板桥头秋光暮。淡月映烟方煦。寒溪蘸碧，绕垂杨路。重分飞，①携纤手、泪如雨。波急隋堤远，②片帆举。倏忽年华改，向期阻。③　　时觉春残，渐渐飘花絮。④好夕良天长孤负。⑤洞房闲掩，⑥小屏空、⑦无心觑。指归云，⑧仙乡杳、⑨在何处。遥夜香衾暖，算谁与。⑩知他深深约，记得否。

【注释】

①重分飞：又一次离别。分飞，用劳燕分飞喻指离别。古词《东飞伯劳歌》："东飞伯劳西飞燕，黄姑织女时相见。"伯劳，鸟名，又称䴗(jú)或鴂(jué)。喙强而锐利，额与头两旁黑色，背部棕红色，翅膀和尾黑色。《诗经·七月》："七月鸣䴗。"　②隋堤：即隋岸。参见前《木兰花·黄金万缕风牵细》注⑤。　③向期阻：犹言归期阻。向，指示辞，表示趋向。　④花絮：此指柳絮。南朝梁简文帝《咏柳》："花絮时随鸟，风枝屡拂尘。"　⑤孤负：即辜负。⑥洞房：幽深的内室。多指卧室与深闺。与特指新婚夫妇的卧室不同。唐沈亚之《贤良方正能直言极谏策》："市言惟恐田园陂地之不广也，簪珥羽钿之不侈也，洞房绮闼所不邃也。"这里只是泛指卧室。　⑦"小屏空"句：谓屏风上显得空落落的。懒于去细看。⑧归云：以归云以托归心。　⑨仙乡：喻指所爱者的居所。　⑩谁与：与谁的倒置。

【品评】

始写送别的回忆，一切都历历在目：暮秋时节，淡月寒溪，树影婆娑。依依惜别，泪眼相看。帆举船行，堤岸渐远，人去也。上片结处，一个跳跃，人从回忆中回到眼下的现实中来。“倏忽年华改”这样的句法，是柳永常用的。读至上片结束，方知整个上片几乎全是回忆，是行客逆旅中只身独处时的深情忆念。下片是春残时节行客索居驿馆中的内心独白。值得注意的是，送别是在暮秋，而忆者所处的季节却是春残，枢纽恰在“倏忽年华改，向期阻”。即是说忆者于逆旅中正值残春，而他所回忆的一幕幕场景，却是在此前的暮秋，甚或是几年前的暮秋。柳词长调最妙处往往在转折处。此等转关处自然也是读懂柳词的关键所在。

名家精注精评本已出书目

书　名	主要编选者
李白集	郁贤皓(中国李白研究会原会长)
杜甫集	张忠纲(中国杜甫研究会原会长)
韩愈集	卞孝萱(中国韩愈研究会原会长)
白居易集	严　杰(南京大学教授)
王维集	董乃斌(上海大学教授、中国唐代文学学会副会长)
李商隐集	周建国(中国李商隐研究会理事)
柳宗元集	尚永亮(武汉大学教授、博导)
刘禹锡集	吴在庆(厦门大学教授、中国唐代文学学会理事)
杜牧集	罗时进(中国唐代文学学会副会长)
柳永集	王星琦(南京师范大学教授)
欧阳修集	刘扬忠(中国宋代文学学会副会长)
苏轼集	陶文鹏(中国社科院文学所研究员、博导)
三曹集	张可礼(山东大学中文系教授、博导)
陶渊明集	陈庆元(福建师大教授、博导)
二李集	蒋　方(湖北大学教授)
辛弃疾集	刘乃昌(中国李清照辛弃疾学会原会长)
王安石集	王兆鹏(武汉大学教授、博导)
陆游集	蒋　凡(复旦大学教授、博导)
李清照集	王英志(苏州大学教授、博导)
黄庭坚集	蒋　方(湖北大学教授)
李贺集	吴企明(苏州大学教授)
纳兰性德集	施议对(澳门大学教授)